Elizabeth Laird, 1943 in Neuseeland geboren, aufgewachsen in England. Lehrerin für Englisch (als Fremdsprache) in Malaysia, Äthiopien und Indien. Danach Aufenthalte im Irak, in Palästina und in Österreich. Autorin zahlreicher Kinder- und Jugendbücher, von denen bisher zwei bei Oetinger erschienen sind: »Kampf der Comic-Kids« und »Ben lacht«. Für ihr Buch »Trag mich über die Berge« wurde sie mit dem Children's Book Award ausgezeichnet.

Elizabeth Laird

Trag mich über die Berge

Deutsch von Irmela Brender

Verlag Friedrich Oetinger · Hamburg

Bei Oetinger sind von Elizabeth Laird außerdem erschienen:

Ben lacht
Kampf der Comic-Kids

Die englische Originalausgabe erschien bei William
Heinemann, London, unter dem Titel »Kiss the Dust«
Deutsch von Irmela Brender
Titelbild von Mark Edwards
Gesamtherstellung: Ebner Ulm
Printed in Germany 1993/II

ISBN 3-7891-4121-6

Vorwort

Es gibt etwa zwanzig Millionen Kurden. Sie leben im Zagros-Gebirge und seinen Ausläufern, einer langen Bergkette mit hohen Gipfeln, die sich von der Osttürkei nach Süden zieht und die Ebenen des Irak im Westen vom Iran im Osten trennt. Da die Staatsgrenzen von Iran, Irak und der Türkei durch die kurdischen Gebiete verlaufen, gibt es in jedem der drei Länder Millionen Kurden.

Die Kurden haben schon vor Beginn der Geschichtsschreibung im Zagros-Gebirge gelebt. Sie sind Moslems mit ausgeprägter eigener Kultur. Sie sprechen kurdische Sprachen, tragen kurdische Kleidung, erzählen ihre eigenen Geschichten und pflegen ihre Gebräuche und Überlieferungen.

Die Kurden haben keinen eigenen Staat. Sie werden von anderen regiert: von Türken in der Türkei, von Arabern im Irak, von Persern im Iran. Ihr Kampf gehört zu den ältesten in der Geschichte und läßt sich mindestens 4000 Jahre zurückverfolgen.

In unserem Jahrhundert haben die Kurden seit den sechziger Jahren die irakische Regierung bekämpft. Ihre Krieger (Peschmergas genannt) wollten Saddam Hussein zwingen, ihnen ein eigenes Siedlungsgebiet zu geben.

Die irakische Regierung reagierte darauf erbarmungslos. Sie setzte Bomben und Giftgas gegen kurdische Dörfer ein, ließ kurdische Krieger und ihre Familien umbringen und viele kurdische Städte und Dörfer völlig zerstören. In den letzten zwanzig Jah-

ren sind Tausende von Flüchtlingen über die Berge in den Iran geflohen.
1980 begann der Irak einen Krieg gegen den Iran. Die Iraner konnten es nicht zulassen, daß Menschen aus einem feindlichen Land sich bei ihnen niederließen, wo sie wollten. Sie schickten die irakischen Kurden in entlegene Lager in den Wüsten des Südens oder den Bergen des Nordens. Die Welt wußte sehr wenig von ihnen.
1990 kam es im Mittleren Osten zu einem größeren Krieg. Saddam Hussein, der Diktator des Irak, drang in das kleine Nachbarland Kuweit ein. Fast jedes Land der Welt verurteilte den Irak, und eine starke, hochtechnisierte Armee, angeführt von den USA, erzwang den Rückzug der irakischen Truppen aus Kuweit.
Ermuntert von den Führern der westlichen Welt, versuchten die Kurden mit anderen Irakern Saddam Hussein zu stürzen. Aber Saddam war zu mächtig für sie. Während die Welt untätig zuschaute, nahm seine Armee furchtbare Rache. Aus Angst um ihr Leben flohen die Kurden in die Berge. Tausende starben.
Dieses Buch erzählt die Geschichte einer kurdischen Familie in den Jahren 1984 und 1985, während des irakisch-iranischen Krieges. Die Menschen sind erfunden, aber ihre Geschichte haben Tausende erlebt, die in den achtziger Jahren aus dem Irak über das Zagros-Gebirge flüchten mußten, und Zehntausende, die Anfang der neunziger Jahre flohen.
Viele Kurden haben mir geholfen, dieses Buch zu schreiben, vor allem Astera Laly, ein tapferes kurdisches Mädchen, das wie Tara in der Geschichte aus Sulaimanja floh, in iranischen Lagern war und als Flüchtling nach England kam, wo sie immer noch lebt. Ihr und ihrer Familie bin ich zu großem Dank verpflichtet.

Elizabeth Laird Oktober 1992

1

Sulaimanja im Irak
Frühjahr 1984

Es war ein Tag wie jeder andere. Tara und ihre Freundin Leila gingen durch das große Tor der Mädchenoberschule im Zentrum der Stadt. Wie ihre Mitschülerinnen trugen sie dunkelblaue Röcke und hellblaue Blusen, in den Händen schwenkten sie die schweren Mappen. Der nordirakische Winter mit seiner Eiseskälte war vorbei, die brüllende Hitze des irakischen Sommers hatte noch nicht eingesetzt; jetzt, im kurzen Frühling dazwischen, strahlte der Himmel in schmelzendem, wolkenlosem Blau, und jede Pflanze schien zu blühen.

»Ich hab keine Lust, gleich nach Hause zu gehen«, sagte Leila. »Ich möchte mich noch in den Läden umschauen.«

Tara zögerte. Ihre Mutter verlangte, daß sie pünktlich nach Hause kam. »Ich weiß nicht recht. Daya macht sich Sorgen, wenn sie auf mich warten muß.«

»Ach, komm schon«, sagte Leila. »Zehn Minuten früher oder später fallen deiner Mutter gar nicht auf. Und du kannst Hero was mitbringen.«

»Eine gute Idee.« Tara hängte sich die Mappe über die Schulter und hakte sich bei der Freundin ein. Ihre dreijährige Schwester Hero hatte Windpocken. Es war nicht einfach, sie bei Laune zu halten. Eine Schachtel Buntstifte oder so was könnte sie eine Zeitlang aufmuntern.

Auf der Hauptstraße zum Zentrum von Sulaimanja war meistens nicht viel Verkehr; doch heute war sie von einem schwerfälligen Militärkonvoi aus Jeeps und Lastwagen verstopft. Tara und Leila achteten kaum darauf. Der Krieg mit dem Iran dauerte schon vier Jahre, und sie waren daran gewöhnt, überall Militär zu sehen. Sie schrien, damit sie sich über dem Motorenlärm verständigen konnten.

»Was hast du in der Englischarbeit?« fragte Leila.

Tara zog ein Gesicht. »Ungenügend, wie gewöhnlich. Ich glaube, die Zeinab kann mich nicht leiden. Immer hat sie's auf mich abgesehen. Ich finde, sie ist einfach gemein.«

»Das ist sie eigentlich nicht«, sagte Leila ernsthaft. Tara drückte ihren Arm. Typisch Leila, daß sie die Zeinab verteidigte. Leila kritisierte nie jemanden.

»In Englisch bin ich sowieso ein hoffnungsloser Fall«, sagte Tara. »Es ist so schwer. Und wir müssen diese kilometerlangen Listen von unregelmäßigen Verben lernen. Das schaffe ich nie.«

»O doch. Ich wette, die Hälfte kannst du schon.«

»Die Wette halte ich.«

»Nein, ehrlich. Komm, ich hör dich ab. Hm . . . *bite.*«

»*Bite*, äh, *bit* . . . ach, ich weiß nicht. *Bited*?«

»Nein, *bitten.*«

»Da hast du's!«

»Versuch's mit einem anderen. *Break.*«

»*Break, broke – broken!*« sagte Tara triumphierend.

»Hervorragend! Siehst du? Du kannst sie – jedenfalls einige. *Bring.*«

»*Bring, bringed* . . . He! Achtung!«

Der letzte Laster im Konvoi war langsamer gefahren und abgehängt worden. Plötzlich brauste er los, um die Lücke zu schließen, und kam dem Bürgersteig gefährlich nahe.

»Beinah hätte er uns überfahren!« sagte Leila wütend.

Tara gab keine Antwort. Sie war zur Seite gesprungen, direkt unter einen Ast mit duftenden Blüten, der über eine hohe Gartenmauer hing. Tief atmete sie das süße Aroma ein. Es schien ihr zu Kopf zu steigen. Sie griff hinauf, pflückte einen Blütenzweig und steckte ihn Leila ins Knopfloch.
»Los«, sagte sie, »sing ein Lied. Du weißt schon, wie Najleh Fathee in ›Frühling‹.« Sie schlug die Hände vor die Brust und rollte die Augen himmelwärts.
Leila kicherte. »Hör bloß auf! Du bist schrecklich. Jemand könnte uns sehen!«
Die üblichen Mittags-Einkäufer waren in den Straßen von Sulaimanja unterwegs. Ein paar Kinder standen an der Tür einer Konditorei und betrachteten sehnsüchtig die klebrigen Stapel von Honigkuchen im Schaufenster.
Drei sehr korrekt gekleidete Damen, die unter ihren schwarzen Schleiern gar nicht zu erkennen waren, musterten den Inhalt der Körbe beim Gemüsehändler, drückten die Tomaten, um festzustellen, ob sie fest waren, und diskutierten über den Kartoffelpreis.
Das Teehaus an der Straßenecke war schon voller Männer. Sie tranken heißen, süßen Tee aus winzigen Gläsern, besprachen Geschäfte und schoben Backgammonfiguren auf den Brettern hin und her.
Vor der Moschee drängten sich vier Oberschüler um einen Freund, der ein Flugblatt in der Hand hielt und aufgeregt vorlas, was darauf stand.
»Komm, wir gehen zum alten Faris«, sagte Leila. »In seinem Laden finden wir sicher was für Hero, vielleicht hat er auch ein paar neue Filmposter.«
Tara wollte gerade ungestüm wie immer über die Straße laufen, da wurde die Stille der Stadt schon wieder durchbrochen. Zwei

Militärjeeps donnerten laut hupend durch die Straße und hielten mit quietschenden Reifen vor der Moschee. Ein Dutzend Soldaten mit Gewehren in den Händen sprang heraus.
Später sah Tara die ganze Szene so deutlich wie in einem Film vor sich: die entsetzten Gesichter der Ladenbesitzer, die aus den Türen spähten, die Kinder vor dem Schaufenster voller Süßigkeiten, die aneinandergedrängten verschleierten Frauen, im Teehaus die Männer mit den Gläsern in den Händen, der Mullah mit dem Turban, der im Eingang zur Moschee aufgetaucht war, die vier Jungen in ihren frischen weißen Hemden, das Flugblatt, das sie gelesen hatten und das jetzt auf den Boden flatterte.
Was dann geschah, erschien so unwirklich, als wäre es tatsächlich aus einem Film. Ein kleiner, nervös aussehender Offizier ging zu den Jungen hinüber. Er rief einen Befehl. Einer bückte sich nach dem Flugblatt, das er gelesen hatte, und reichte es dem Offizier. Der hielt es zwischen Daumen und Zeigefinger, als könnte er sich eine ansteckende Krankheit davon holen. Dann zerriß er es, warf die Fetzen auf den Boden und zermalmte sie unter seinem Stiefel.
Er trat zurück und rief erneut einen Befehl. Die Soldaten sprangen vor, jeweils zwei Mann liefen auf einen Jungen zu, packten ihn am Arm und drückten ihn an die Mauer der Moschee. Der Offizier schien die Beherrschung verloren zu haben. Er kreischte fast.
»Staatsfeinde! Spione! Erschießt sie!«
Die Soldaten schauten verstört zu ihm hinüber. Der Offizier schrie wieder.
»Verweigert ihr den Befehl? Schießt!«
Vier Männer knieten sich in den Staub und hoben die Gewehre an die Schultern. Der Mullah lief aus der Moschee, sein grüner Umhang flatterte, hilflos fuchtelte er mit den Händen.

»Nein! Nein!« rief er. »Aufhören! Das sind nur Jungen! Nicht schießen!«
Der Offizier griff mit zitternden Fingern nach der Revolvertasche an seinem Gürtel. Er zog die Waffe heraus, richtete sie auf den verstörten Mullah und schoß.
Bei dem Knall schien die ganze Straße zusammenzuschrecken. Der Mullah sank in seinem gebauschten Umhang auf die Knie und fiel vornüber in den Staub; stöhnend griff er nach seiner Schulter.
Die Jungen versuchten zu fliehen. Sie schüttelten die Hände der Soldaten ab und waren Sekunden später in der nächsten Straße verschwunden. Doch einer von ihnen, der Junge, der vorgelesen hatte, war nicht schnell genug. Ein Soldat stellte ihm ein Bein. Der Junge stürzte auf die Straße. Der Offizier sprang hinzu und stellte sich über ihn. Hilflos schaute der Junge auf und sah den Blick in den Augen des Offiziers.
Er hob die geballte Faust und rief: »Ich sterbe für Kurdistan!« Ein Schuß knallte ohrenbetäubend durch die Luft. Der Junge bäumte sich auf, seine Arme und Beine zuckten, dann lag er still da.
In der furchtbaren Ruhe flatterte eine Krähe langsam vom Minarett herunter und suchte sich einen Platz über dem Tor der Moschee.
Der Offizier schwang immer noch drohend den Revolver und wandte sich den entsetzten Menschen zu, die ihn von der Straße her beobachteten.
»Schaut her!« rief er. »Schaut euch diesen Verräter an! Ich warne euch! Jeder, der den kurdischen Rebellen hilft, wird sterben wie er, nur noch qualvoller! Seht euch sein Blut an! Los! Vergeßt das nicht, keiner von euch!«
So plötzlich, wie die Jeeps aufgetaucht waren, verschwanden sie

wieder. Sofort liefen alle zu dem verwundeten Mullah und dem toten Jungen im Staub. Tara schloß die Augen. Sie brauchte nicht hinzusehen. Die ganze Szene war in ihrem Gedächtnis eingegraben. Der dumme Offizier brauchte ihr nicht zu sagen, daß sie das nicht vergessen sollte. Nie, nie könnte sie das vergessen. Nie im Leben hatte sie etwas so Tapferes gesehen wie das Sterben dieses Jungen.

Sie merkte, daß sie zitterte. Neben ihr schluchzte Leila. Plötzlich wurde Tara von Entsetzen gepackt. Sie zog Leila am Arm.

»Nichts wie weg!« sagte sie. »Vielleicht kommen sie zurück!«

Zuerst fiel ihr das Gehen schwer, dann schien die Kraft in ihre Beine zurückzuströmen, und ohne Leila loszulassen, fing sie an zu laufen. Ein paar Minuten später waren sie in ihrer eigenen, vertrauten Straße.

»Warum?« keuchte Leila. Die Tränen liefen ihr noch immer übers Gesicht. »Warum? Warum?«

Tara biß die Zähne zusammen. Leila war zwar der freundlichste Mensch der Welt und fabelhaft in Englisch, aber von den wirklich wichtigen Dingen hatte sie keine Ahnung – zum Beispiel, wie die Leute sich verhielten und warum sie bestimmte Dinge taten.

»Du weißt, warum«, sagte sie. »Der Junge war ein Kurde, genau wie ich.«

»Er muß wohl mit den Rebellen unter einer Decke gesteckt haben, meinst du nicht auch?« sagte Leila unsicher.

»Sie haben sich nicht die Mühe gemacht, ihn danach zu fragen, bevor sie ihn erschossen haben, oder?« sagte Tara zornig. »Und überhaupt, die Peschmergas sind keine Rebellen. Sie sind Freiheitskämpfer!«

Leila ging schweigend weiter.

»Du verstehst überhaupt nichts, stimmt's? Die Kurden . . .«

Tara unterbrach sich. Es hatte keinen Sinn, darüber mit Leila zu diskutieren. Sie war Araberin, auch wenn sie eine kurdische Großmutter hatte. Wer Kurde und wer Araber war, hatte beide bis heute wenig gekümmert. Plötzlich schien es das Wichtigste auf der Welt zu sein.
Sie waren an dem großen Tor vor Leilas Garten angekommen.
»Bis morgen«, murmelte Tara und lief weiter zu ihrem eigenen Haus nebenan.

2

Taras Mutter, Teriska Khan, saß im Schneidersitz auf einem Kissen in der Küche und versuchte Hero dazu zu bringen, daß sie etwas aß. Überrascht schaute sie auf, als Tara hereinstürmte, ihre Mappe hinwarf, sich neben sie auf den Teppich fallen ließ und in Tränen ausbrach.

»Was hast du? Was ist los? Was um alles in der Welt ist passiert?«

Tara schüttelte den Kopf. Sie brachte kein Wort heraus. Hero riß sich die Serviette vom Hals und schob ihren Teller weg. Sie war nicht sehr hungrig, und überhaupt paßte es ihr nicht, daß Tara sie beim Essen störte. Sie hatte ihre Mutter gern für sich allein.

Tara putzte sich die Nase. »Oh, Daya, es war so schrecklich, du wirst es nicht glauben. Leila und ich sind nach der Schule zu den Läden gegangen . . .«

Sobald sie einmal damit angefangen hatte, konnte Tara nicht mehr aufhören. Die Geschichte strömte nur so aus ihr heraus. Und als sie damit fertig war, fing sie wieder von vorne an. Sie weinte zwar nicht mehr, aber sie fühlte sich immer noch zittrig. Sie wollte nur reden und reden und reden.

»Es war so furchtbar! Das kannst du dir nicht vorstellen! Es war so entsetzlich, ich war wie betäubt.«

»Ja, das glaube ich«, sagte Teriska Khan. Tara schaute sie verblüfft an. Ihre Mutter sah nicht sonderlich überrascht aus. Sie schüttelte den Kopf und machte mitfühlende Bemerkungen, doch zugleich schnitt sie Bananenstückchen für Hero ab. Es war, als würde Tara ihr eine Geschichte erzählen, die sie längst kannte.

Tara wurde gereizt. »Du verstehst das nicht, Daya. Es hätte Aschti sein können! Sie waren in seinem Alter, vielleicht sogar jünger! Ein paar waren bestimmt höchstens sechzehn.« Beim Gedanken an ihren Bruder setzte sie sich plötzlich kerzengerade auf.

»Wo ist Aschti überhaupt? Warum ist er nicht längst zu Hause?«

Teriska Khan räumte Heros Teller weg.

»Er ist heute morgen mit deinem Vater nach Bagdad gefahren. Sie kommen erst spät nach Hause. Aschti muß jetzt, wo er die Prüfungen hinter sich hat, nicht mehr jeden Tag in die Schule gehen.«

Nachdenklich sah sie Tara an. »Es tut mir leid, daß du das heute gesehen hast. Wir haben versucht, diese Dinge von dir fernzuhalten. Wir wollten, daß du eine möglichst glückliche Kindheit hast, bevor . . .«

»Kindheit!« unterbrach Tara sie empört. »Daya, ich bin fast dreizehn!«

»Ich weiß, Liebling, und wahrscheinlich haben wir dich zu lange behütet.«

»Wovor?«

Teriska Khan stand auf. »Vor dem, was geschieht«, sagte sie. »Vor dem, was uns Kurden zustößt.«

»Wovon redest du?«

»Wir haben versucht, die ganze Politik von dir fernzuhalten. Die Festnahmen und Hinrichtungen. Der Kampf der Pesch-

mergas gegen die Regierung. Seit dem Krieg mit dem Iran ist es viel schlimmer geworden. Die Geheimpolizei ist überall. Sie haben Angst vor den Kurden, selbst vor Jungen wie denen, die du heute gesehen hast. Sie hassen uns, weil sie Angst haben.«
»Hassen uns? Du meinst, die Araber hassen uns? Leila ist Araberin. Sie haßt uns nicht –«
»Natürlich nicht, Liebling. Die Regierung haßt uns, nicht die arabische Bevölkerung. Es gibt Millionen Araber in diesem Land, die sowenig Grund haben wie die Kurden, diese Regierung zu lieben. Manche sogar noch weniger.«

Gewöhnlich hatte Tara keine Mühe mit den Hausaufgaben. Sie und Leila machten sie oft zusammen. Leila half ihr bei Arabisch und Englisch, während Tara (meist erfolglos) versuchte, Leila Mathematik zu erklären. Tara war gut in Mathe. Sie beschäftigte sich gern mit einer Aufgabe, bis die Lösung sich ergab wie bei einem Knoten, der aufging.
Heute abend war es anders. Leila kam nicht, und Tara war froh darüber. Sie hatte zu viele andere Sorgen. Sie fürchtete sich. Der Krieg dauerte schon vier Jahre, aber irgendwie hatte er sie nicht betroffen. Tara hatte damit nie wirklich etwas zu tun gehabt. Sie hatte gewußt, daß alles mögliche Bedrohliche geschah. Man konnte nicht im Irak leben und nichts davon wissen. Aber sie hatte sich nicht darum gekümmert. Sie hatte nicht darüber nachdenken wollen. Doch von jetzt an würde das anders sein. Daß sie gesehen hatte, wie dieser Junge starb, veränderte alles. Sie konnte die Augen nicht mehr vor dem verschließen, was passierte.
Sie saß in dem großen, behaglichen Wohnzimmer vor dem Fernseher und spielte an dem Goldstecker in ihrem rechten Ohrläppchen herum wie so oft, wenn sie verunsichert war. Ihre

Eltern hätten ihr mehr erzählen sollen. Sie hätten sie nicht behandeln sollen wie ein kleines Kind. Auch sie war eine Kurdin. Sie hatte ein Recht zu wissen, was vorging. Und sie beschäftigte sich gern mit ernsten Dingen, mit Menschen, die mutig und edel und heldenhaft waren. Jedenfalls las sie gern darüber in Geschichten.

Plötzlich sah sie wieder den Kopf dieses Jungen mit der Schußwunde auf dem Pflaster liegen. Sie schauderte. Vielleicht war Heldentum im wirklichen Leben nicht ganz so großartig. Der Tod machte ihm zu rasch und brutal und beiläufig ein Ende.

Von der Fernsehsendung, die jetzt abgesagt wurde, hatte Tara kein Wort aufgenommen. Als nächstes kamen Nachrichten. Sie versuchte sich zu konzentrieren. Bisher hatte sie die Meldungen nicht sehr aufmerksam verfolgt. Ein Beitrag zeigte den Präsidenten bei einer Militärparade mit viel lauter Musik. Sie hatte es noch nie bemerkt, nun fand sie es sonderbar: In den Nachrichten wurde immer gezeigt, wie die irakische Armee siegte und Hunderte von Iranern getötet oder gefangengenommen wurden. Aber wenn die Iraker ständig siegten, warum war dann der Krieg nicht schon seit Jahren zu Ende?

Sie stand auf und schaltete den Fernseher aus. An diesem Abend war es ungewöhnlich still im Haus. Wenn Aschti da war, machte er Lärm genug für zehn, selbst wenn keiner seiner Freunde bei ihm war. Und ihr Vater Kak Soran hatte abends gewöhnlich mehrere Besucher im vorderen Salon, der ihm und seinen Gästen vorbehalten war. Dort hörte man sie streiten und diskutieren.

Die Klimaanlage war noch nicht eingeschaltet. In wenigen Wochen, wenn die sengende Sommerhitze herrschte, würde das gleichmäßige tiefe Summen der Anlage jeden Laut aus dem dunklen Garten und den Straßen dahinter übertönen. Doch jetzt drangen die Geräusche des kühlen Frühlingsabends herein, das ferne Brummen der Autos und Lastwagen von den Hauptstraßen der Stadt. Aus einem offenen Fenster in der Nähe kam knatternd laute Radiomusik.

Was war das?

Tara hob mit einem Ruck den Kopf. Es klang wie Schüsse. Sie hatte schon häufig zuvor Schüsse in der Dunkelheit gehört, doch Daya hatte immer gesagt, das seien schießwütige Soldaten, die auf streunende Katzen ballerten. Und jetzt wurde nicht nur geschossen. Jeder Hund in Sulaimanja schien zu bellen. Und der Windhund von nebenan, der sie immer zu Tode ängstigte, wenn sie am Tor vorbeiging, war am lautesten von allen.

Sie machte das Licht aus, ging ans Fenster und schaute zwischen den schweren Verdunkelungsvorhängen hinaus.

Der Mond war aufgegangen. In seinem Licht sah der Garten silbrig und unwirklich aus. Der Windhund hörte sich jetzt geradezu hysterisch an. Er sprang an der Mauer hoch, rasselte mit seiner Kette und bellte, so laut er konnte.

Da draußen war doch jemand? Tara starrte in die tiefen Schatten bei der Mauer. Bestimmt hatte sich etwas unter dem alten Mandelbaum bewegt. Ja! Da war es wieder.

Tara hielt den Atem an und schob die Vorhänge weiter auseinander. Dort war jemand. Geduckt lief er vom Mandelbaum zu den Bougainvilleen neben der Küchentür. Ein Fremder! In ihrem eigenen Garten! Es könnte ein Dieb sein, vielleicht sogar ein Mörder! Und ihr Vater und Aschti waren in Bagdad. Sie und Daya und Hero waren ganz allein.

»Daya!« Tara lief aus dem Zimmer. »Daya! Komm schnell! Ein Dieb ist im Garten!«

Teriska Khan kam aus ihrem Schlafzimmer.

»Wirklich? Verriegle die Hintertür! Schnell!«

Zu spät. Sie rannten in die Küche und sahen, daß der Mann bereits im Haus war.
Er war groß, mager und von der Sonne verbrannt. Er trug die bauschige Hose, die enge Jacke und die Schärpe eines Bergkurden. Um den Kopf hatte er einen Turban gewickelt. Sein linker Arm war mit einem blutdurchtränkten Lappen notdürftig verbunden, der lange, leere Ärmel war bis zur Schulter aufgerissen. In der Rechten hielt er ein gefährlich aussehendes Gewehr, das er gerade auf den Tisch legen wollte, als Tara und Teriska Khan hereinstürmten.
Bei ihrem Anblick verzog sich der Mund unter dem langen schwarzen Schnurrbart zu einem freundlichen Lächeln, und der Mann sah plötzlich jünger aus.
»Hallo, Teriska«, sagte er. »Und wer ist das? Doch nicht Tara? Wenn ja, dann ist sie mächtig gewachsen, seit ich sie das letzte Mal gesehen habe.«
Teriska Khan lief zu ihm. »Rostam! Du bist verletzt! O Gott, wie bist du bloß hergekommen? Tara, hol aus der Hausapotheke in meinem Schlafzimmer Mull und eine Binde. Dein Onkel ist verwundet.«

3

Tara stieß die Tür zu dem engen Gang auf, an dem die drei Schlafzimmer auf der Rückseite des Hauses lagen. Vor der Zimmertür ihrer Eltern stand Hero im langen Nachthemd, das Gesicht gerötet, die Augen verschwollen. Sie hustete, und Tara sah, daß ihr die Nase lief.

»Warum bist du nicht im Bett?« sagte Tara. »Ich dachte, du schläfst.«

»Ich schlaf ja auch«, sagte Hero grantig. »Ich war auf dem Klo. Ich will was trinken. Wenn ich nichts zu trinken kriege, wache ich auf. Und dann weine ich, und . . .«

Tara nahm sie auf den Arm. Der geheimnisvolle Onkel in der Küche verblutete vielleicht. Sie hatte eigentlich keine Zeit für Hero. Doch was sich ihre kleine Schwester einmal in den Kopf gesetzt hatte, ließ sie sich nicht mehr ausreden. Wenn sie etwas zu trinken wollte, dann würde sie es auch bekommen, sonst schrie sie wie am Spieß. Und das konnten sie heute abend am allerwenigsten brauchen.

Tara ging ins Elternschlafzimmer und setzte Hero auf das große Doppelbett. Hero legte sich zurück und griff nach den rosa Volants an einem Kissen ihrer Mutter.

»Was trinken«, sagte sie, und schon lag ein unheilverkündender weinerlicher Unterton in ihrer Stimme. Tara schaute sich ängstlich um. Wenn sie in die Küche zurückging, würde Hero ihr vielleicht nachlaufen, und dann war der Teufel los.

Dann sah sie ein Tablett auf Mutters Nachttisch. Gott sei Dank! Ein Krug mit gefiltertem Wasser und ein Glas standen darauf. Sie goß etwas Wasser in das Glas und gab es Hero, die ein paar Schluck trank und sich dann zu Taras großer Erleichterung in die Kissen zurücklegte und bald eingeschlafen war. Tara atmete langsam aus und ging auf Zehenspitzen zu dem großen Schrank gegenüber dem Bett. Was hatte Daya haben wollen? Mull und Binden? Hier lagen sie, auf dem zweiten Bord. Am besten nahm sie alle mit. Vielleicht war inzwischen die ganze Küche voll verwundeter Männer. Die Welt war aus den Fugen geraten. Heute abend konnte einfach alles passieren.
Teriska Khan kam ihr entgegen. »War das Hero? Ist sie noch wach?«
»Nein. Sie schläft schon wieder. Sie wollte nur was trinken. Ich habe ihr nicht gesagt, daß jemand da ist.«
»Gut. Sie ist noch viel zu klein, um ein Geheimnis für sich zu behalten. Morgen früh sieht sie Rostam natürlich, aber sie braucht nicht zu wissen, daß er heimlich am Abend gekommen ist, noch dazu verwundet. Denk daran, Tara: Niemand darf es wissen, weder Leila noch die Nachbarn, überhaupt niemand. Es darf keine Andeutungen geben, noch nicht einmal einen verschwörerischen Blick. Wenn herauskommt, daß wir einen verwundeten Peschmerga verstecken, der von der Polizei gesucht wird, dann, weiß Gott . . . Es kann um Leben oder Tod für uns alle gehen.«
»Ja, Daya.« Noch nie hatte Teriska Khan so mit Tara geredet, so ernst, als hätte sie eine Erwachsene vor sich.
»In Ordnung«, sagte Tara. »Ich verstehe es wirklich. Du kannst mir vertrauen, weißt du.«
Teriska Khan lächelte.
»Ich weiß, Liebling. Hast du die Binden? Gut. Bring sie in die

Küche. Die Wunde ist tief, aber ich glaube nicht, daß der Knochen verletzt ist. Ich hätte dir noch sagen sollen, daß ich auch das Desinfektionsmittel brauche. Ich weiß, wo es ist, ich hole es.«

Tara stand vor der Küche und mußte allen Mut zusammennehmen, um hineinzugehen. Sie erinnerte sich nicht an diesen Onkel. Sie wußte kaum etwas von seiner Existenz. Ihr Vater und Aschti waren die einzigen Männer, an die sie gewöhnt war. Andere Männer, von nahen Vettern abgesehen, kamen nie weiter ins Haus als in den vorderen Salon. Auf keinen Fall gingen sie in die Küche und setzten sich auf den Tisch wie dieser Onkel. Nach einer Weile siegte ihre Neugier, und sie machte die Tür auf.

Die Küche war groß, doch Tara hatte den sonderbaren Eindruck, daß der Onkel sie ganz ausfüllte. Es war so merkwürdig, einen unbekannten Mann darin zu sehen. Er saß halb auf dem Tisch, hatte die kurze gewebte Jacke ausgezogen und den einen Hemdsärmel bis zur Schulter hochgerollt. Bei jeder anderen Gelegenheit hätte das Tara völlig die Sprache verschlagen. Aber die Wunde im Arm des Onkels, die Schüssel voll rotem Wasser und die Blutflecken auf dem weißen Tisch, das alles war so außergewöhnlich, daß sie ihre Schüchternheit ganz vergaß.

Besorgt fragte sie: »Mußt du nicht zum Arzt?«

Onkel Rostam schien das schrecklich zermatschte rote Fleisch an seinem Arm gar nichts auszumachen. Er lachte, und seine Zähne leuchteten weiß in seinem sonnenverbrannten Gesicht.

»Ärzte können reden, kleine Nichte. Sogar kurdische. Die Heilkünste deiner Mutter sind alles, was ich brauche.«

»Aber wer bist du? Was ist passiert? Wer hat auf dich geschossen?«

Er zog die Augenbrauen hoch. »Ich bin dein Onkel Rostam. Ich bin ein Peschmerga. Einer von denen, ›die dem Tod entgegentreten‹. Hast du das nicht gewußt? Hat mein vorsichtiger städtischer Bruder das in all diesen Jahren seinen Kindern verheimlicht?«

Er lachte über ihren Gesichtsausdruck, aber gleich darauf zuckte er zusammen. Er legte die linke Hand an den rechten Oberarm, und Tara sah, daß ein Stoffstreifen über der Wunde so fest um den Arm gebunden war, daß er in den Muskel zu schneiden schien.

»Oh, sei vorsichtig«, sagte sie. »Es hat wieder angefangen zu bluten.«

Hilflos sah sie zu, wie immer mehr Blut über den sehnigen Arm ihres Onkels rann. Es wurde ihr fast schlecht, und sie schaute weg. Teriska Khan kam mit Medizinflasche und Schere zurück.

»Geh aus dem Weg«, sagte sie zu Tara, »und faß nichts an. Die Wunde darf nicht infiziert werden.«

Sie ging zur Spüle und wusch sich die Hände, dabei sah sie den Spalt zwischen den Vorhängen. »Zieh die Vorhänge richtig zu!« Sie trocknete sich die Hände ab.

Rostam lachte leise vor sich hin. »Einen Flüchtling zu verstekken ist ein schweres Verbrechen, Schwägerin«, sagte er mit zusammengebissenen Zähnen, während Teriska Khan das Blut mit sterilem Mull abtupfte. Sie gab keine Antwort und betrachtete besorgt die Wunde.

»Glaubst du, daß die Kugel noch drinsteckt?«

»Ich – weiß – nicht.« Das Sprechen fiel ihm jetzt schwer. »Ich glaube nicht.«

Tara konnte nicht hinsehen. Ihr war ziemlich übel. Wie brachte es Daya nur fertig, so in der Wunde herumzustochern? Und wie schaffte es Onkel Rostam, so tapfer zu sein?

»Es ist bestimmt nichts drin«, sagte Teriska Khan schließlich

und richtete sich auf. »Aber du gehörst in ärztliche Behandlung. Das müßte genäht werden.«
»Nein! Kein Arzt! Kein Krankenhaus!« Rostam sprang vom Tisch und stand leicht schwankend da. Teriska Khan schüttelte den Kopf, doch sie sagte nichts. Sie gab Desinfektionsmittel auf ein Stück Mull, legte es vorsichtig auf die Wunde und befestigte darüber den Verband. Dann nahm sie die Aderpresse ab.
»Was ist mit deinem alten Freund, Dr. Mohammed Bakir?« fragte sie schließlich. »Er würde weder dich noch einen anderen Peschmerga verraten, da bin ich mir sicher.«
»Nein!« Rostam machte ein paar Schritte auf die Tür zu. »Dort würden sie mich zuerst suchen, bei den Ärzten. Sie wissen, daß sie mich getroffen haben. Die Polizisten sind ausgeschwärmt wie die Fliegen, sie summen in ganz Sulaimanja herum. Irgend jemand muß ihnen einen Wink gegeben haben.« Plötzlich schaute er stirnrunzelnd Tara an und schwieg. Auch sie runzelte die Stirn. Onkel Rostam hielt sie offenbar für ein kleines Mädchen, dem man nicht trauen konnte. Wahrscheinlich dachte er auch, sie hätte Angst vor ein bißchen Blut. Dem würde sie's zeigen!
Tara schluckte, nahm die Schüssel mit blutgetränktem Wasser und leerte sie in die Spüle. Dann hob sie entschlossen die blutigen Lappen vom Boden auf, trug sie ebenfalls zur Spüle und wusch sie mit kaltem Wasser aus.
»Wenn sie einen Wink bekommen haben . . .« sagte Teriska Khan leise und redete nicht weiter. Tara drehte sich nach ihr um. Teriska Khan sagte gewöhnlich nicht viel, und Tara war daran gewöhnt, ihre Gedanken zu lesen. Onkel Rostam machte es offenbar ebenso.
»Sie wissen bestimmt nicht, daß ich hierher gekommen bin«, sagte er. »Niemand hat mich gesehen, nachdem ich am Kon-

trollpunkt in der Chuarta-Straße vorbei war. Es gibt keinen Grund, warum sie mich hier suchen sollten.«

»Haben sie gewußt, daß du es warst? Haben sie dich erkannt?«

»Ich glaube nicht.«

Zum ersten Mal sah Tara den Schatten eines Zweifels, das Flakkern der Besorgnis auf dem kühnen, zuversichtlichen Gesicht ihres Onkels. In die Stille drang das ferne, bedrohliche Gewimmer einer Polizeisirene.

Teriska Khan nahm die Schere und den unbenutzten Mull. »Wir müssen auf alles gefaßt sein«, sagte sie knapp. Tara spürte, wie ihre Haut vor Angst prickelte. Am liebsten wäre sie in den nächsten Schrank geflüchtet, hätte die Tür zugezogen und sich im Dunkeln verkrochen.

Wie schaffte es Daya, so ruhig und tapfer zu sein? Tara hatte miterlebt, wie ihre Mutter andere Katastrophen meisterte: als Hero sich im Taxi übergeben mußte und den Fahrer vollspuckte oder als Aschti Millionen Heuschrecken gefangen hatte und sie in der Küche freiließ oder als Tante Suzan diesen schrecklichen Verkehrsunfall hatte. Aber diesmal mußte Teriska Khan praktisch eine gefährliche Schußwunde operieren, und sie wollte einen Mann verstecken, den die Geheimpolizei suchte.

Teriska Khan drehte Tara herum und schob sie zur Tür. »Beeil dich«, sagte sie in ihrem gewohnten, sachlichen Ton. »Wirf diesen blutigen Mull ins Klo und spül ihn runter. Warte, bis er wirklich weg ist. Ich hole Rostam etwas Sauberes zum Anziehen. Aschtis Hemden sind ihm zu klein, aber Sachen von deinem Vater werden ihm passen. Wenn du den Mull hinuntergespült hast, komm wieder in die Küche und wisch jeden, aber auch den kleinsten Blutfleck weg.«

»Ja, Daya.« Tara versuchte nicht darauf zu achten, wie blutig ihre Finger wurden, als sie den durchtränkten Mull vom Tisch nahm. »Aber was machen wir, wenn sie kommen? Wo willst du ihn verstecken?«

»Das verrate ich dir nicht«, sagte Teriska Khan. »Je weniger Leute davon wissen, um so besser. Aber mach dir keine Sorgen. Es ist nicht sehr wahrscheinlich, daß sie ihn hier suchen.«

Vor ein paar Monaten hatte Taras Vater Kak Soran ein Vermögen für die gründliche Renovierung der Küche ausgegeben. Tara bewunderte jedesmal, wenn sie hineinging, den glänzenden Marmorboden, die blendendweißen Wände und die aufgereihten elektrischen Geräte. Doch heute abend sehnte sie sich zum ersten Mal nach der alten Küche mit den ziegelroten Fliesen auf dem Boden und den Kunststoffflächen.

Als sie die neue Küche planten, hatte niemand daran gedacht, wie schwer sich hier die Spuren eines Verwundeten beseitigen ließen. Es war einfach genug, mit einem Lappen über einen Blutstropfen auf der glänzenden Chromspüle zu wischen, aber auch nach mehreren Versuchen war die verschmierte Stelle noch zu erkennen. Und Tara mochte noch so heftig den verfleckten Boden schrubben, der frisch geputzte Teil sah einfach nicht so aus wie der andere. Und als sie glaubte, sie sei fertig, entdeckte sie eine neue Serie blutiger roter Fingerabdrücke an einem Stuhlrücken, den ihr Onkel umklammert hatte, während Teriska Khan seine Wunde reinigte.

Tara war noch dabei, sie wegzuwischen, da hörte sie ein Geräusch, von dem sie eine Gänsehaut bekam. Ein Wagen näherte sich durch die stille Straße dem Haus. Sie waren da! Sie suchten ihn! Und sie und ihre Mutter würden auch festgenommen werden, vielleicht gefoltert, am Ende gar erschossen! Sie stand wie angewachsen und konnte sich nicht rühren. Dann fiel ihr etwas ein, was Vater immer zu Aschti sagte.

»Ein Kurde zeigt nie, daß er Angst hat.«
Tara holte tief Luft und zwang sich zu einem letzten kühlen, prüfenden Blick auf die Küche. Gerade wollte sie hinauslaufen, da sah sie ihre eigenen Hände. Über das Handgelenk lief ein roter Streifen! Ihr Herz setzte einen Schlag aus, sie rannte zur Spüle und wusch das Blut ab. Der Wagen hielt vor dem Haus, zuerst wurde eine Tür, dann eine zweite Tür zugeschlagen. Tara stürzte davon, sie mußte ihre Mutter warnen.
Teriska Khan kam gerade aus dem Bad und trocknete sich die Hände an einem Handtuch.
»Was ist denn jetzt schon wieder los?«
»Daya! Ein Wagen! Er hat vorm Haus gehalten. Leute steigen aus. Ich habe die Türen schlagen hören!«
»Das wird Soran sein. Ich habe schon vor Stunden mit ihm gerechnet«, sagte Teriska Khan. »Bist du mit der Küche fertig? Und ist der Mull weg? Okay. Falls es nicht dein Vater ist, dann denk dran: Es war den ganzen Tag niemand hier außer deinem Vetter Latif. Er ist am frühen Abend vorbeigekommen und wieder gegangen, als er hörte, daß dein Vater noch nicht aus Bagdad zurück ist. Verstanden?«
Sie hatte kaum ausgeredet, da rief eine Männerstimme: »Teriska, Tara – wo seid ihr? Ich habe eine Überraschung für euch!«
Tara hatte das Gefühl, aus einem Alptraum aufzuwachen. Ihr Vater war endlich zu Hause.
»Baba!« rief sie und lief zur Haustür.
Kak Soran hatte seine Aktentasche abgestellt und wickelte sich gerade den Schal vom Hals. Er lachte, als er sie sah. »Bei euch ist es aber sehr still heute abend. Erzähl mir nur nicht, daß Hero schon schläft? Was ist denn los mit dir? Schau, wen ich mitgebracht habe.«

Er trat zur Seite, und Tara sah neben Aschti eine kleine Person ganz in Schwarz, vom Kopftuch, das ihr weißes Haar völlig bedeckte, bis zum Saum ihres knöchellangen Kleides.

»Oma!« Sie lief zu ihr und umarmte sie.

Alle redeten und lachten zugleich.

»Ich hatte keine Ahnung ...« sagte Teriska Khan.

»Nun«, sagte Oma gutgelaunt, »Soran war früh mit seinen Geschäften fertig und hat mich besucht und gefragt, warum ich nicht für ein, zwei Wochen mitkomme. Suzan geht es viel besser, sie hat gemeint, sie kann eine Zeitlang auf mich verzichten, also habe ich ja gesagt. Er hat mir nur eine halbe Stunde Zeit gelassen, meine Sachen zu packen.« Sie hatte immer noch den Arm um Tara gelegt, die den vertrauten Duft nach Kampfer und Zimt einsog, der immer in Omas Kleidern zu hängen schien.

»Was gibt's denn zum Abendessen?« Kak Soran steuerte auf die Küche zu. »Das war eine lange Fahrt.«

»Oh! Oh, um Himmels willen!« rief Teriska Khan. »Das Abendessen habe ich ganz vergessen!«

»Was?« Kak Soran sah sie ungläubig an. Er war an einen perfekt funktionierenden Haushalt gewöhnt, an einen endlosen Vorrat herrlich gebügelter Hemden und an köstliche Mahlzeiten, die stets bereitstanden, wenn er essen wollte. In all den Jahren, in denen sie verheiratet waren, hatte Teriska Khan noch nie vergessen, ihm ein Abendessen zu kochen.

»Wir hatten heute abend alle Hände voll zu tun«, sagte Teriska Khan entschuldigend. »Weißt du ...«

Tara bekam plötzlich einen Kicheranfall.

»Alle Hände voll?« stieß sie hervor und war fast hysterisch vor Erleichterung. »Alle Hände voll? Ja, so kann man es wohl nennen. Das kann man wohl sagen, daß wir alle Hände voll zu tun hatten!«

4

Morgens war Tara immer erst mal schlecht gelaunt, verschlafen und gereizt, und meistens konnte sie mit niemandem reden, bis sie sich das Gesicht gewaschen und ein paar Glas heißen, süßen Tee aus dem Samowar in der Küche getrunken hatte.
Aber heute war es anders. Sie erwachte mit einem merkwürdigen Gefühl in der Magengrube, einer Erregung, in die sich böses Grauen mischte. Dann wälzte sie sich auf die Seite und sah im Bett am Fenster, in dem sonst Hero schlief, eine Gestalt, die sich unter dem Laken abzeichnete. Natürlich! Oma war da!
Sie sprang aus dem Bett, und jetzt fiel ihr wieder ein, was gestern geschehen war. In Rekordzeit war sie gewaschen und angezogen. Sie bürstete sich die langen, weichen, lockigen Haare und steckte ihre rosa Lieblingsspangen hinein, dann ging sie in die Küche zum Frühstück.
Onkel Rostam saß, an ein Kissen gelehnt, beim Fenster auf dem Teppich. Neben ihm lag zwischen Frühstück und Geschirr sein Revolver und sah so fehl am Platz aus wie eine Giftschlange in einem Blumenstrauß. Der Patronengürtel lag auch auf dem Boden, die Patronen steckten fast in der Butter.
Aschti saß neben ihm auf dem Boden und hatte sein Frühstück offensichtlich ganz vergessen. Er hörte Rostam so aufmerksam zu, daß er es kaum gemerkt hätte, wenn das Haus um ihn herum abgebrannt wäre. Das dichte schwarze Haar, das er sonst mor-

gens immer so sorgsam bürstete, hing ihm ungekämmt in die Stirn.

»Weiter, Onkel«, sagte er. »Was habt ihr dann gemacht?«

Rostam hielt sein Teeglas vorsichtig zwischen Daumen und Zeigefinger und schlürfte laut einen heißen, süßen Schluck. Dann stellte er das Glas ab und wischte sich den langen Schnurrbart mit dem Handrücken. Keiner der beiden hatte Tara bemerkt. Sie nahm sich ein Stück Brot und ein Glas Tee und setzte sich neben ihren Bruder.

»Wir haben sie natürlich überfallen«, sagte Rostam.

»Wie denn?«

»Oh, das war einfach.« Rostam nahm seinen Revolver und schielte in den Lauf. »Dieser Straßenabschnitt war wie geschaffen für einen Überraschungsangriff. Zehn von uns verteilten sich oben auf der Klippe, andere warteten in einer Felsspalte an der Ecke, wo die Straße in Serpentinen den Berg hinunterführt. Als die ersten fünf Militärlaster vorbei waren, haben wir sie unter Beschuß genommen. Peng! Wir haben sie total überrascht.«

Tara dachte an den Jungen vor der Moschee und schauderte. Rostam merkte es nicht. Er war ganz in seine Geschichte vertieft.

»Habt ihr die Laster in die Luft gejagt?«

»Natürlich nicht! Wir brauchten sie, schließlich waren sie voller Nachschub für die Militärgarnisonen. Du hättest mal sehen sollen, was sie alles geladen hatten! Kanister voll Öl, Säcke mit Mehl und Zucker, frisches Gemüse, Kaffee, Zigaretten – wir konnten es kaum glauben! Wir waren seit Wochen knapp an Lebensmitteln.«

»Und was wurde aus den Soldaten?« fragte Tara schüchtern. »Was habt ihr mit ihnen gemacht?«

»Vier oder fünf hat es beim ersten Angriff erwischt. Da kam

jede Hilfe zu spät. Die anderen leisteten nicht viel Widerstand.« Rostam lachte. »Man konnte sehen, daß sie keine begeisterten Kämpfer waren. Gegen uns Peschmergas hatten sie auf unserem eigenen Gelände keine Chance, und das wußten sie. Gefangene wollten wir nicht machen. Sie sind nur eine Last. Man muß sie ernähren, und wir haben nicht mal für uns genug zu essen. Also nahmen wir ihnen die Waffen ab, gaben ihnen einen Klaps auf den Kopf und sagten, sie sollten nach Hause zu ihrer Mami laufen und nicht noch mal in die Berge kommen, sonst würden die bösen Kurden sie auffressen. Und ihr hättet sehen sollen, wie sie liefen! Sind davongaloppiert wie die Pferde! Sie müssen Tage gebraucht haben, bis sie zu Hause waren.«
»Tara!«
Tara fuhr zusammen. Teriska Khan stand an der Küchentür und rief wütend nach ihr.
»Was ist los, Daya?« fragte Tara überrascht.
Teriska Khan bückte sich nach dem Frühstücksgeschirr und las Krümel auf.
»Du kommst zu spät in die Schule«, sagte sie schließlich. »Geh und hole deine Bücher. Leila fragt sich vermutlich, wo du bleibst. Und was dich angeht . . .« Sie schaute Aschti an.
Aschti hörte nicht zu. Vorsichtig nahm er Rostams Revolver und wog ihn in der Hand. Tara sah, wie Teriska Khan und Rostam Blicke tauschten. Sie schienen irgendeinen Kampf auszufechten. Tara wagte nicht zu bleiben, bis er entschieden war. Wenn ihre Mutter in dieser Stimmung war, gab es nur eins – sofort gehorchen.
Leila wartete schon am Gartentor. Sie hatte eine neue Frisur, die Haare waren zurückgekämmt und am Hinterkopf mit einer Schmetterlingsspange zusammengehalten. Sie sah mindestens zwei Jahre älter aus.

Tara bemerkte es noch nicht einmal. Ihr kam es vor, als wäre ein Jahr vergangen seit gestern, als sie mit Leila an einem scheinbar ganz normalen Tag zur Schule gegangen war. Gestern hätte sie Leilas Frisur sofort gesehen. Heute dachte sie an nichts als an die schrecklichen Geheimnisse, die sie für sich behalten mußte. Sie hatte Angst, Leila könnte ihr etwas ansehen. Das war furchtbar. Sie und Leila hatten sich immer alles erzählt.

Schnell erzählte sie die Version, die sie mit ihren Eltern abgesprochen hatte.

»Meine Oma ist zu Besuch gekommen. Und der Vetter meines Vaters. Baba hat sie beide gestern abend aus Bagdad mitgebracht.«

Zum Glück schien sich Leila nicht besonders dafür zu interessieren.

»Hast du ihnen erzählt, was gestern mit dem Jungen und dem Mullah passiert ist?« fragte sie eifrig. »Was haben sie dazu gesagt?«

»Nicht viel.« Tara wollte nicht über den Jungen reden. Ihr wurde immer noch flau, wenn sie an ihn dachte. Es hatte keinen Sinn, mit Leila darüber zu sprechen, sie sah das sicher alles ganz anders. Tara überlegte, wie sie das Thema wechseln könnte, doch sie war nicht schnell genug.

»Es war furchtbar, nicht wahr?« Leila merkte gar nicht, wie verschlossen Tara plötzlich war. »Ich bin vor Angst fast gestorben. Nie werde ich das vergessen. Ich habe die ganze Nacht nicht schlafen können. Mein Vater sagt . . .«

Tara wurde wütend. »Ich will gar nichts wissen, was dein Vater sagt!« platzte sie heraus. »Was versteht der schon davon? Er ist ein Araber, genau wie dieser Offizier, oder etwa nicht?«

Leila blieb wie angewurzelt stehen. Die beiden waren aus ihrer Straße in die Hauptstraße eingebogen, wo der ungepflasterte

Bürgersteig schmal war und der Verkehr unangenehm nahe kam. Leila trat zurück.

»Was willst du damit sagen?« fragte sie. Zwei rote Flecken brannten auf ihren Wangen. »Soll das heißen, du denkst, mein Vater ist wie dieser Mann?«

Auch Tara war stehengeblieben. Sie und Leila starrten einander böse an.

»Er ist ein Araber, oder? Was macht es ihm schon aus? Was kümmert es ihn, daß wir in unserem eigenen Land nicht frei leben können?«

Jetzt zitterte auch Leila vor Wut. »Das glaubst du also von mir? Du bist mir eine schöne Freundin! Nun hör dir an, Tara Hawrami, was mein Vater wirklich gesagt hat. Er hat gesagt, daß die Schüsse eine Schande sind und daß diese Regierung aus einem Haufen Banditen besteht und daß er nicht verstehen kann, warum die Kurden nicht das Recht haben, über sich selbst zu bestimmen wie alle anderen auch. Aber das reicht dir nicht, was? Du glaubst . . .«

»Leila! Vorsicht!«

Tara riß Leila von der Straße zurück. Ein Lastwagen war wie aus dem Nichts aufgetaucht und schoß auf sie zu, fast hätte er Leila unter die Räder genommen. Hupend raste er vorbei.

»Danke«, sagte Leila spöttisch und zog den Arm aus Taras Griff. Rasch ging sie auf die Schule zu, die nur noch ein paar hundert Meter entfernt war.

Tara rannte ihr nach und holte sie ein.

»Leila, warte, hör zu. Ich muß verrückt geworden sein! So hab ich es doch nicht gemeint –«

»Wirklich nicht?«

»Nein – ich habe nicht dich gemeint. Ehrlich. Ich bin nur so wütend und durcheinander.«

Gruppen von Mädchen gingen vor ihnen durchs Schultor. In einer Minute waren sie von anderen umringt. Jetzt war die letzte Möglichkeit, etwas zu sagen, was nur sie beide anging.
»Hör zu, Tara«, Leilas Stimme zitterte. »Sag nie wieder so was zu mir. Viele Araber hassen diese Regierung und diesen Krieg genauso, wie die Kurden es tun. Mein Vater . . .«
Sie schwieg, und plötzlich erkannte Tara den Blick in ihren Augen. Also hatte auch Leila Familiengeheimnisse, die sie mühsam für sich behielt! Tara kam sich vor wie ein Idiot. Sie lachte verlegen. »Meine Oma sagt immer, ein Kurde hat keine Freunde. Aber das stimmt nicht. Es tut mir wirklich leid, Leila. Bis nach der Schule.« Und sie lief die Treppe hinauf zu ihrem Klassenzimmer.

Gewöhnlich aß die Familie gemeinsam. Schule und Bürostunden begannen früh am Morgen und endeten früh am Nachmittag, und Teriska Khan wartete gern, bis alle zu Hause waren, bevor sie das Essen auftrug. Aber heute schien ihr nichts daran zu liegen, daß alle zusammen aßen.
»Dein Vater kommt spät aus dem Büro«, sagte sie zu Tara und drehte die Flamme unter dem Reistopf auf dem Herd klein. »Dein Onkel ißt mit ihm. Wir anderen können jetzt essen. Rufst du bitte Aschti und Oma?«
Das Wohnzimmer lag neben der Küche. Tara machte die Tür auf. Oma spielte mit Hero auf dem großen seidenen Perserteppich.
»Tara!« Hero sprang auf. »Guck mal! Ich hab ein neues Kleid! Oma hat mir ein neues Kleid geschenkt!« Sie drehte sich kokett um sich selbst und sah dabei so komisch aus in ihren weißen und zitronengelben Rüschen, daß Tara lachen mußte.
»Daya sagt, das Essen ist fertig.«

Am anderen Ende des langen Zimmers saßen Aschti und Onkel Rostam.
»Komm zum Mittagessen, Aschti«, rief Tara. »Onkel, Daya hat gesagt, du ißt später mit Baba.«
Aschti schaute sich rasch um, dann drehte er Tara den Rücken zu. »Ich esse auch später.«
In der Küche stieg würziger Dampf aus dem Lammpilaw. Tara hatte Hunger. Sie setzte sich.
»Wo ist Aschti?« fragte Teriska Khan.
»Er will später essen, mit Baba und Onkel Rostam.«
»Oh, das will er, was?«
Tara verstand nicht, warum Daya so wütend war. Dann sah sie, daß Oma über Teriska Khan den Kopf schüttelte.
»Du kannst ihn nicht zurückhalten«, sagte Oma. »Aschti ist achtzehn. Er ist jetzt ein Mann. Er macht, was er will. Du kannst ihn nicht davon abhalten.«
Worum geht es? dachte Tara. Was macht es schon, ob Aschti mit ihnen ißt oder mit uns? Dann vergaß sie ihren Bruder und nahm noch einen Löffelvoll Pilaw.

Schließlich aßen Aschti und Rostam allein. Kak Soran kam erst Stunden später nach Hause. Tara lag im Wohnzimmer auf dem Boden neben dem großen Tisch und las eine Filmillustrierte, als die Männer zusammen ins Zimmer traten. Sie sahen sie nicht.
»Es ist mir gelungen, Kontakt mit ein paar von deinen Leuten aufzunehmen«, sagte Kak Soran. »Sie wissen, daß du hier bist, Rostam, und nicht zu schwer verletzt. Sie erwarten dich heute nacht an der gewohnten Stelle. Von dem Nachschub hab ich dir erzählt. Das alles habe ich letzte Woche organisiert. Sie sagten, sie könnten wohl alles durchkriegen.«
»Baba!« sagte Aschti aufgeregt. »Ich dachte, du hättest dich aus

der Politik zurückgezogen, seit du letztes Jahr gewarnt worden bist, daß die Geheimpolizei hinter dir her ist!«
»Nun ja«, Tara merkte seiner Stimme an, daß er lächelte. »Damals warst du noch ein Kind. Das solltest du glauben. Aber jetzt kannst du gern wissen, daß ich nie aufgehört habe, mit den Peschmergas zusammenzuarbeiten. Sie brauchen Leute aus der Stadt, angesehene, gebildete, ernste Männer wie mich, nicht nur verrückte Idioten wie diesen Banditen Rostam.«
Tara dachte, Rostam wäre beleidigt, aber es hörte sich nicht so an.
»Das stimmt, wir brauchen die Unterstützung von Leuten wie dir«, sagte er. »Aber wir brauchen auch mehr Kämpfer. Dort oben in den Bergen wird es wirklich schlimm. Wir hatten viel zuviel Verluste. Und sie schlagen immer heftiger zu, bombardieren die Dörfer, erschießen jeden, den sie erwischen – beim letzten Angriff auf unseren Stützpunkt haben sie siebzehn von uns umgebracht! Wir brauchen mehr Kämpfer, junge Männer zum Ausbilden . . .«
Die Tür wurde geöffnet. Tara spähte um die Tischbeine herum. Teriska Khan war hereingekommen.
»Ist Tara hier?«
Tara spürte, wie sie rot wurde. Es war schrecklich, wenn man beim Lauschen ertappt wurde, besonders wenn man es gar nicht vorgehabt hatte. Aber bevor sie unter dem Tisch vorkommen konnte, rief Teriska Khan zornig: »Ihr habt von Aschti gesprochen, stimmt's? Ich bin nicht blind und taub, wißt ihr. Ich sehe, daß er darauf brennt, zu den Peschmergas zu gehen wie alle anderen. Aber ich werde es nicht zulassen, Soran. Du wirst es verbieten müssen. Ich meine, was ist mit seinem Studienplatz? Er muß an seine Weiterbildung denken.«
Tara hätte zu gern Kak Sorans Gesicht gesehen. Nie, gar nie

sprach Teriska Khan so mit ihm, besonders nicht vor anderen. Sie mußte wirklich aufgeregt sein, wenn sie so energisch wurde. Tara wartete auf den Zornesausbruch ihres Vaters. Doch als er dann sprach, war sein Ton geduldig und resigniert, und das war noch aufreizender als seine Wut.

»Beruhige dich, Teriska. Du mußt den Dingen ins Gesicht sehen. Aschtis Einberufung kann jeden Tag kommen. Studenten werden nicht mehr zurückgestellt, auf die Universität kann er also sowieso nicht. Er muß sich entscheiden. Er wird entweder zum Militär eingezogen, und dann wird er an die Front geschickt, damit er gegen die Iraner kämpft, oder er kann mit Rostam in die Berge zu den Peschmergas gehen. Du willst doch wohl nicht, daß er an die Front kommt? Bei den Peschmergas kämpft er wenigstens für eine gute Sache und mit seinen eigenen Leuten.«

Tara vergaß völlig ihre peinliche Situation. Ohne nachzudenken, kroch sie unter dem Tisch vor.

»Ich würde es tun«, sagte sie lauter, als sie gewollt hatte. Alle schraken zusammen.

»Was machst du denn unter dem Tisch?« Kak Soran sah wütend aus.

»Entschuldige, Baba. Ich habe gelesen.« Tara hob die Illustrierte hoch.

»Was soll das heißen, ›Ich würde es tun‹?« fragte Aschti interessiert. »Was würdest du tun?«

»Ich würde sofort zu den Peschmergas gehen statt zum Militär.« Tara wurde rot. Sie war nicht daran gewöhnt, vor den Männern der Familie ihre Meinung zu sagen.

Rostam warf den Kopf zurück und lachte laut.

»Großartig, Tara! Schade, daß du kein Junge bist! Ich würde dich auf der Stelle in meine Kompanie aufnehmen.«

Teriska Khan sah ihn zornig an, und er hob abwehrend die Hände. »Entschuldige, entschuldige. Das war nur ein Scherz. Schließlich ist sie kein Junge, oder?«

5

In den nächsten Wochen schien sich das Leben wieder zu normalisieren, zumindest an der Oberfläche. Aber nichts war mehr wirklich so, wie es vor der Erschießung des Jungen und vor der Ankunft von Onkel Rostam gewesen war. Tara staunte, wie sie so lange so vieles hatte übersehen können – als hätte sie ihr Leben lang eine Sonnenbrille getragen und sie plötzlich abgenommen.

Sie hatte sich mit Leila ausgesöhnt, sie mochte sie sogar noch mehr als zuvor, obwohl beide wußten, daß es jetzt zwischen ihnen Dinge gab, über die sie nicht zu reden wagten. Doch obwohl sie nach wie vor gute Freundinnen waren, hatten sie keine Lust mehr zu den Unternehmungen von früher. Selbst Schaufensterbummel machten ihnen keinen Spaß mehr. Damit waren zu viele Erinnerungen verknüpft. Und abends, wenn sie über ihren Hausaufgaben saßen, genügte schon Hundegebell oder der Knall einer zugeschlagenen Wagentür, damit sie aufsprangen und einander beklommen ansahen.

Auch Teriska Khan schien verändert. Sie war neuerdings häufig gereizt. Tara wußte, daß sie sich Sorgen um Aschti machte. Er und Onkel Rostam hatten sich in der Nacht davongeschlichen. Mit dem Koffer in der Hand und dem Mantel über der Schulter hatte er so glücklich und aufgeregt ausgesehen, daß Tara eine merkwürdige Eifersucht spürte. Natürlich fehlte er ihr, doch zugleich war sie wider Willen böse auf ihn. Es hatte ihm offenbar gar nichts ausgemacht, daß Daya weinte und Oma sich mit der Hand über die Backe fuhr wie immer, wenn sie fassungslos war. Er dachte nur an die Abenteuer, die auf ihn warteten, an die Kämpfe, die Überfälle, die schweren Nachtmärsche und daran, daß er bald zu den tapferen Männern der Berge gehören würde.

Um auf andere Gedanken zu kommen, hatte Tara versucht, sich auf die Schule zu konzentrieren. Aber das war nicht einfach. Teriska Khan hatte immer übereifrig darauf geachtet, daß Tara sich Zeit für die Hausaufgaben nahm, sie hatte sich für ihre Noten interessiert und sie zum Lernen ermuntert. Jetzt schienen die Schularbeiten plötzlich nicht mehr wichtig zu sein. Obwohl am Ende des Jahres Prüfungen bevorstanden, hörte Tara von ihrer Mutter immer öfter, sie solle die Bücher wegräumen und Oma mit dem Abendessen helfen oder sich um Hero kümmern, während Teriska Khan eine Menge dringender Aufgaben zu erledigen hatte. Ständig war sie jetzt beschäftigt, entweder sie machte sich endlos mit Schubladen voller Kleider zu schaffen, oder sie ging aus und besuchte Leute. Daß Tara für Prüfungen lernen mußte, nahm offenbar niemand wichtig.

»Ich verstehe nicht, warum du dir über diesen Büchern die Augen verdirbst«, sagte Oma immer wieder, »wenn du noch nicht mal den Boden fertiggekehrt hast. Was soll später nur mal dein Ehemann von dir denken, falls wir überhaupt einen finden für ein Mädchen, das nicht weiß, wie man den Haushalt führt? Mädchen sollten lernen zu kochen und sich für ihren Mann hübsch zu machen, nicht über Büchern hocken.«

Es hatte keinen Sinn, Oma zu erklären, daß Tara gar nicht vorhatte, ihr Leben lang nur den Haushalt zu führen. Sie wollte studieren, einen Abschluß machen und einen guten Job bekommen. Vielleicht unterrichtete sie Mathe wie Frau Avan, oder sie arbeitete in einer Bank wie ihre Kusine Lana. Natürlich würde sie irgendwann heiraten, aber das bedeutete nicht, daß sie dann auf ihre Arbeit verzichtete. Lana war eine sehr gute Ehefrau, ihr Haus war immer hübsch und gepflegt, doch außerdem verdiente sie ein gutes Gehalt.

Oma würde das alles nie verstehen. Für sie gehörte eine Frau ins Haus, und es war eine Familienschande, wenn ein Mann nicht genug Geld verdienen konnte, um seiner Frau ein angenehmes Leben zu bieten.

Mit Baba konnte man auch nicht reden. Er war nie da. Seit Aschti und Onkel Rostam fortgegangen waren, hatte er mehr zu tun als je zuvor, bis spät in die Nacht war er unterwegs von und nach Bagdad und Mosul. Tara sah ihn kaum noch in diesen Tagen, und wenn, dann war er müde und hatte Sorgen.

Alles in allem war es kein bißchen überraschend, daß er schließlich an einem Virus erkrankte. Die ganze Nacht war ihm schlecht, und am nächsten Tag mußte er zu Hause bleiben. Er hatte einfach nicht genug Energie aufzustehen.

An diesem Tag kam Tara früh von der Schule nach Hause. Sie war in der Küche und half Oma, den Reis fürs Mittagessen zu verlesen, da läutete es an der Haustür.

Sie sprang auf. »Ich gehe. Wahrscheinlich ist es Leila. Sie wollte mein Geographiebuch zurückbringen.«

Sie ging durch den leeren vorderen Salon und riß die Tür weit auf.

»Hallo, Lei . . .« Verlegen hielt sie inne. Sie kannte den Mann nicht, der auf der Schwelle stand. Nervös schaute er über die Schulter zur leeren Straße zurück, bevor er auf arabisch sagte:

»Herr Soran – ist er zu Hause?«

»Ich – ich weiß nicht«, sagte Tara unschlüssig. Der Mann kam ihr verdächtig vor. Er war offensichtlich kein Kurde, und er gehörte kaum zu den Freunden, die häufig abends ihren Vater besuchten. Sie wußte nicht, ob ihr Vater diesen Fremden empfangen wollte. Sie hörte Omas Schritte und trat zurück, um sie zu rufen. Der Fremde nutzte die Gelegenheit, schlüpfte ins Haus und machte rasch die Tür hinter sich zu.

»He!« sagte Tara entrüstet. »Was glauben Sie . . .«

Oma schaltete sich ein. »Zu wem möchten Sie?« fragte sie ruhig. Der Mann wischte sich die Stirn. Tara sah erleichtert, daß er eher ängstlich als beängstigend wirkte.

»Ich muß mit Herrn Soran sprechen«, stieß er hervor. »Es ist sehr wichtig.«

»Ich will nachsehen, ob er zu Hause ist«, sagte Oma würdevoll. »Darf ich Ihren Namen erfahren?«

»Oh – ja. Sagen Sie nur, es ist Mahmoud, aus dem Büro.«

Tara ging in den vorderen Salon und schaute nach, ob er aufgeräumt und bereit war für einen Gast, falls Baba den Fremden hereinbat. Da hörte sie Kak Sorans Stimme. Er war durch den Gang zur Tür gegangen und von seinem Besucher offenbar überrascht.

»Mahmoud! Was führt Sie hierher? Was ist los, Mann? Sie sehen zu Tode erschrocken aus.«

Herr Mahmoud sprach so schnell, daß die Worte sich überstürzten. »Sie wollten Sie abholen, Herr Soran. Heute.«

Kak Soran schien sofort zu wissen, wer ›sie‹ waren.

»Wie viele?« fragte er.

»Zwei Männer. Sie trugen keine Uniform. Aber es war die Polizei, da bin ich mir sicher. Sie waren sehr höflich und sagten, es sei nur eine Routineangelegenheit, wir brauchten Ihnen nicht zu sagen, daß sie dagewesen seien.«

Tara hatte vom Salon in die Küche gehen wollen, aber sie

konnte sich nicht rühren. Sie hielt ein Kissen zum Aufschütteln in der Hand, jetzt drückte sie es an sich.
Kak Soran sagte: »Warum sind Sie hergekommen? Das ist gefährlich! Sie hätten mich anrufen sollen.«
»Das habe ich nicht gewagt, Herr Soran. Heutzutage weiß man nie, wer mithört. Ich bin gekommen, so schnell ich konnte, ohne Aufmerksamkeit zu erregen – ich habe meinen Wagen einen Block entfernt geparkt und bin hergelaufen. Ich glaube nicht, daß jemand mich gesehen hat.«
»Um welche Zeit waren sie da?«
»Heute morgen um zehn. Vor zwei Stunden. Ich habe ihnen gesagt, Sie seien geschäftlich in Bagdad.«
»Sie werden die Hauptgeschäftsstelle anrufen und nachforschen.«
»Nein, daran habe ich gedacht. Ich habe gesagt, Sie hätten wegen Steuersachen auf der Bank zu tun. Ich sagte, Sie müßten in Bagdad mehrere geschäftliche Termine wahrnehmen und wären voraussichtlich nicht vor morgen abend zu Hause.«
Kak Soran lachte mühsam. »Mahmoud, das war brillant! Ich bin Ihnen außerordentlich dankbar. Wenn ich mich je auf irgendeine Weise erkenntlich zeigen kann –«
»Nicht nötig. Ich bin zwar kein Kurde, aber ich habe keinen Grund, die Geheimpolizei zu lieben, das kann ich Ihnen sagen. Darf ich fragen – was haben Sie vor?«
»Ich weiß nicht. Ich muß darüber nachdenken.«
»Aber nicht zu lange. Sie haben mir geglaubt, davon bin ich überzeugt, aber ich habe sie nur für kurze Zeit aufgehalten. Höchstens einen Tag. Sie werden bald hinter Ihnen her sein.«
»Ich weiß. Machen Sie sich keine Sorgen. Ich habe Zeit genug. Hoffentlich kommen Sie dadurch nicht selbst in Schwierigkeiten, Mahmoud. Es war sehr riskant hierherzukommen.«

»Nicht der Rede wert. Es war ein Vergnügen, für Sie zu arbeiten, das können Sie mir glauben. Ich werde Sie vermissen.«
Tara hörte, wie die Haustür geöffnet wurde. Eine Pause entstand, die beiden Männer schauten vorsichtig die Straße entlang. Dann sagte Herr Mahmoud: »Auf Wiedersehen, Herr Soran. Und viel Glück.«
Kaum war die Haustür geschlossen, da wurde die Hintertür geöffnet, die aus der Küche in den Garten führte. Teriska Khan war den ganzen Morgen bei einer Nachbarin gewesen und kam jetzt zurück.
»Teriska!« rief Kak Soran.
»Soran! Warum um alles in der Welt bist du aufgestanden? Du gehörst ins Bett.«
Die Stimmen entfernten sich. Tara legte ihr Kissen weg. Sie fröstelte. Jetzt war es also soweit. Sie steckten wirklich in Schwierigkeiten. Doch obwohl es wie ein Blitz aus heiterem Himmel gekommen war, überraschte es sie im Grunde nicht.
Sie ging in die Küche. Teriska Khan saß am Tisch und biß sich auf den Handknöchel.
»Ich habe gehört, was der Mann gesagt hat«, sagte Tara. »Was wird Baba tun?«
Teriska Khan stand auf und ging zur Spüle. Sie stapelte mit lautem Geklapper ein paar Töpfe, die dort zum Trocknen gestanden hatten. »Heute abend muß er fort.«
»Aber es geht ihm nicht gut! Er ist krank!«
»Erzähl das mal der Geheimpolizei! Er muß fort, sobald es dunkel ist, krank oder nicht.«
»Und wohin?«
»Natürlich in die Berge. Zu Rostam.«
»Für wie lange?«
»Woher soll ich das wissen?«

Teriska Khan schlug die Schranktür hinter den letzten Töpfen zu.

»Aber Daya, ohne Baba können wir hier nicht leben, nur du und ich und Hero!«

»Oh, um Himmels willen, Tara! Hör auf damit! Wir müssen die Probleme lösen, wie sie kommen, eins nach dem andern. Jetzt mach du mal hier fertig, und ich packe für deinen Vater. Ein Glück, daß ich gestern seinen Wintermantel von der Reinigung geholt habe. In den Bergen wird er ihn brauchen. Um diese Jahreszeit ist es nachts immer noch sehr kalt dort oben.«

6

In dieser Nacht fand Tara keinen Schlaf. Sie hatte ein fürchterliches Gefühl in der Magengrube. Jedesmal, wenn sie an tröstliche, normale, alltägliche Dinge denken wollte, sah sie Baba vor sich, wie er krank und elend in der Nacht davonlief wie ein Verbrecher. Immer wieder sagte sie sich, daß ständig Menschen ungefährdet über die Berge kamen. Die Peschmergas schickten dauernd Leute heimlich von ihren Stützpunkten in den Bergen durch die Militärlinien in die Stadt und wieder zurück. Aber dann fielen ihr all die Kontrollpunkte an den Straßen ein. Wenn ein Soldat wirklich wachsam war, wenn Babas Helfer auch nur einen Fehler machten . . . Daß sie nicht wußte, ob er in Sicherheit war oder nicht, war das Schlimmste.
Sie wälzte sich von einer Seite auf die andere und fand keine Ruhe. Schließlich knipste sie die Nachttischlampe an und schaute auf die Uhr. Mitternacht war längst vorbei. Und wo war Oma? Meistens ging sie ziemlich früh schlafen, aber jetzt war ihr Bett noch leer. Tara setzte sich auf den Bettrand und vergrub die Füße in dem schönen seidenen Bettvorleger. Seit sie klein war, liebte sie das komplizierte persische Muster aus Blättern und Blüten, und nie stand sie auf, ohne mit den Zehen den weichen, kühlen Flor zu streicheln. Jetzt machte sie es automatisch und empfand die seidige Berührung wie einen Trost. Zu Hause war immer noch zu Hause, auch wenn Baba und Aschti fort waren.

Tara machte die Tür auf und hörte die Stimmen von Oma und Daya aus dem Wohnzimmer. Sie strich sich das lange schwarze Haar aus dem Gesicht und ging durch den Gang. Die beiden merkten gar nicht, daß sie hereinkam. Oma saß mit gekreuzten Beinen auf dem Teppich, den Rücken so gerade wie ein Brett, und gestikulierte wild wie immer, wenn etwas sie beunruhigte. Tara setzte sich neben sie.

»Sei nicht albern, Teriska. Natürlich kannst du ohne Soran hier nicht bleiben. Kein Mann im Haus! Das kommt nicht in Frage. Du mußt an Tara denken. Sie ist jetzt in einem sehr schwierigen Alter. Du weißt genau, daß man gut auf sie aufpassen muß. Du und ich schaffen das einfach nicht allein. Du weißt, was seit Kriegsbeginn los ist. Schreckliche Dinge gehen vor – weißt du, was Suzan gesagt hat?«

Teriska Khan wollte nicht wissen, was Suzan gesagt hatte. Auch sie saß kerzengerade da, auf ihren Backen brannten rote Flecken. Es gehörte sich nicht, daß sie Oma widersprach, aber jetzt war sie zu aufgeregt, um sich darum zu kümmern.

»Das kann nicht dein Ernst sein, daß wir von zu Hause wegsollen, Mutter! Das ist unmöglich! Es muß sowieso bald besser werden. Diese Sache mit Soran – das geht vorbei. Es muß! Letztes Mal war es genauso. Selbst wenn er mit den Führern der Peschmergas eng zusammenarbeitet, hat er das absolut geheim gehalten. Und woher wissen wir, daß dieser Mahmoud die Wahrheit gesagt hat? Auf mich hat er keinen vertrauenswürdigen Eindruck gemacht. Warum ist er hergekommen, statt zu telefonieren oder sonstwas? Ich glaube nicht, daß wirklich Gefahr besteht. Soran kommt bald wieder nach Hause, und . . .«

»Hat er dir das gesagt?«

Teriska Khan schüttelte widerstrebend den Kopf. »Nein. Aber

erst heute morgen hat Frau Amina, Leilas Mutter, mir gesagt . . .«
Oma prustete verächtlich. »Mach dir nichts vor, Mädchen. Dieser Krieg kann noch jahrelang dauern. Und was ist mit Aschti? Du mußt dich mit den Tatsachen abfinden. In den Augen der Militärs ist er ein Deserteur. Wer sich nicht meldet, sobald er seinen Einberufungsbefehl bekommen hat, ist genau das – ein Deserteur. Aschti hat ein Kapitalverbrechen begangen, und Kak Soran mindestens ein Dutzend davon, kann ich mir denken. Sie wären verrückt, wenn sie sich in Sulaimanja sehen lassen würden. Vergiß nicht, was mit der Familie deines Vetters Zhen passiert ist! Und mit unseren Bekannten in Mosul, die dieses Importgeschäft für Fernsehgeräte hatten. Und dann war da . . .«
»Oh, laß! Hör auf damit!« Teriska Khan steckte die Finger in die Ohren. »Erzähl mir nicht noch mehr schreckliche Geschichten, Mutter. Ich halte das nicht aus.«
»Soll das heißen«, sagte Tara, »daß Baba und Aschti nicht mehr zurückkommen? Nie mehr?«
»Sie kommen zurück, natürlich kommen sie.« Teriska Khan suchte nach einem Taschentuch.
»Nein, sie kommen nicht«, sagte Oma mit fester Stimme. »Sie können nicht. Zumindest nicht, bevor dieser Krieg vorüber ist und wir eine neue Regierung haben. Du solltest sofort weg von hier, Teriska, und zu ihnen gehen.«
Teriska Khan putzte sich die Nase.
»Weg? Von zu Hause weg? Für wie lange?« fragte Tara verstört.
Oma tätschelte ihr das Knie. »Frag mich nicht, Liebes. Ich wollte, ich wüßte, wann dieser Krieg zu Ende ist. Genau wie alle anderen.«
Teriska Khan schaute sich in dem hübschen Wohnzimmer um.

Oma sah es und drohte ihr mit dem Finger. »Ich habe dich nicht dazu erzogen, am Luxus zu hängen, während dein Mann und dein Sohn sich kümmerlich in den Bergen durchschlagen!« sagte sie vorwurfsvoll. »Die Familie kommt immer zuerst, vor Teppichen und Sofas und wer weiß was sonst noch. Was auch geschieht, ihr müßt zusammenhalten.«
»Du weißt ganz genau, Daya«, unterbrach Teriska Khan sie wütend, »daß die Familie mir mehr bedeutet als alles in der Welt. Aber wir können nicht einfach packen und gehen! Hier ist alles mögliche zu erledigen. Das Haus, der Wagen ... Und Tara hat bald Prüfung, und Hero ist gerade in den Kindergarten gekommen. Ihre Ausbildung ...«
Oma rümpfte die Nase. »Du weißt, was ich von dieser Erziehung halte. Sie setzt den Mädchen nur lästerlichen Unsinn in den Kopf und beeinflußt sie gegen ihre Familien und ihre Ehemänner. Laß sie den Koran studieren. Mehr Bücherwissen brauchen sie nicht. Als ich ein junges Mädchen war ...«
Tara und Teriska Khan wechselten einen Blick. Das hatten sie schon Dutzende Male gehört. Tara wußte, daß die abgedroschenen Argumente für und wider mindestens eine halbe Stunde in Anspruch nehmen würden.
»Oma«, sagte sie, sobald es eine Atempause gab, »glaubst du wirklich, daß wir weggehen müssen?«
»Jetzt hör mal zu, mein Liebes.« Oma griff nach Taras Hand und tätschelte sie zärtlich. »Du bist jetzt ein großes Mädchen. Fast erwachsen. Als ich in deinem Alter war, habe ich mich schon um meine Hochzeitskleider gekümmert. Du mußt einsehen, daß es nur um euere Sicherheit geht. Nicht nur die Peschmergas werden gesucht. Es ist, wie ich immer sage: ›Wer bei der Schmiede sitzt, dem fliegen die Funken ins Gesicht.‹ Manchmal werden ganze Familien von Peschmergas verhaftet. Und ich

brauche dir nicht zu sagen, daß gefangene Frauen nicht mit Respekt behandelt werden. Ich habe da Geschichten gehört . . .«
Tara schauderte. Oma hatte ihr schon gestern welche erzählt.
»Aber ich brauche Zeit«, sagte Teriska Khan verzweifelt. »Ich kann nicht einfach die Tür hinter mir zumachen. Ich muß alles zusammenpacken, ich muß Geld besorgen. Ich meine, da gibt es hunderterlei . . .«
»Packen?« fragte Oma spöttisch. »Das alles kannst du nicht mitnehmen.« Mit einer Handbewegung tat sie es als unwichtig ab – die Teppiche und Kissen, die kleinen Tische mit ihren Lampen und Schalen und Vasen, die Tapeten an den Wänden und das Fernseh- und Videogerät in seinem Schrank. »Du kannst nur mitnehmen, was in ein Taxi geht, und du solltest dich auf warme Kleidung, ein paar Kochgeräte und Medikamente beschränken. Übrigens, Teriska, hast du meinen Rat wegen deines Schmucks befolgt?«
Der Kampfgeist schien Teriska Khan verlassen zu haben. Sie nickte.
»Wenn du auf mich hörst«, sagte Oma fest, »dann geht ihr so bald wie möglich. Morgen.«
»Kommst du nicht mit, Oma?« fragte Tara ängstlich. Wenn Oma auch zuweilen sehr streng war und nichts von der Schule verstand, war sie doch weise und zuverlässig, ein Felsen, auf den man sich stützen konnte. Tara bekam Panik bei dem Gedanken, sie zurückzulassen.
»Ich gehe zu Suzan nach Bagdad, mein Liebes«, sagte Oma, »sobald ich mich davon überzeugt habe, daß ihr sicher fortgekommen seid. In den Bergen hat eine alte Frau wie ich nichts verloren. Ich wäre nur im Weg und würde euch aufhalten. Und Suzan braucht mich. Jetzt schau mich nicht so ängstlich an, hilf mir lieber beim Aufstehen. Wir gehören alle ins Bett. Heute

nacht verfolgt euch niemand, Tara, wir können also in aller Ruhe schlafen.«
Woher Oma das wußte, war unklar, aber sie sagte es so überzeugt, daß Tara ihr einfach gehorchte, ins Bett ging und sofort einschlief. Erst am nächsten Morgen wurde ihr klar, daß sie vielleicht zum allerletzten Mal in ihrem eigenen Bett in ihrem Haus geschlafen hatte.

7

Der nächste Tag war Freitag, der Tag, an dem Schulen und Büros geschlossen waren. Oma dachte nicht daran, von ihren Gewohnheiten abzuweichen. Sie ging nach Sulaimanja in die Moschee.

»Ich dachte, heute hättest du keine Zeit dafür«, sagte Tara ein wenig enttäuscht, als Oma den schwarzen Schleier über ihr Kleid zog und auf das Taxi wartete, das Tara für sie gerufen hatte.

»Gerade jetzt haben wir Gebete bitter nötig«, sagte Oma. Sie umarmte Tara und drückte sie fest an sich. Tara spürte, wie Omas Arme zitterten, und schaute auf in das alte, faltige Gesicht.

»Du bist ein braves Mädchen«, sagte Oma. Vielleicht wollte sie noch etwas hinzufügen, aber der Taxifahrer läutete, und sie überlegte es sich anders.

Als Tara die Tür hinter Oma geschlossen hatte, kam ihr das Haus merkwürdig leer vor. Teriska Khan war schon am frühen Morgen aufgestanden, hatte hektisch Sachen in Schränken verstaut, den Herd geputzt und den Kühlschrank abgetaut. Danach war sie zu ihrem Vetter gegangen, einem Rechtsanwalt.

»Ein Glück, daß dein Vater den Wagen schon so gut wie verkauft hatte, bevor er ging«, sagte sie zu Tara. »Ich muß nur noch die Papiere übergeben, dann haben wir das Geld in der Tasche.«

Wehmütig dachte Tara daran, daß sie zum letzten Mal in dem großen, bequemen Mercedes gefahren war, doch sie hatte keine Zeit, darüber nachzugrübeln.

»Pack deine Sachen, während ich weg bin«, hatte Teriska Khan gesagt. »Deine Kleider habe ich schon fast alle eingepackt, aber du kannst noch eine kleine Extratasche mitnehmen. Nur, sei vernünftig, Liebling. Im Dorf sind unpraktische Schuhe fehl am Platz, und es gibt keinen Strom, also kannst du deinen Fön oder Platten oder ähnliches vergessen. Wir fahren am Nachmittag, wenn wir es schaffen. Es kann nichts passieren, solange ich fort bin. An einem Freitag kommen sie bestimmt nicht. Und kümmere dich um Hero.«

Tara ging ins Schlafzimmer und schaute sich verzweifelt um. Wie sollte sie es bloß schaffen, alle ihre Lieblingssachen in eine kleine Tasche zu packen?

Rasch zog sie die Schubladen auf und holte ihren Schmuck heraus, ein paar schöne Seidentücher, die Leila ihr geschenkt hatte, und ein Schminktäschchen, das sie vor Wochen in Sulaimanja gekauft hatte. Dann fuhr sie mit dem Finger über die Rücken ihrer Schulbücher. ›English Made Easy‹ ließ sie ohne Bedauern zurück, aber der Verzicht auf die anderen fiel ihr schwer. Vor ein paar Wochen hatte sie sich nur gewünscht, den Prüfungen zu entgehen. Nie mehr wollte sie einen Test machen! Aber jetzt, wo ihr das wirklich erspart blieb, sah es ganz anders aus. Sie hätte alles darum gegeben, wenn sie morgen mit den anderen in die Schule gehen könnte. Der Gedanke an ein Leben ohne Hausaufgaben, ohne Mathe, ohne Geschichte und Biologie und Geographie stieg ihr verwirrend zu Kopf. Was sollte sie dann bloß den ganzen Tag machen?

»Tara! Tara!« rief Hero.
»Ich bin hier!«
Hero tappte durch den Gang, dann streckte sie den Kopf ins Zimmer.
»Was willst du?« Daß Hero jetzt ihre Sachen durcheinanderbrachte, fehlte gerade noch.
»Ich will . . .« Hero wußte es offenbar selbst nicht.
»Geh und spiel ein bißchen.« Tara drehte ihr den Rücken zu.
»Ich will einen Keks!« sagte Hero triumphierend. »Ich will einen Keks, will einen . . .«
»Ja, schon gut. Ich hol dir einen.« Tara ging hinter Hero durch den Gang in die Küche. Gerade machte sie den Speiseschrank auf, da läutete es an der Haustür.
»Ein Mann ist da«, sagte Hero.
»Was? Woher weißt du das?«
»Er war schon vorhin da.«
»Warum hast du mir das nicht gesagt?«
»Ich wollte einen Keks. Du hast nicht nach dem Mann gefragt.«
»Schnell!« Tara nahm ein Päckchen Keks und schob es Hero in die Hand. »Geh und schau dir dein Trickfilm-Video an.«
Es läutete wieder.
»Lauf!« sagte Tara verzweifelt und gab Hero einen Schubs. »Bugs Bunny und Donald Duck.«
Sie machte die Wohnzimmertür zu und lief zur Haustür. Daya hatte gesagt, an einem Freitag würden sie nicht kommen. Vielleicht war es ein ganz harmloser Besucher. Sie spähte durch die Milchglasscheiben in der Tür. Zwei große dunkle Gestalten standen draußen.
»Wer ist da?« rief sie.
Die Stimme eines Fremden antwortete. »Mach auf. Ich möchte Herrn Soran sprechen.«

Das klang nicht nach einem Freund oder Nachbarn. »Er ist nicht da.« Tara spürte, wie ihr Herz klopfte.

»Wo ist Herr Soran?«

Ihr Verstand funktionierte wunderbar klar und rasch. Sie erinnerte sich an jedes Wort, das Herr Mahmoud aus Babas Büro gesagt hatte.

»Er ist in Bagdad«, sagte sie so selbstverständlich wie möglich. Sie hörte, wie die beiden Männer leise miteinander redeten.

»Warum hat er nicht den Wagen genommen?«

Sie hatten also hinter dem Haus herumgeschnüffelt. Aus dem Wohnzimmer war Musik zu hören. Heros Zeichentrickfilm hatte angefangen.

Bleib bitte drin, Hero, flehte Tara stumm. Laut sagte sie: »Er bekommt einen neuen Wagen. In Bagdad holt er ihn ab. Unseren alten hat er verkauft.«

Die Männer schienen es nicht zu hören. »Mach die Tür auf!« sagte einer grob. »Wir warten im Haus auf ihn.«

»Ich – ich kann nicht.« Tara hoffte, daß sie ihnen immer noch einen Zug voraus war. »Meine Mutter hat die Hausschlüssel mitgenommen.«

»Wo ist deine Mutter? Warum ist sie nicht zu Hause?«

»Sie ist in die Stadt gegangen.«

»Was macht sie da?«

»Ich weiß nicht. Ich glaube – ich glaube, sie muß dem Anwalt Papiere bringen, es hat etwas mit dem Wagen zu tun.«

Erschrocken sprang sie zurück, als einer der Männer an der Türklinke rüttelte.

»Abgeschlossen«, knurrte er. »Das Kind sagt die Wahrheit. Die Frau wurde gesehen, wie sie ins Haus des Anwalts ging. Es bleibt uns nichts übrig als zu warten.«

Tara sah durch die Scheibe, wie die beiden durch das Gartentor

hinausgingen. Sie lief ans Fenster und schaute hinaus. Ein großer, schnittiger grauer Wagen stand am Ende der Straße im Schatten eines Baumes. Die beiden Männer gingen darauf zu und stiegen ein. Tara wartete, aber der Wagen fuhr nicht weg.
Die nächste halbe Stunde dehnte sich zu einer Ewigkeit. Dann kam Teriska Khan, zum Glück durch die Hintertür, wo sie vom Wagen aus nicht gesehen werden konnte. Sie wurde blaß, als Tara ihn ihr zeigte. Zusammen betrachteten sie ihn durch die Gardinen. Er stand ein paar hundert Meter entfernt, aber sie sahen deutlich einen dritten Mann, der etwas hineinreichte – vermutlich ein Tablett mit Essen.
»Jetzt ist es also soweit«, sagte Teriska Khan. »Meine Mutter hatte recht. Es war idiotisch, daß wir nicht gestern weggegangen sind. Lauf nach nebenan, Tara, und frag Frau Amina, ob wir durch die Hintertür von Hadschi Feisals Haus verschwinden können. Sie weiß, daß wir heute fort wollen. Sie hat versprochen, uns zu helfen, wo sie nur kann, sie will auch nach dem Haus schauen und die Schlüssel aufbewahren, bis wir – falls wir je . . .« Sie vollendete den Satz nicht.
»Aber wenn sie mich sehen?« sagte Tara.
»Kletter über die Gartenmauer wie früher, als du und Leila noch klein wart«, sagte Teriska Khan. »Dort, wo der Oleander steht. Bitte Leila, daß sie auf die Straße läuft und ein Taxi anhält. Es soll zur Hintertür kommen. Und Leila soll mir mit dem Gepäck helfen. Sind die Männer noch dort? Ja, schau, sie essen. Beeil dich, Tara. Und nimm Hero mit.«
Tara lief ins Wohnzimmer. Gerade fing ein neuer Trickfilm an. Tara schaltete den Fernseher aus, und Hero heulte auf.
»Bitte, nicht jetzt«, sagte Tara. »Keinen Wutanfall. Du mußt einfach tun, was ich sage.«
Hero sah zu ihr hoch und strampelte wütend. Tara sagte so

fröhlich und verführerisch wie möglich: »Ich hab eine Überraschung für dich.«
Hero hörte auf zu strampeln.
»Wir gehen zu Tante Amina. Bestimmt gibt Leila dir ein Stück Kuchen.«
»Leila!« Erfreut sprang Hero auf.
»Und jetzt klettern wir über die Mauer.«
»Nein, nein! Nicht über die Mauer! Durch das Tor!«
»Doch, Hero, der Hund ist angekettet. Er beißt dich nicht. Los, komm! Schnell!«
Hero lief voraus zur Hintertür, doch dann schlug sie um Tara einen Haken und lief zurück ins Wohnzimmer. »Mein Häschen!«
»Dafür haben wir keine Zeit! Schnell!« Tara schmeichelte nicht mehr, sie wurde nervös. Sie versuchte Hero zu fangen, doch Hero wich aus und schnappte sich ihr blaues Häschen mit den langen Ohren, das sie auf die Kissen im Wohnzimmer geworfen hatte.
Tara drängte sie aus dem Haus und die Gartenmauer entlang zum Schatten des Oleanderbaumes. Dort hob sie Hero hinauf.
Frau Amina, Leilas Mutter, stand an der Küchentür. Sie erfaßte die Situation sofort, nahm Tara Hero ab und half ihr über die Mauer.
»Wir brauchen sofort ein Taxi!« sagte Tara atemlos. »Sie sind in einem Wagen am Ende der Straße. Gerade essen sie, aber sie können jede Minute da sein.«
Auch Leila kam aus dem Haus. »Um diese Tageszeit bekommt ihr nie ein Taxi.«
Tara ließ Heros Hand los. Jetzt war es um ihre Gelassenheit geschehen. Sie konnte nicht mehr denken. »Was sollen wir bloß machen?« jammerte sie.

»Wo ist deine Mutter?« fragte Frau Amina.
»Sie holt das Gepäck, schließt ab – ich weiß auch nicht.«
Frau Amina lief zu ihrem Küchenfenster.
»Schnell, Tara, der Wagen ist angefahren. Er kommt näher. Ruf deine Mutter, sie soll das Gepäck stehenlassen und sofort herüberkommen. Ich bringe euch später eure Sachen, wenn ich kann. Ich fahre euch selbst. Rasch!«
Tara rannte zurück zur Mauer. Teriska Khan war an der Hintertür über eine Tasche gebeugt. Tara rief, und als ihre Mutter aufschaute, bedeutete sie ihr mit Gesten, daß die Männer im Wagen näherkamen. Teriska Khan zog die Tür hinter sich zu, schloß ab, nahm die zwei größten Taschen und rannte zum Oleander. Dann lief sie zurück, um das übrige Gepäck zu holen.
»Laß es! Laß es, Daya!« zischte Tara. »Sonst kriegen sie dich!«
Als Teriska Khan im Schatten des Oleanders war, schrak sie zusammen – vor dem Haus wurde eine Wagentür zugeworfen. Tara beugte sich über die Mauer, nahm eine Tasche nach der anderen und hob sie herüber. Ihre Hände waren so verschwitzt, daß sie kaum die Griffe festhalten konnte.
»Laß das Gepäck, Daya, komm!« flüsterte sie.
»Ich kann nicht«, keuchte Teriska Khan. »Wenn es hier liegenbleibt, wissen sie, daß Frau Amina uns geholfen hat. Und der Samowar! Den kann ich nicht zurücklassen! Gib mir die Hand, Tara, schnell!«
Sie kletterte über die Mauer und sprang schwer atmend auf der anderen Seite herunter. Frau Amina war mit der ersten Ladung Gepäck schon zum Wagen gelaufen. Tara und Leila rannten ihr mit den übrigen Taschen nach. Teriska Khan nahm Hero auf den Arm und sprang in den Wagen.
Zum Glück hatte Hadschi Feisal, Leilas Vater, seinen Wagen hinter dem Haus bei einer Seitenstraße geparkt, wo er von den

Männern vor Kak Sorans Haus nicht gesehen werden konnte. Frau Amina setzte sich ans Steuer, ließ den Motor an und legte den ersten Gang ein. Der Wagen machte einen Satz und schoß so jäh in die Straße hinaus, daß die Fahrgäste nach hinten geworfen wurden.

»Wiedersehen, Leila«, sagte Tara tonlos durchs Fenster und erhaschte gerade noch einen flüchtigen Blick auf die Freundin, bevor der Wagen beschleunigte. Sie verrenkte sich fast den Hals, doch sie sah im hellen Sonnenlicht nur noch die weiße Gartenmauer ihres Hauses und den hübschen Rundbogen über dem Tor, von purpurroter Bougainvillea überwachsen.

»Ich habe nicht gewußt, daß Sie fahren können«, sagte Teriska Khan und schloß die Augen, als Frau Amina in einer weiten Kurve um die Ecke bog und dabei fast den alten Obstverkäufer unter die Räder bekam, der wie gewöhnlich am Straßenrand hockte.

»Vier Fahrstunden habe ich bisher gehabt«, sagte Frau Amina mit zusammengebissenen Zähnen.

»Daya! Was ist mit Oma?« fragte Tara plötzlich.

»Nach dem Freitagsgebet geht sie zu Onkel Dilschad«, sagte Teriska Khan. »Bevor sie sich auf den Weg zu uns macht, ruft sie an. Sie dachte sich schon, daß wir vielleicht plötzlich verschwinden müßten.«

»Aber ich habe mich nicht von ihr verabschiedet!« sagte Tara unglücklich.

Teriska Khan gab keine Antwort. Sie hielt sich krampfhaft an ihrem Sitz fest, während Frau Amina über die Straße schwenkte, um einem Lastwagen auszuweichen, der ihnen mit wildem Gehupe entgegenkam.

»Setzen Sie uns an der Bushaltestelle ab?« fragte Teriska Khan mit schwacher Stimme. »Dort nehmen wir ein Taxi.«

»Ja, natürlich. Machen Sie sich nicht solche Sorgen. Ich kümmere mich um das Haus und alles. Sie können sich auf mich verlassen.«

8

Vor drei oder vier Jahren war Tara zum letzten Mal in den Bergen gewesen. Vor dem Krieg, als sie noch klein war, fuhren sie häufig hin. Aber nie im Frühling, immer in den Sommerferien, wenn es in Sulaimanja so heiß wurde, daß der Asphalt auf der Straße schmolz. Dann lud Kak Soran die ganze Familie in den Wagen und brachte sie hinauf in das Dorf, wo sein Großvater geboren war. Kak Soran besaß dort immer noch ein altes Haus.

Tara liebte diese Ferien. Mit der Hälfte der Dorfkinder war sie irgendwie verwandt, und immer spielten alle zusammen. Stundenlang saßen sie auf der Erde und bauten herrliche Mauern und Gräben im Lehm, sie tobten im Dorf und außerhalb herum, wo es ihnen gerade gefiel, rannten durch die engen Gassen und in die Häuser, die in Terrassen übereinander an den Hang gebaut waren, liefen über das rauhe, felsige Gelände und brauchten nichts zu fürchten als die Skorpione.

Jetzt setzte Frau Amina Tara, Hero und Teriska Khan am Rand von Sulaimanja ab, verabschiedete sich rasch und fuhr mit verständlicher Erleichterung davon.

Teriska Khan hustete sich die Kehle frei. »Ich hätte nie gedacht, daß sie uns so gern hat«, sagte sie und schloß die Augen, damit sie nicht zusehen mußte, wie Frau Amina bei dem offenbar unausweichlichen Zusammenstoß mit einem Bus zerquetscht wurde. »Sie ist ein ungeheures Risiko eingegangen.« Sie machte die Augen wieder auf. Frau Amina war wie durch ein Wunder an dem Bus vorbeigekommen und verschwand in einer Wolke von Auspuffgasen.

»Wir auch, als wir in ihren Wagen stiegen«, sagte Tara. »Hast du gesehen, wie sie um diese letzte Ecke gebogen ist?«

»Sei nicht undankbar, Liebling.« Teriska Khan winkte einem Taxifahrer in der Nähe. »Wahrscheinlich hat sie uns das Leben gerettet.«

Die Fahrt dauerte viele Stunden, doch sie wurde Tara nicht zu lang. Vieles erkannte sie wieder. Da war die Kurve, wo sie einmal eine Reifenpanne gehabt hatten. Die Reparatur hatte ewig gedauert. Und dort drüben hatten sie oft zum Picknick angehalten. Einmal hatten Aschti und sie ein paar Babyschildkröten gefunden, direkt unter diesen Felsen.

Aber während sich das Taxi die Serpentinen hinaufquälte, war ihr zugleich undeutlich bewußt, daß etwas Schreckliches geschah. Sie verließen ihr Zuhause. Vielleicht kamen sie nie mehr zurück. Vielleicht sah sie Leila und alle ihre Freundinnen nie wieder. Das Problem war, daß sie es nicht wirklich glauben konnte. Das Taxi und die Straße und Daya und Hero waren zu normal, zu vertraut.

Nur die Landschaft im Frühling war fremd und viel schöner als im Sommer. Auf den hohen Gipfeln lag noch Schnee, doch die Felder an den tieferen Hängen, die Tara im Juli immer nur abgeerntet, braun und staubig gesehen hatte, waren um diese Jahreszeit von frischem Grün bedeckt. Die Bäche in den Tälern führten klares, sauberes Wasser, und in den Obstgärten trugen die Mandel- und Aprikosenbäume Wolken herrlicher Blüten. Zwei ältere Kurden im Turban hüteten eine Schafherde mit Dutzenden langbeiniger, wolliger Lämmer.

Das ist es, dachte Tara. Darum geht es. Kurdistan. Sie war noch ein Kind gewesen, als sie das letzte Mal hier war. Sie hatte nicht einmal bemerkt, wie herrlich es war.
Dann fragte sie sich, ob sie für Kurdistan sterben würde wie jener Junge, und schauderte.
»Schau dir diese Blüten an, Daya«, sagte sie, weil das Schweigen sie bedrückte.
Teriska Khan brummte nur. Sie preßte den Samowar an sich und brachte kein Wort heraus vor Angst, daß sie an einem Polizei-Kontrollpunkt angehalten werden könnten. Durch die tanzenden blauen Quasten, die der Fahrer über der Windschutzscheibe angebracht hatte, hätte sie sowieso nicht viel gesehen.
Die Ankunft war fast so schön wie der erste Ferienabend in der Kindheit. Die Sonne verschwand gerade hinter einem hohen, schneebedeckten Gipfel. Weil die Straße nicht bis hinauf zum Dorf führte, mußten sie die letzten paar hundert Meter zu den eng aneinandergebauten Flachdachhäusern am steilen Hang zu Fuß gehen. Sie standen noch dort, wo das Taxi sie abgesetzt hatte, und überlegten, wie sie alle ihre Taschen und Bündel tragen sollten, da schrie Hero plötzlich:
»Baba! Dort ist mein Baba!«
Ein Mann lief den Hang hinunter auf sie zu. Tara brauchte einen Augenblick, bis sie ihn erkannte. Er trug weite gestreifte Hosen, eine breite Schärpe und ein Hemd mit weiten Ärmeln, um den Kopf hatte er einen Turban gewunden. Es war tatsächlich Kak Soran, aber er sah jünger und sportlicher aus als in seinem üblichen westlichen Anzug.
»Oh, Gott sei Dank«, sagte Teriska Khan. Sie setzte sich einen Moment lang auf einen Koffer, und Tara dachte schon, ihr sei schlecht, doch dann stand sie wieder auf, nahm ein

Bündel unter den Arm, eine Tasche in die Hand und machte sich auf den Weg bergan.
Tara ging hinter ihr her und atmete tief die Luft ein. Sie hatte vergessen, wie es hier roch, herrlich frisch und nach den Feuern, auf denen das Abendessen gekocht wurde.
Auch die Geräusche in den Bergen hatte sie vergessen. Die Luft war so klar, daß sie den schwächsten Laut meilenweit trug. Selbst aus dieser Entfernung hörte Tara, wie in den Häusern im Dorf die Leute in ihren Häusern redeten und lachten und mit Töpfen und Pfannen klapperten. Zu Hause wurden solche Geräusche vom allgemeinen Verkehrslärm geschluckt, in den sich das Summen von Maschinen und Geräten wie der Klimaanlage mischte. Hier kam das einzige technische Geräusch von dem Taxi, das in der Ferne verschwand.
Hero hielt ihr Häschen an einem Bein und lief über den steinigen Pfad voraus. Doch plötzlich blieb sie stehen und schrie vor Furcht. Ein riesiger weißer Vogel mit langen, hängenden roten Beinen flatterte über ihrem Kopf.
Tara lachte. »Das ist ein Storch. Schau, sein Nest ist dort drüben auf dem Dach.«
Der Storch landete unbeholfen auf seinem Nest, ließ sich nieder, bog den Hals auf den Rücken, hob den langen Schnabel und klappte ihn mit betäubendem Lärm auf und zu. Hero packte Tara am Bein und klammerte sich daran fest wie ein Äffchen.
»Das ist nur der alte Hadschi Laqlaq«, sagte Tara ungeduldig, nahm Hero bei der Hand und zog sie weiter. »Er ist ein Hadschi, ein Pilger, weil er jeden Sommer nach Mekka fliegt, und Laqlaq heißt er nach dem Lärm, den er macht. Komm, stell dich nicht an! Baba wartet auf dich!«
Tara war im Bauernhaus immer gern schlafen gegangen. Es gab

kein abgeteiltes Schlafzimmer. Wenn sie müde waren, mußten sie die dicken Steppdecken und vollgestopften Kissen, die an der Wand gestapelt waren, auf den gestampften Lehmboden legen. Die ganze Familie schlief nebeneinander in einer Reihe.
Früher hatte Tara dann zu den nackten Balken hinaufgeschaut, die das Dach stützten, und die Astknorren in dem alten Holz gezählt, bis Baba die Öllampe löschte. Von der frischen Bergluft und dem vielen Herumtollen war sie dann meistens so müde gewesen, daß sie den Kopf auf dem bunten Kissen zur Seite gedreht hatte und sofort eingeschlafen war.
Doch heute nacht lag sie lange wach und horchte auf die Geräusche draußen. Eine Eule schrie in dem alten Nußbaum vor dem Hof. Ein Hund bellte am anderen Ende des Dorfes. Irgendwo, meilenhoch in der kalten Luft, brummte ein Flugzeug.
Doch nicht die Geräusche hielten sie wach. Sie wurde das Bild von Leila am Gartentor nicht los; dort hatten sie sich immer auf dem Weg zur Schule getroffen. Als es dann endlich verblaßte, sah sie im blendenden Sonnenschein die purpurroten Bougainvilleen an der weißen Gartenmauer vor sich. Der bedrohliche graue Wagen und die beiden schattenhaften Männer lauerten irgendwo am Rand ihres Bewußtseins, aber sie schienen in eine Traumwelt zu gehören oder in einen Film, den sie vor langer Zeit gesehen hatte. Sie konnte kaum glauben, was alles geschehen war.
Ich wollte, ich hätte mich richtig von Oma verabschiedet, dachte sie, und ein paar Minuten später: Ich wollte, ich hätte meinen neuen roten Pullover eingepackt. Dann war sie eingeschlafen.
Tara wachte erst ziemlich spät auf. Kak Soran hustete. Er hatte sich von seiner Virusgrippe noch nicht erholt. Teriska Khan war schon auf und angezogen, sie kramte in einer Tasche.

»Du bist wach, nicht wahr?« sagte sie zu Tara. »Gib mir die Sachen, die du gestern angehabt hast, ich will sie wegpacken. Hier kannst du keine städtischen Kleider tragen. Zieh das an.« Sie warf ihr eine lange, weite Hose zu, ein hellgrünes Unterkleid mit langen Ärmeln und ein Überkleid aus buntem, glänzendem Stoff.

Tara stand auf, gähnte, streckte sich und zog ihre kurdischen Kleider an. Schamhaft streifte sie Hose und Unterkleid über, bevor sie das Nachthemd auszog.

Es war immer noch fast dunkel im Haus. Die schweren Holzläden vor den Fenstern ließen nur wenig Frühmorgenlicht durch. Tara tastete nach dem fransenbesetzten Kopftuch, das sie über ihr Haar binden sollte, da bekam sie einen Gürtel zu fassen. Sie nahm ihn in die Hand. Er war ungewöhnlich schwer.

»Was um alles in der Welt ist das, Daya?«

Teriska Khan riß ihn ihr fast aus der Hand. »Nur mein alter Gürtel. Warum?«

»Er ist so schwer.«

»Unsinn.«

Teriska Khan legte den Gürtel um und machte die Schließe zu. Dann stieg sie über die schlafende Hero und ging zur Tür, die direkt in den Hof führte. Sie schob den Riegel zurück und ließ das Sonnenlicht herein. Hero murmelte etwas, drehte sich herum, griff nach ihrem Häschen und schlief weiter.

Jetzt sah Tara, wie Daya angezogen war. Die moderne Frau, die in Sulaimanja meist elegante Modellkleider und gut geschnittene Kostüme in westlichem Stil getragen hatte, war kaum wiederzuerkennen. Wenn ihre Haut wettergegerbt gewesen wäre statt glatt und gepflegt, wenn ihre Hände die Spuren grober Arbeit gezeigt hätten und nicht so sorgfältig mani-

kürt gewesen wären, hätte man sie auf den ersten Blick fast für eine Bäuerin halten können.
Ihr langes Unterkleid aus roter Baumwolle mit buntem Blumenmuster hatte ein enges Mieder und einen weiten, in der Taille zusammengefaßten Rock. Die Ärmel waren in der unteren Hälfte geschlitzt, damit sie die Hände frei bewegen konnte, und so lang, daß sie auf dem Boden geschleift hätten, wenn sie nicht im Rücken zu einem Knoten gebunden worden wären. Darüber trug sie ein leichtes, hauchdünnes Oberkleid mit einem einzigen Knopf in der Taille, unter dem Rock und Mieder des Unterkleids zu sehen waren. Jetzt band sich Teriska Khan noch ein Kopftuch um und knotete es im Nacken. Die hübschen Fransen hingen ihr über die Augen.
Tara fand kurdische Kleider großartig, viel hübscher als die langweiligen städtischen Sachen. Das Merkwürdige war, daß man für ein Kleid aus London oder Paris ein Vermögen zahlen und dennoch häßlich darin aussehen konnte, während kurdische Bauernfrauen, die nie einen Dinar übrig hatten, sich in hübsche leuchtende Farben und glänzende Stoffe kleideten und an jedem Tag der Woche wie Prinzessinnen umhergingen.
In dem kleinen, quadratischen Raum, in dem sie zu viert geschlafen hatten, war es stickig. Tara ging hinaus und schlüpfte in die Schuhe, die sie an der Tür abgestellt hatte. Die kalte Luft des Frühlingsmorgens schlug ihr ins Gesicht und nahm ihr fast den Atem. Tara schaute hinüber zu den Bergspitzen des hohen Zagros, die auf der anderen Seite des Tals bis in die zarten, noch vom Morgenrot gesäumten Wolken stiegen. Jenseits dieser Berge lag der Iran. Sie hatte sich schon immer gefragt, wie es dort drüben sein mochte.
»Guten Tag«, sagte jemand hinter ihr. Tara wandte sich um.

Ein Mädchen mit einem Baby auf der Hüfte kam aus dem Nebenhaus.
»Bist du Kak Sorans Tochter?« fragte sie schüchtern.
Tara überlegte einen Augenblick, dann lächelte sie. »Ghazal!« Von Besuchen, die Jahre zurücklagen, erinnerte sie sich noch an dieses Mädchen, eine entfernte Kusine. Nie hätte sie gedacht, daß Ghazal schon verheiratet und Mutter eines Babys war. Hatten sie nicht noch vor zwei Jahren zusammen mit Puppen gespielt? Sie ging zu ihr und kitzelte das Baby an den Füßen.
»Das ist aber süß!« sagte sie bewundernd. »Wie alt ist es? Und wie heißt es?«
»Er heißt Naman«, sagte Ghazal stolz. »Er ist erst sechs Monate.«
»Ghazal!« rief eine rauhe, gebieterische Stimme aus der Küche hinten im Haus.
Ghazal zog ein Gesicht. »Meine Schwiegermutter will ihr Frühstück. Bleibst du länger hier?«
»Ich weiß es nicht«, sagte Tara. »Ja, ich glaube schon.«
Wenn Ghazal nur nicht gefragt hätte! Darüber mochte sie nicht nachdenken, lieber noch ein bißchen so tun, als wäre sie nur in den Ferien da wie früher. Eine oder zwei Wochen lang machte es Spaß, ohne elektrisches Licht auszukommen, über einem Feuer zu kochen und Wasser aus der Quelle zu holen. Wie es wäre, immer so zu leben, wollte sie sich lieber nicht vorstellen: nie ein ordentliches Bad, kein Fernsehen, noch nicht einmal ein bequemer Sessel. Und schließlich heiratete man wie Ghazal einen Mann, der die meiste Zeit nicht zu Hause war, und mußte der Schwiegermutter gehorchen.
Tara schaute Ghazal nach, dann hörte sie Teriska Khan in der dunklen kleinen Küche rumoren, die nicht mehr als ein Unter-

stand an der Rückwand des Hauses war. Daya kam mit dem Wassereimer heraus.
»Lauf zur Quelle, Tara, und hol Wasser. Ich mache inzwischen Feuer. Es wird Stunden dauern, bis der Samowar heiß ist.«
An die Quelle erinnerte sich Tara. Das Wasser sprudelte aus einem bemoosten Spalt im Felsen oberhalb des Dorfes und stürzte durch einen ausgewaschenen Kanal mehrere hundert Meter hinunter in den hübschen, von Weiden und Oleanderbäumen umstandenen Teich. Dort trafen sich immer die Frauen des Dorfes. Es war die einzige Stelle, wo man sich selbst und seine Kleider waschen und Töpfe und Pfannen richtig spülen konnte. Im Sommer war es schön am Teich, das Wasser war kühl und erfrischend, aber Tara schauderte bei der Vorstellung, daß sie sich um diese Jahreszeit darin waschen sollte.
Sie nahm den Wassereimer und stieg den steinigen Pfad hinauf. Leila ging jetzt wahrscheinlich allein in die Schule. Ob sie wohl an Tara dachte?
Über Taras Kopf erhob sich plötzlich fürchterliches Geschrei. Ein Eichelhäher saß in dem alten Nußbaum, dessen Zweige bis auf den Pfad hinunterhingen, und schalt sie wütend aus.
Er wirkte so empört, daß Tara lachen mußte. Er nickte mit dem Kopf, breitete die prächtigen Flügel aus und flog über den Hang zu einem blühenden Aprikosenbaum.
Tara schaute ihm nach und hielt die Luft an. Noch nie hatte sie etwas so Schönes gesehen. Die Erde am Hang, die sie aus den heißen Sommermonaten nur hart und trocken kannte, war jetzt von vielen Farben überzogen. Zwischen frischen, grünen Grashalmen leuchteten Frühlingsblumen und bildeten einen Teppich, so dicht wie ihr Seidenperser, in den sie zu Hause die Zehen vergraben hatte. Wilde rote Tulpen und weiße Narzissen standen am höchsten, dazwischen waren Veilchen und Anemo-

nen. Knospende Dornensträucher zeigten, wo in einem Monat oder zwei Stockrosen und Kardendisteln blühen würden.
Tara war plötzlich voller Energie. Kurdistan! dachte sie. Das war Kurdistan! Und sie hüpfte die letzte Wegstrecke bis zur Quelle, die immer einer ihrer Lieblingsplätze gewesen war.
Gerade unterhalb der Stelle, wo die Quelle aus dem Felsen sprudelte und die Frauen das Trinkwasser holten, hatten die Dorfbewohner eine Art Sommerhaus gebaut, das sie *Gazino* nannten. Sie hatten dicke Äste über den Bach gelegt und ein provisorisches Dach aus belaubten Zweigen darübergedeckt. An einem heißen Sommertag war das ein wunderbarer Platz, an dem man sich von dem schweißtreibenden Anstieg erholen konnte. Durch das kalte Wasser darunter blieb er herrlich kühl.
Tara sah jetzt das *Gazino* direkt über sich und betrachtete es verwundert. An so dicke Wände konnte sie sich nicht erinnern, und das Dach war nur ein leichter Schirm aus Zweigen und Blättern gewesen, durch den der leichteste Wind streichen konnte. Jetzt stand sie davor. Auf dieser Seite war ein niedriger Eingang gewesen. Man hatte sich bücken müssen, wenn man durchwollte. Jetzt versperrte ein Wall aus Sandsäcken völlig den Blick ins Innere.
Tara wollte gerade auf Zehenspitzen näher schleichen, da hörte sie Geräusche und leise Stimmen hinter dem Sandsackwall. Sie trat zurück, gab acht, daß die losen Steine unter ihren Füßen nicht klirrten, und lief die letzten zehn Meter bis zur Quelle. Leute aus dem Dorf waren das bestimmt nicht im Gazino. Um diese Zeit arbeiteten alle, niemand konnte es sich leisten, herumzusitzen und zu plaudern.
Tara füllte ihren Eimer, ging auf Zehenspitzen an den Sandsäkken vorbei und lief zurück. Kak Soran kam ihr auf halbem Weg entgegen.

»Deine Mutter hat mir gesagt, daß du Wasser holst. Ich wollte dich warnen. Ein Peschmerga-Posten bewacht die Quelle. Sie tun dir nichts, aber du solltest nicht mit ihnen reden und sie gar nicht beachten, wenn du wieder hinaufgehst.«

»Gut, Baba.« Tara folgte ihm auf den Pfad. Sie war nicht daran gewöhnt, mit ihrem Vater allein zu sein. Sie wollte ihn auf die Blumen aufmerksam machen und über Kurdistan reden, doch sie war zu verlegen. Als sie aber an die Stelle kamen, wo sie zuvor den Eichelhäher beobachtet hatte, blieb er stehen und drehte sich um.

»Hör zu«, sagte er.

> »Ich bin eine wilde Rose, eine Rose der Berge
> weit, weit in der Ferne.
> O behutsamer Gärtner, der du die Rose liebst,
> komm und pflücke mich.
> Trage mich über die Berge.
> Wenn du mich nicht berührst,
> werde ich nicht blühen.
> Wenn du mich nicht berührst,
> werde ich nicht duften.«

Noch nie zuvor hatte sie ihn ein Gedicht sprechen hören. Sie war so glücklich, daß sie sich leichtfüßig und ein ganzes Stück größer vorkam.

»Ich habe an die Geschichte im Koran denken müssen, wo Satan zu dem Propheten Adam ins Paradies kommt und ihn verführt, die Frucht vom Baum zu essen.«

Kak Soran schaute sie belustigt an. »Ich habe eine gebildete Tochter.«

»Nun«, sagte Tara schüchtern, »die Blumen und das schöne alte

Gazino an der Quelle sind mir vorgekommen wie das Paradies, aber der Krieg und die Angst und die Gewehre – sie sind wie Satan, der ins Paradies eindringt.«
Sie fürchtete, daß er lachen würde. Aber er sagte: »Ich weiß genau, was du meinst.« Zusammen gingen sie zurück ins Dorf.

9

Zuerst fühlte sich Tara in den Bergen sicher. Sie hatte zwar den ganzen Tag nichts zu tun und vermißte schmerzlich die Schule und Leila, aber wenigstens gab es hier keine bedrohlichen Spitzel in grauen Autos und keine Gefahr, daß Geheimpolizisten plötzlich an die Tür klopften und Baba mitnahmen.
Die Berge waren für die Regierung, das Militär und die Polizei ein Gebiet, das sie aus Furcht vor den Feindseligkeiten der Bewohner nicht betraten. Hier herrschten die Peschmergas.
Aber es dauerte nicht lange, da verschwand das beruhigende Gefühl der Sicherheit. Man konnte nicht längere Zeit im Dorf leben, ohne zu spüren, daß alle auf eine Art Kraftprobe warteten. Und man konnte auch nicht die Ruinen innerhalb und außerhalb des Dorfes übersehen, wo Bomben und Granaten beim letzten Kampf zwischen Regierungstruppen und den Peschmergas gähnende Löcher in Mauern und Dächer gerissen und tiefe Krater in den Boden gesprengt hatten.
Unten am Waschteich waren die Frauen aus dem Dorf verschiedener Meinung über Ort, Zeit und Ausgang der nächsten großen Schlacht.
Die Optimistinnen glaubten zuversichtlich an ihre Berge und ihre Kämpfer. Kurdistan war eine natürliche Festung. Die Kurden hatten in ihrer vieltausendjährigen Geschichte immer die Armeen aus den Ebenen geschlagen. Während die Frauen ihre

schmutzige Wäsche einseiften, bürsteten, spülten und auswrangen, tauschten sie Geschichten aus über den Wagemut der Peschmergas, die aus dem Nichts auftauchten, einen Streifzug oder einen Überfall durchführten und wie durch Zauber in den rauhen Berghängen verschwanden, die sie so gut kannten.

Die Pessimistinnen sagten nicht viel. Das war auch nicht nötig. Sie deuteten nur zum Himmel. Selbst Peschmergas konnten nicht viel gegen Düsenjäger und Bomben ausrichten.

Ghazals Schwiegermutter Badschi Rezan war die geschwätzigste von allen. Sie wußte immer die neuesten Nachrichten mit allen Einzelheiten. Und sie war am Waschteich, als Tara und Teriska Khan mit der Wäsche der ersten Woche herunterkamen. In der Nacht zuvor hatten sie das Heulen von Tieffliegern und den Donner ferner Explosionen im Norden gehört.

»Du wirst schon sehen, Badschi Rezan weiß alles darüber«, flüsterte Teriska Khan, bevor sie mit Tara hinter den Weiden hervorkam und zu den Frauen am Rande des Teiches trat. Sie hatte recht.

»Es war drüben auf der anderen Seite.« Badschi Rezan wies mit dem Kinn übers Tal. Die Muskeln an ihren dicken Armen traten hervor, während sie mit ihren kräftigen Händen ein rauhes Baumwollaken auswrang. »Drei Flugzeuge, und sie sind so tief geflogen, daß es aussah, als streiften sie die Dächer. Die Moschee ist getroffen worden und mehrere Häuser. Mein Schwager war gestern drüben. Er hat nicht gesagt, wie viele Menschen getötet worden sind, aber es müssen mehrere gewesen sein. Ich weiß, daß Hescho Khans Tochter schwer verletzt worden ist.«

»Du glaubst doch nicht, daß sie als nächstes hierher kommen?« sagte Tara ängstlich zu Ghazal, die einen Berg schmutziger Babysachen schrubbte.

»Das wüßten wir alle gern!« Badschi Rezan antwortete für

Ghazal. Sie hatte sich hingehockt und bearbeitete einen Fleck auf einem Kleid. Dann schaute sie zu Teriska Khan hoch und lächelte, wobei zwei goldene Schneidezähne sichtbar wurden. »Kannst du es uns nicht sagen? Dein Mann hat angeblich überall Verbindungen. Er muß doch Bescheid wissen.«

Teriska Khan machte ein Gesicht, das Tara nur zu gut kannte. So sah Daya aus, wenn eine Frage ihr nicht gefiel und sie keine Antwort geben wollte. Sie hatte gelernt, über Kak Sorans politische Aktivitäten so verschwiegen zu sein wie er.

»Darüber redet er nicht mit mir«, sagte sie etwas geziert. Badschi Rezan warf den Kopf zurück und schaute sich in der Frauenrunde um.

»Kein Grund, hochnäsig zu sein«, sagte sie gekränkt. »Auch wenn wir nicht so fein sind wie deine Damen in Sulaimanja.«

Teriska Khan lächelte, um zu zeigen, daß sie nicht beleidigt war, und griff nach dem nächsten Hemd. Badschi Rezan merkte, daß sie zu weit gegangen war.

»Mich darfst du nicht ernst nehmen«, sagte sie und lachte rauh. »Jeder kennt mich. Ich sage immer, was ich denke. Mach dir nichts draus.« Mit ihrem mächtigen Ellbogen stieß sie Tara schmerzhaft in die Rippen. Fast wäre Tara in den Teich gefallen. »Wann sucht ihr einen Mann für dieses hübsche Mädchen da? Sie muß bald alt genug sein. Warum sagst du Kak Soran nicht, er soll sich darum kümmern? Es wäre nett, mal wieder eine Hochzeit im Dorf zu haben. Das würde uns ein bißchen aufmuntern und uns vom Krieg ablenken. Aber ihr müßt die richtige Nacht auswählen. Vor ein paar Wochen ist in einem Dorf im Norden die Tochter meiner Schwester verheiratet worden. Und ausgerechnet in dieser Nacht gab es einen Bombenangriff. Braut und Bräutigam waren gerade fünf Minuten allein, da fielen ringsum die Bomben. Auch eine Art, die Ehe anzufangen!«

Die anderen schienen diese Geschichte komisch zu finden, aber Tara konnte nicht darüber lachen. Sie bekam einen roten Kopf, wurde verlegen und ärgerte sich. Wie kam sie eigentlich dazu, mit solchen Leuten ihre Wäsche zu waschen? Keine dieser Frauen war wie sie. Keine hatte eine ordentliche Schule besucht. Die Hälfte von ihnen hatte noch nie etwas anderes als dieses Dorf gesehen, nur ein paar waren bis Sulaimanja gekommen.
Sie sind so grob, dachte sie, und unwissend und taktlos. Ich kann nicht den Rest meines Lebens mit solchen Leuten verbringen! Das geht einfach nicht!
Danach versuchte Tara den Teich zu meiden, wenn die anderen Frauen dort waren. Es war ihr egal, ob man sie für eingebildet hielt.
Es war nicht schwierig, den Frauen aus dem Weg zu gehen. Jetzt, wo wirklich Frühling war in den Bergen, arbeiteten die meisten schwer in ihren Gemüsegärten auf den Feldern. Mit krummem Rücken jäteten und pflanzten sie und gingen erschöpft nach Hause, um ihren Männern das Essen zu kochen. Tara dagegen hatte nicht viel zu tun. Kak Soran besaß kein eigenes Land, und sie hätte sowieso nicht auf dem Feld arbeiten können wie die anderen.
Natürlich half sie Daya, aber die häuslichen Pflichten waren schnell erledigt: Am Morgen mußte sie die Betten machen und den Boden fegen, dann Teriska Khan beim Kochen und Spülen helfen. Um Hero brauchte sie sich nicht viel zu kümmern. Hero war vollkommen glücklich. Den ganzen Tag spielte sie draußen mit zwei kleinen Mädchen, die in der Nähe wohnten.
Das schlimmste am Leben in den Bergen war, daß es so langweilig wurde. Langeweile war noch schlimmer als das Gefühl, fehl am Platz zu sein. Nach einer Weile hörte Tara sogar auf, die schönen Dinge zu sehen. Sie holte immer noch jeden Morgen

frisches Wasser aus der Quelle, aber jetzt blieb sie nicht mehr stehen und bewunderte die Wildblumen in den Wiesen. Als die Tulpen ihre roten Blütenblätter verloren, bemerkte sie es kaum. Dafür fiel ihr anderes auf. Sie sah, daß Kak Soran wieder viele Besucher hatte, genau wie in Sulaimanja, nur daß diese Männer keine flotten Anzüge und frisch geputzten Schuhe trugen. Sie kamen in weiten, handgewebten Hosen mit Gürteln voller Patronen und trugen einen Turban. Und wenn sie das Zimmer betraten (das Tara und Teriska Khan rasch verließen), streiften sie an der Tür die Schuhe ab, legten die Gewehre auf den Boden und saßen dann mit gekreuzten Beinen, den Rücken an die Wand gelehnt.

Tara sprach nie mit ihnen, doch manchmal sah sie ihre Gesichter, wenn sie an der offenen Tür vorbeiging und drinnen die Lampe angezündet war. Ein paarmal glaubte sie jemanden wiederzuerkennen. Sie war überzeugt, daß unter diesen Männern in der Kleidung der Peschmergas dieselben wohlsituierten Geschäftsleute waren, die so oft mit Baba zu Hause im vorderen Salon Kaffee geschlürft hatten.

Die Besucher waren nicht das einzige Rätsel. Tara wanderte manchmal in der Umgebung des Dorfes umher und ging zu den alten Plätzen, an denen sie vor Jahren gespielt hatte. Eines Tages suchte sie einen Felsen, von dem sie und ein paar andere kleine Mädchen um die Wette gesprungen waren. Jetzt war er von Dornengestrüpp bedeckt, doch darunter, neben dem Felsen, sah sie deutlich einen Stapel Holzkisten. Am nächsten Tag ging sie wieder hin, um sie genauer zu betrachten, doch die Kisten waren verschwunden.

Eine Woche später rannte sie beinah in eine Reihe Maultiere, die mit Dutzenden merkwürdig geformter Kästen und Bündel beladen waren und eine halbe Meile vom Dorf entfernt von

zwei Männern einen wenig begangenen Weg hinaufgetrieben wurden. Niemand sonst war in der Nähe. Die Dorfbewohner arbeiteten auf den Feldern weiter unten am Hang. Tara versteckte sich hinter ein paar buschigen Eichen und sah zu, ohne gesehen zu werden. Die Treiber schienen ungewöhnlich besorgt, daß kein Maultier ausrutschte oder vom Weg abkam. Leise riefen sie einander Warnungen zu, und wenn ein Tier mit dem schmalen Huf über einen Stein stolperte, lief einer der beiden zu ihm, hielt es am Zaum und beruhigte es.
Einen oder zwei Tage danach saß Tara im Hof und versuchte, es Teriska Khan nachzumachen, die geschickt eine pikante Füllung in Weinblätter rollte. Es sah leicht aus, aber das schien nur so.
»Es hat keinen Sinn! Meine werden einfach nicht so, wie sie sein sollen«, sagte Tara verdrossen und legte ein Blatt weg, das sie zerrissen hatte.
»Das ist nur Übungssache«, sagte Teriska Khan. »Mach weiter. Bald hast du den Bogen raus.«
Tara hörte als erste das Brummen eines Flugzeugs über ihren Köpfen. Sie schaute auf und überlegte, woher es kam, aber bevor sie noch etwas sagen konnte, sprang Teriska Khan auf, ließ die Weinblätter aus ihrem Schoß zu Boden fallen und schnappte Hero, die auf einem tiefen Ast im Hof geschaukelt hatte.
»Schnell! Ins Haus!« schrie sie Tara zu und lief voraus. Tara wollte folgen, aber sie stolperte über ihren ungewohnt langen Rock und fiel hin.
Das Flugzeug dröhnte über ihr. Tara legte die Hände über den Kopf und drückte sich in den Staub. Ein paar Sekunden später war das Flugzeug weg, und das Geräusch erstarb. Vorsichtig schaute sie auf, ob ein zweites käme, aber der Himmel war leer. Dann hörte sie jemand hinter sich lachen.

»Was ist los mit dir? Erzähl mir nur nicht, daß du Angst hast! Das war nur ein Aufklärer. Die Bomber fliegen viel tiefer!«
»Aschti!« Tara sprang auf die Füße. »Was machst du hier? Wo bist du die ganze Zeit gewesen?«
Aschti trug ein Gewehr über der Schulter. Er nahm es ab und hielt es am Riemen, so daß es lässig an seiner Hand baumelte.
Tara mußte ihn immerzu anschauen. Er hatte sich völlig verändert. Seit sie ihn das letzte Mal gesehen hatte, mußte er mindestens drei Zentimeter gewachsen sein. Er war von der Sonne gebräunt und sah irgendwie härter, muskulöser und viele Jahre älter aus. Das schüchterte sie ein.
»Militärische Angelegenheiten, mein Liebes«, sagte er großartig. Er sprach wie Onkel Rostam. »Nichts für die Ohren kleiner Mädchen.«
Obwohl er ihr älterer Bruder war und sie ihn deshalb respektvoll behandeln mußte, konnte sich Tara das nicht gefallen lassen. Fast hätte sie ihm die Meinung gesagt, aber dann beherrschte sie sich. Mit Aschti wurde sie anders fertig. Sie zuckte die Schultern und wandte sich ab, als wollte sie weggehen.
»Wie du willst«, sagte sie gleichgültig. »So interessant wird es schon nicht sein.«
Er grinste über das ganze sonnengebräunte Gesicht und sah plötzlich wieder aus wie der alte Aschti.
»Also, wenn du's unbedingt wissen willst, wir haben einen Munitionskonvoi überfallen. Es war phantastisch! Du hättest Rostam sehen sollen. Er war unglaublich tollkühn. Den übertrifft keiner. Er ist ein Held!«
»Ihr habt eine Ladung Munition erbeutet?« fragte Tara. Plötzlich schien alles zusammenzupassen. »Wann?«
»Vergangene Woche. Warum?«
»Oh, nur so. Wahrscheinlich versteckt ihr sie irgendwo?«

»Natürlich! Aber davon brauchst du nichts zu wissen. Niemand ahnt, daß wir hier in der Nähe Munition eingebunkert haben.«
Tara lachte. Aschti hatte noch nie ein Geheimnis für sich behalten können. »Bist du sicher, daß niemand davon weiß?«
»Ganz sicher! Und sie dürfen es auch nicht rauskriegen! Ich hätte dir gar nichts sagen sollen, auch wenn du nur ein Mädchen bist. Es ist absolut geheim. Selbst hier ist alles voll von Spionen der Regierung.«
»Nun«, Tara war zufrieden, daß sie alles aus ihm herausgekriegt hatte, »wie das mit Spionen ist, weiß ich nicht, aber jedenfalls ist hier alles voll von Weinblättern. Ich sammle sie besser auf und wasche sie. Zum Mittagessen sollte es gefüllte Weinblätter geben, aber ich wette, wenn Daya dich sieht, läuft sie los und schlachtet mindestens ein Huhn.«

10

Sommer 1984

Der Frühling machte so schnell dem Frühsommer Platz, daß man dabei fast zusehen konnte. Die Blüten fielen von den Bäumen, und jede ließ eine winzige grüne Kugel zurück, die bald zu einer Frucht anschwellen würde. Seit dem schweren Winterregen hatte das Wasser die Bäche bis zum Rand der Dämme gefüllt, doch jetzt sank es und würde bald nur noch ein Rinnsal sein wie immer im Sommer. Hadschi Laqlaq hatte ein Nest voller Storchenbabys zu füttern und jagte vom Morgengrauen bis zur Abenddämmerung nach Fröschen und Insekten.

Für Tara verging die Zeit nicht besonders schnell. Sie war einsam. Allmählich tat es ihr leid, daß sie sich so voreilig von Badschi Rezan und den anderen Frauen aus dem Dorf zurückgezogen hatte. Die hatten kapiert, daß sie nichts von ihnen wissen wollte, und beachteten sie gar nicht mehr.

Selbst Ghazal war nicht mehr sehr freundlich. Sie grüßte Tara, wenn sie sich begegneten, aber sie blieb nicht stehen und plauderte mit ihr. Tara kam sich übergangen vor und war fast neidisch, wenn sie Ghazal mit ihren Freundinnen zum Waschteich gehen sah.

Am schlimmsten war es an den Nachmittagen, an denen nicht alle Frauen auf die Felder gingen. Manchmal kamen sie zum Nähen in einem ihrer Häuser zusammen. Meistens trafen sie sich bei Badschi Rezan, und die ließ sich gern überreden, ihnen

Geschichten zu erzählen. Tara glaubte nicht, daß sie dabei willkommen wäre, aber auch ohne daß sie es darauf anlegte, hörte sie, was vorging. Badschi Rezans laute, rauhe Stimme drang bis in das Haus von Kak Soran, das nur wenige Meter entfernt war. Badschi Rezan begann immer mit der traditionellen Formel, die sie als rhythmischen Singsang sprach:

»Als alles war und nicht war, da war nichts als Gott«, sang sie, und dann ging es los. Sie erzählte die schönen, altmodischen kurdischen Geschichten von Prinzessinnen und Drachen, von Zauberei und von Helden, die sich in Heldinnen verliebten. Sie mußte sie glänzend erzählen, denn die Frauen schienen gar nicht mehr gehen zu wollen und blieben so lange wie möglich; hinterher mußten sie in aller Eile das Abendessen kochen. Tara hörte nie mehr als ein paar verlockende Satzfetzen, und sie versuchte sich einzureden, daß sie sich gar nicht dafür interessierte.

Aschti und Kak Soran kamen und gingen. Manchmal waren sie tagelang unterwegs. Dann saßen sie wieder bis spät in der Nacht mit anderen Männern zusammen und redeten, anschließend rollten sie sich in ihre Decken und schliefen neben der übrigen Familie. Aber wenn Teriska Khan bei Tagesanbruch aufstand und die Läden öffnete, sah Tara, daß sie schon gegangen waren.

Einmal kam Rostam. Er erregte ungeheures Aufsehen. Alle Männer drängten sich um ihn und wollten mit ihm reden. Es war ihnen deutlich anzusehen, wie sehr sie ihn bewunderten.

Am nächsten Tag war er fort. In der Nacht hatte er sich leise davongestohlen. Tara konnte es sich nicht verkneifen, vor Ghazal ein wenig anzugeben. Auch wenn sie im Dorf nicht sehr beliebt war, so hatte sie doch wenigstens einen Nationalhelden als Onkel.

Obwohl alle die ganze Zeit über den Krieg redeten, mußte das Leben weitergehen wie sonst auch. Jetzt hatten die Bauern am meisten zu tun. Die Gemüsepflanzen wuchsen, und die Beete mußten ständig gejätet und gegossen werden. Sommerweizen und -gerste warteten auf die Aussaat. Der Winter hatte mit Frost und Schnee viele Schäden an den Wegen und Bewässerungskanälen angerichtet, die alle repariert werden mußten.

Hin und wieder gab es echte Neuigkeiten, Nachrichten von einem Bombenangriff oder einem Überfall der Peschmergas auf eine Garnison der Regierungstruppen oder Berichte über einen Regierungsspitzel, der gefangen und erschossen worden war. Es gab schreckliche Schilderungen von ganzen Städten oder Gegenden, die durch Bombenangriffe der Regierung in Schutt und Asche gelegt worden waren. Trotz all der Arbeit, die auf den Feldern getan werden mußte, waren die Männer die meiste Zeit irgendwo unterwegs, und die Frauen litten Höllenqualen vor Angst, daß sie verwundet oder tot sein könnten.

Jetzt machte sich niemand mehr die Mühe, beunruhigende Nachrichten von Tara fernzuhalten. Das wäre auch sinnlos gewesen. Wenn die ganze Familie mehr oder weniger in einem Raum lebte, wußten alle immer alles zugleich. Es war nicht wie in dem großen Haus in Sulaimanja, wo Daya und Baba allein sein konnten, wann immer sie wollten.

Tara konnte die Schreckensmeldungen kaum fassen. Die Anzahl der Toten und die Namen der zerstörten Dörfer bedeuteten irgendwie gar nichts. Es war, als hörte man Nachrichten im Radio oder sähe sie im Fernsehen. Das alles schien anderen Leuten zu passieren, die weit weg waren. Und wie sollte man an unmittelbare Gefahr glauben, wenn alles so normal aussah und jeder seiner üblichen Frühjahrsarbeit nachging?

Vielleicht war Tara deshalb so überrascht, als die Bomber kamen.

Es war am späten Nachmittag. Die Sonne sank schon hinter die

Berge. Wo ihre Strahlen noch hinreichten, waren alle Farben hell und kräftig, doch die Schatten wurden so rasch länger, daß man fast sehen konnte, wie sie wuchsen. Tara war mit dem Eimer zur Quelle gegangen und kam gerade den Hang herunter zurück, da hörte sie die Flugzeuge. Sie schaute auf. Vier unheildrohende schwarze Pfeile schossen über den goldenen Himmel. Sie flogen so tief, daß sie aufsteigen mußten, um über die Berge zu kommen. Sie waren schon außer Sicht, als Tara zwei ferne, dumpfe Schläge hörte, die von Berg zu Berg widerhallten. Eine Rauchsäule mit einer orangeroten Flamme in der Mitte schoß aus einem Dorf auf der anderen Seite auf.

Tara lief so schnell den Hang hinunter, daß Wasser aus dem vollen Eimer auf ihr Kleid schwappte. Teriska Khan stand mit Hero an der Hand schon am Hoftor und schaute nach ihr aus.

»Rasch!« sagte sie. »Wir müssen in die Höhle!«

»Aber sie sind schon wieder fort.« Tara stellte den Eimer ab.

»Sie kommen zurück«, sagte Teriska Khan über die Schulter. »Los!« Und sie lief den Weg hinunter, der um die Seite des Hügels zu einer kleinen Höhle führte, die sich tief in den Felsen zog.

Sie waren erst auf halbem Weg, als sich das Gedröhne wieder näherte. Diesmal glichen die Flugzeuge nicht kleinen schwarzen Pfeilen auf der anderen Seite des Tals, sie waren donnernde, heulende Maschinen, und die fallenden Bomben landeten nicht mit einem entfernten Aufschlag, sondern in einer ohrenbetäubenden Explosion, die erstickenden Rauch und fliegende Trümmer in die Luft schleuderte.

Und dann war es so schnell vorbei, daß Tara kaum wußte, was geschehen war. Bei der ersten Explosion hatte sie etwas am Hinterkopf getroffen. Sie wurde umgeworfen und war einen Moment oder zwei bewußtlos, aber gleich darauf machte sie die

Augen wieder auf und versuchte, auf die Füße zu kommen. Sie schaffte es nur, aufzusitzen. Ihre Beine waren wie Pudding. Leute liefen vorbei und schrien einander etwas zu, sie schoben und drängten zur Höhle. Hinter ihr im rauchenden Dorf schrien Verletzte. Daya und Hero waren weitergestürmt und schon nicht mehr zu sehen. Sie mußte ihnen nach! Tara versuchte aufzustehen, aber sie war zu verwirrt und schwindlig. Dann packte jemand sie am Arm und riß sie auf die Füße.

»Komm, Kleine«, sagte eine rauhe Stimme. Es war Badschi Rezan.

»Mein – mein Kopf. Ich kann nicht gehen«, flüsterte Tara.

Badschi Rezan legte den Arm um sie und schleppte sie mit. Aber sie waren erst ein paar Meter weitergestolpert, da kam das schreckliche Dröhnen wieder. Ein Flugzeug war hinter dem Geschwader zurückgeblieben. Es glitt über den nächsten Berggipfel. Die allerletzten Sonnenstrahlen beleuchteten den Strom der Flüchtenden. Der Pilot drehte ein wenig bei und warf seine tödliche Fracht direkt über ihnen ab. Das Flugzeug war so schnell, daß die meisten Bomben ihr Ziel verfehlten, doch eine landete auf dem Pfad ein Stück vor Tara und Badschi Rezan. Plötzlich gab es nur noch Staub und Rauch, wo noch vor ein paar Sekunden ein Dutzend oder mehr Menschen gewesen waren.

Tara schloß die Augen und fiel gegen Badschi Rezan, die sie jetzt praktisch trug. Doch eine Minute später rutschte Badschi Rezan aus. Tara schaute zu Boden. Was sie sah, drehte ihr den Magen um, fast hätte sie sich übergeben. Der Boden war mit Blut bespritzt. Fast wäre sie an etwas gestoßen. Sie zwang sich, noch einmal rasch hinzuschauen, dann wandte sie den Blick ab. Es war ein abgetrennter Arm mit zermatschtem, rohem Stumpf, der direkt vor ihnen lag.

Tara wurde es wieder schwarz vor den Augen. »Gehen Sie weiter«, brachte sie gerade noch heraus. »Ich kann nicht mehr.«
Badschi Rezan sagte nichts. Sie brummte nur, packte Tara um die Taille und warf sie sich über die Schulter wie einen Sack Mehl.
Ein paar Minuten lang wurde es Tara immer wieder schwarz vor Augen, dann setzte Badschi Rezan sie ab, und Tara stellte fest, daß sie trotz der stechenden Kopfschmerzen sehen konnte. Sie schaute sich um. Sie waren vor der Höhle.
Tara hatte die Höhle immer für sehr groß gehalten. Sie war schon drin gewesen, aber weil sie sich vor Schlangen fürchtete, war sie nie sehr weit gegangen. Jetzt sah sie, daß der Raum ziemlich klein war, viel zu klein für die Menschen, die sich hineinretten wollten.
Nie hätte Tara gedacht, daß es so viele Menschen im Dorf gab. Es mußten Hunderte sein, die jetzt versuchten, mit Gewalt hineinzukommen. Sie sah Teriska Khan, die einer Frau in der Höhle heftig Zeichen machte – sie bat sie, Hero hereinzuholen. Die Frau hatte verstanden und streckte die Hände über die Köpfe der Leute aus. Teriska Khan reichte ihr Hero, und sie verschwand in der Menge.
Tara versuchte noch nicht einmal hineinzukommen. Es hatte keinen Sinn. Es gab keinen Platz mehr, und sie hatte nicht die Kraft zu drängen. Überhaupt war es nicht mehr wichtig. Sie verstand kaum, was los war. Sie wollte nur nicht mehr ohnmächtig werden. Sie setzte sich und senkte den Kopf zwischen die Knie. Ihr Schädel und Nacken schmerzten. Vorsichtig tastete sie mit der Hand darüber und spürte klebriges Blut. Behutsam drehte sie den Kopf und schaute sich nach Daya um. Sie war nirgendwo zwischen den vielen nervösen, ängstlichen Menschen zu sehen.

Plötzlich dröhnte der Himmel wieder. Die Bomber waren zurück. Die Leute vor der Höhle schreckten vor dem Lärm zurück und warfen sich auf den Boden.
Ich sterbe, dachte Tara. Jetzt sterbe ich.
Um sie herum schrien Menschen. Noch nicht einmal das grauenhafte Getöse explodierender Bomben und das Krachen und Prasseln, das klang, als käme es von Millionen Granaten weiter unten am Hang, konnten das Geschrei übertönen. Nach einer Weile merkte Tara, daß sie selber schrie.
Ganz plötzlich hörte sie auf, weil sie keine Luft mehr bekam. Badschi Rezan hatte sich über sie geworfen und bedeckte sie mit ihrem Körper wie eine Henne ihr Küken. Ihr Knie grub sich in Taras Schenkel, und einer ihrer Knöpfe zerkratzte Taras Wange.
Nach einer Weile, die Tara vorkam wie eine Stunde, aber kaum eine Minute dauerte, richtete sich Badschi Rezan auf. »Komm, steh auf.« Ihre Stimme klang unglaublich ruhig. »Sie sind fort. Heute kommen sie nicht mehr zurück. Sie haben erreicht, was sie wollten. Schau.«
Sie deutete den Hang hinunter. Tara sah, daß etwa eine halbe Meile entfernt ein riesiges, brüllendes Feuer loderte, in dem immer noch Sprengstoff explodierte. Es schleuderte Flammen und schwarzen Rauch in den Himmel.
»Das war die Munition«, sagte Badschi Rezan. »Ich hätte nie gedacht, daß sie sie finden.«
»Haben Sie davon gewußt?« fragte Tara überrascht.
»Ja, natürlich«, sagte Badschi Rezan. »Wofür hältst du mich?«
Plötzlich war Tara nach Weinen zumute. Sie legte den Arm um Badschi Rezans sehnigen Hals und drückte das Gesicht an ihre Schulter. Der scharfe Knopf kratzte wieder, aber das war ihr egal.

»Sie haben mich gerettet«, sagte sie mit erstickter Stimme.
Badschi Rezan drückte sie fest an sich. »Du bist ein braves Mädchen. Du schaffst das schon.«
»Sie sind wie meine Oma.« Tara weinte jetzt richtig.
Badschi Rezan stand auf. »Ich muß Ghazal suchen.«
Tara wollte aufhören zu weinen, aber sie schaffte es nicht, also schluchzte sie und ließ die Tränen übers Gesicht rollen. Sie saß immer noch auf dem Boden. Um sie herum liefen rufende und schreiende Leute in alle Richtungen. Babys weinten. Verletzte stöhnten. Manche blieben in der Höhle aus Angst, die Bomber könnten wiederkommen, aber andere liefen schon zum Bach und holten Wasser, um die Feuer im Dorf zu löschen. Niemand versuchte auch nur, das lodernde Munitionsversteck zu retten. Es brannte heftig, immer noch kam es zu Explosionen. Die Flammen erleuchteten jetzt den Hang. Die Menschen, die den Pfad hin- und herliefen, hoben sich wie schwarze Insekten vor dem orangefarbenen grellen Schein ab.
Tara war immer noch benommen. Nur undeutlich nahm sie den Tumult ringsum wahr.
»Ich lebe«, sagte sie laut.
Ihr war, als hätte sie eine erstaunliche Entdeckung gemacht.

11

In dieser Nacht hatte Hero ihren ersten Alptraum. Sie schrie im Schlaf, und Tara erschrak davon so, daß sie aus dem Bett sprang und in die Kleider fuhr, bevor sie noch richtig wach war.
Danach versuchte niemand mehr weiterzuschlafen, obwohl mindestens eine Stunde bis zum Sonnenaufgang blieb.
Teriska Khan versuchte die weinende Hero zu beruhigen. Tara zog sich an und ging hinaus. Sie hatte immer noch Kopfschmerzen, aber ihre Unruhe trieb sie aus dem Haus. Wenigstens war ihr nicht mehr so schwindlig wie am Abend zuvor. Da hätte sie es nicht geschafft, durchs Dorf zu gehen. Ganz abgesehen von ihrer körperlichen Schwäche hätte sie es nicht ausgehalten, noch Schlimmeres zu sehen als bisher. Sie war einfach erleichtert gewesen, daß ihr eigenes Haus kein Trümmerhaufen war, und wollte sich nur noch hinlegen und in Ruhe gelassen werden.
Das Dorf bestand aus zwanzig oder dreißig Häusern. Sechs oder sieben waren völlig zerstört, die meisten anderen beschädigt. Die schlimmsten Feuer waren gelöscht, nur ein paar Balken rauchten und glimmten noch. In vielen Hofmauern waren Löcher, und flackernde Öllampen warfen ein gespenstisches Licht auf die beschädigten Häuser dahinter. Ätzender Brandgeruch hing über dem ganzen Dorf und trieb Tara Tränen in die Augen.
Der Himmel wurde jetzt heller, von Minute zu Minute konnte

Tara mehr erkennen. Mauern waren eingefallen und geborsten, überall lagen Haushaltsgegenstände umher. Es war schrecklich, persönliche Sachen wie einen Kinderpullover oder Frauenunterwäsche zerrissen und verkohlt auf einem öffentlichen Weg zu sehen.

Trotz der frühen Stunde waren die meisten Dorfbewohner schon unterwegs. Manche waren offenbar die ganze Nacht nicht im Bett gewesen. Entweder hatten sie versucht, ein bißchen Habe aus den Ruinen zu retten, oder sie hatten sich um die Verletzten gekümmert. Andere waren aus Angst nicht in die Häuser gegangen. Jetzt, wo es hell wurde, sahen sie, welche Häuser gefährlich beschädigt waren, und versuchten ihre Sachen herauszuholen, bevor Dächer und Wände einstürzten.

Alle waren entsetzt und aufgeregt. Wer nicht beschäftigt war, gab die Namen der Toten und Verwundeten weiter und spekulierte, wie rasch die Sanitätstruppe eintreffen könnte.

Tara sah, wie Badschi Rezan durch ein Loch in der Wand eines Nachbarhauses kam; sie kletterte über einen Steinhaufen und lief zu ihr.

»Geht es Ghazal und Naman gut?«

»Ja, Gott sei Dank, sie sind unverletzt. Und deine Eltern?«

»Alles in Ordnung.«

»Gott sei Dank«, sagte Badschi Rezan wieder.

»Ja, Gott sei Dank«, wiederholte Tara. Sie hatte diese Worte schon oft gesagt, aber nie so ernst gemeint wie jetzt.

Nach dem Bombenangriff hatte sich das Dorf verändert. Es war, als hätten sie alle in einem Traumland jenseits der Wirklichkeit gelebt. Viele Familien hatten Angehörige bei den Peschmergas, und seit langem gab es Nachrichten über Verluste und Bombenangriffe und Schlachten anderswo, aber das alles war immer weit weg gewesen. Jetzt hatte der Krieg sie tatsächlich erreicht.

Es war nicht nur die Zerstörung. Und es war nicht nur das schreckliche Elend der Familien, bei denen jemand umgekommen war. Die größte Veränderung kam durch das Mißtrauen. Niemand sprach es laut aus, aber jeder dachte das gleiche: Wie hatten die Regierungsleute gewußt, wo das Munitionslager war? Wer hatte die Information weitergegeben? Wer von ihren Freunden und Nachbarn war ein Spion?

Alles veränderte sich. In Badschi Rezans Haus wurden nachmittags keine Geschichten mehr erzählt. Am Waschteich wurde auch nicht mehr viel gelacht und geneckt. Damals hatte es Tara gestört, aber jetzt wäre sie für die Hänseleien dankbar gewesen. Sie spürte, daß sie sich albern und unfreundlich benommen hatte. Sie hatte gedacht, sie wäre etwas Besseres als die Dorfbewohner. Jetzt war das anders. Sie mußte sie einfach bewundern. Selbst Leute, die Angehörige oder ihre Häuser verloren hatten, beklagten sich kaum. Sie kümmerten sich einfach um das nächste Bündel schmutziger Sachen, das gewaschen werden mußte, oder den nächsten Korb voll Gemüse zum Putzen.

Tara hatte immer noch häufig Kopfschmerzen und Schwindelgefühle, aber Leute mit schlimmeren Verletzungen leisteten mehr als sie. Wenn Bomben fielen, kam es nicht mehr darauf an, wie gut man in Mathe war oder wieviel Geld der Vater hatte. Dann zählte nur noch, wie tapfer man war und wie hilfsbereit und ob es trotzdem immer noch was zu lachen gab.

Am meisten bedauerte Tara, daß sie zu Badschi Rezan so unhöflich und respektlos gewesen war. Wenn Badschi Rezan jetzt zu einem kurzen Besuch kam, sprang Tara auf und holte ihr die bequemsten Kissen, dann lief sie hinaus in die Küche hinter dem Haus und kochte Tee. Zuvor hatte sie sowenig wie möglich getan und die Hausfrauenpflichten Teriska Khan überlassen. Badschi Rezan sagte nichts, aber ihre Augen funkelten, sie schlug Tara auf die Schulter und schmunzelte anerkennend in sich hinein.

Es dauerte nicht lange, da wurden auch die anderen Frauen aus dem Dorf freundlicher. Tara merkte es vor allem am Waschteich. Sie versuchte nicht mehr, sich allein hinzustehlen, sondern ging mit den anderen. Sie machten ihr Platz und gaben ihr Ratschläge, wie sie die Kleider waschen sollte. Sie konnten kaum glauben, daß sie nie zuvor alle ihre Sachen mit der Hand waschen mußte, und wollten immer wieder die elektrische Waschmaschine und ihre Funktionsweise beschrieben haben.

Natürlich konnte Tara mit ihnen nicht reden wie mit ihren Freundinnen zu Hause. Niemand war in ihrem Haus in Sulaimanja gewesen oder kannte eine der Familien, mit denen sie aufgewachsen war. Niemand verstand, wieviel ihr die Schule bedeutete, wie sehr ihr der Unterricht fehlte und wie sie sich sorgte, so viel zu versäumen.

Hier klatschten sie nur über kleine, alltägliche Dinge: über Namans neuen Zahn, über Saras störrische Kuh, die immer auf die Felder mit jungem Weizen und junger Gerste lief, und darüber, wie seltsam die alte Nawa Khan geworden war, seit man die Leiche ihres Enkels aus den Trümmern ihres Hauses gezogen hatte.

Tara konnte sich auch jetzt noch nicht vorstellen, immer im Dorf zu bleiben, Gurken zu pflanzen, sich um dumme Hühner zu kümmern und ohne Strom oder ein richtiges Badezimmer auszukommen, aber allmählich merkte sie, daß in mancher Beziehung das Dorf eine Heimat war.

Drei Wochen nach dem Bombenangriff kam Aschti zurück. Er war blaß und mager und trug den rechten Arm in einer Schlinge. Teriska Khan saß vor ihrer kleinen Küche und rührte in einem Topf über dem Feuer. Als sie Aschti sah, sprang sie auf und umarmte ihn. Dann wandte sie sich ab und wischte sich mit dem Ende ihres langen Ärmels die Augen.

Tara betrachtete die beiden und fand, daß auch Daya dünner geworden war. Kein Wunder. Niemand hatte mehr richtig geschlafen seit dem Angriff, weil Hero immer noch jede Nacht Alpträume hatte. Tara schlief manchmal trotz Heros Geschrei, aber Teriska Khan mußte aufstehen und die Kleine trösten, bis sie wieder eingeschlafen war.

Tara ging hinein, holte einen Schemel und stellte ihn in den Schatten des Aprikosenbaums. Es war jetzt zu heiß, um draußen in der Sonne zu sitzen. Aschti nahm Platz, und Teriska Khan hockte sich neben ihn.

»Was ist passiert? Bist du schwer verwundet? Warst du beim Arzt?«

Aschti wurde verlegen.

»Mach nicht so ein Theater, Mutter. Es ist nur mein Schlüsselbein. Droben war ein Arzt und hat es sich angesehen. Es ist alles in Ordnung.«

»Aber . . .«

»Es ist ein glatter Bruch. Er hat gesagt, alles wächst gut zusammen, ich soll nur den Arm ein paar Wochen schonen und in der Schlinge tragen.«

»Wie ist es passiert? War es eine Schußverletzung?«

Aschti rutschte auf dem Schemel herum und schob sich mit der gesunden Hand die Haare aus den Augen.

»Es war nicht mein Fehler! Ich konnte nichts dazu. Rostam ist so . . . Ach, ich weiß auch nicht. Er hört einem einfach nicht zu! Ich habe getan, was er mir gesagt hat, und die Munition heraufgebracht, obwohl wir wirklich in einer ungeschützten Stellung waren und ständig beschossen wurden, aber die Kisten waren so schwer! Wahnsinnig schwer! Ich habe sie einen Augenblick absetzen müssen, aber deshalb hätte Rostam mich nicht vor allen anderen anzuschreien brauchen, daß ich feige und faul und alles mögliche wäre. Eigentlich hat er gesagt, ich würde mich drücken und den anderen die gefährliche Arbeit überlassen. Ich hab mich nicht einfach aus Angst hingelegt, wie Rostam behauptet hat! Eine Granate hat direkt neben mir eingeschlagen! Es hat mich umgeschmissen! Ich hörte den Knochen knakken, als ich auf den Boden fiel. Es war ganz schrecklich – mir wurde schlecht. Danach konnte ich meinen Arm nicht mehr bewegen, aber Rostam hat wohl geglaubt, ich simuliere, selbst nachdem der Arzt ihm gesagt hat, daß ich das Schlüsselbein gebrochen habe.«

Teriska Khan wurde zornig. »Ich habe schon immer gesagt, daß es verrückt von dir war, mit Rostam loszuziehen. Du bist an diese Art Leben nicht gewöhnt. Du bist nicht in den Bergen aufgewachsen wie Soran und Rostam. Von dir kann man nicht erwarten . . .«

Aschti schüttelte gereizt den Kopf.

»Darum geht es nicht, Mutter. Du verstehst das nicht. Viele Studenten sind droben bei den Peschmergas. Ich bin nichts Besonderes. Es ist nur, daß, ach, ich weiß auch nicht, nur weil ich sein Neffe bin, scheint Rostam zu glauben, ich müßte ein Held sein oder ein Übermensch oder so was, und das bin ich nicht, ich kann nicht, ich . . .«

Aschti sah plötzlich aus, als würde er gleich weinen. Er schüttelte heftig den Kopf und blinzelte angestrengt. Tara konnte es nicht mehr mit anschauen. Sie stand auf, nahm den Wassereimer und ging zur Quelle. Als sie zurückkam, war Aschti wieder fast der alte: nicht der zähe, tollkühne Peschmerga, der er sein wollte, sondern der lernbegierige, ziemlich gedankenlose, aber freundliche Bruder.

Kak Soran kam erst um Mitternacht nach Hause. Tara hatte nicht einschlafen können. Aschti störte sie, er wälzte sich unruhig herum und knirschte im Schlaf mit den Zähnen. Im Dunkeln hörte sie, wie die Tür quietschte, als Kak Soran sie leise öffnete. Teriska Khan setzte sich auf.
»Pst! Ich bin es nur«, sagte Kak Soran leise.
Teriska Khan legte sich wieder hin. »Gib acht, wo du hintrittst. Aschti ist da.«
»Warum?« fragte Kak Soran überrascht. »Was ist passiert?«
»Er hat sich in einem Granatfeuer das Schlüsselbein gebrochen. Rostam war wütend auf ihn. Er hat gesagt . . .«
»Rostam ist ein Narr. Ich hätte ihm nie erlauben sollen, Aschti mitzunehmen. Schön und gut, wenn man mit zwanzig ein Hitzkopf ist, aber Rostam ist mindestens dreißig. Inzwischen sollte er es besser wissen. Er ist zu leichtsinnig. Seinetwegen gibt es viele Verluste. Ich weiß, er hat ein paar unglaublich tollkühne Taten vollbracht, aber um ehrlich zu sein . . .«
»Soran, ich sag dir klipp und klar, ich will nicht, daß Aschti zu ihm zurückgeht.«
Kak Soran antwortete nicht gleich. Tara hörte, wie er seine Kleider an die Wand schob und sich seufzend hinlegte, die Decke hochzog und sich ausstreckte. »Wir reden morgen darüber«, sagte er müde.
Doch Teriska Khan hatte sich offenbar in solche Aufregung hineingesteigert, daß ihr Flüstern wie Zischen klang. »Wir können nicht ewig hierbleiben! Was sollen wir nur machen? Hero wird wahnsinnig vor Angst, wenn sie nur von fern ein Auto oder einen Lastwagen hört. Sie glaubt, die Flugzeuge kommen wieder. Nicht eine Nacht ist vergangen, in der sie nicht ihre Alpträume hatte. Ich weiß, daß Tara sich alle Mühe gibt, aber sie wird sich nie ans Dorfleben gewöhnen, und das ist so-

wieso nicht, was wir für sie vorgesehen haben. Vielleicht könnten wir sie zu Suzan nach Bagdad schicken, aber das will ich nicht. Wir müssen unbedingt zusammenbleiben! Und schau dir Aschti an. Aus ihm wird nie ein Soldat. Ich meine nicht, daß er nicht tapfer ist oder sich nicht anstrengt oder so. Er hat einfach nicht – ach, ich weiß auch nicht! Wenn wir nicht nach Hause, nach Sulaimanja können, dann müssen wir ... Also, ich weiß wirklich nicht, was wir machen sollen!«
Kak Soran drehte sich zu ihr um und seufzte. »Hör zu, Teriska. Ich wollte es dir erst morgen sagen. Ich habe heute Fares Karwan getroffen. Er sagt, jetzt sind sie hinter den kurdischen Anführern her. In der vergangenen Woche haben sie mindestens drei hingerichtet. Fares sagt, selbst wenn die anderen nicht sterben, sind sie nach allem, was sie durchgemacht haben, für immer gebrochen. Ich sage dir ...«
»Nein«, flüsterte Teriska Khan. »Bitte nicht.«
»Fares sagt, ich muß so schnell wie möglich weg. Zu viele Menschen wissen, daß ich hier bin. Er ...«
»Weg?« unterbrach ihn Teriska Khan.
»Du weißt, was ich meine. Ins Ausland.«
Tara hörte, wie Teriska Khan nach Luft schnappte.
»Ich könnte allein über die Grenze in den Iran gehen«, sagte Kak Soran, als redete er mit sich selbst, als würde er zum ersten Mal aussprechen, was ihm schon lange durch den Kopf ging. »Vielleicht wäre es nicht für sehr lange, nur bis sich hier die Lage etwas beruhigt hat. Aber nach allem, was geschieht, glaube ich nicht, daß sie sich beruhigt. Hier kann ich dich mit den Mädchen nicht lange allein lassen. Also bin ich mehr oder weniger zu dem Schluß gekommen, daß wir alle gehen müssen. Aber bitte, Teriska, kein Wort davon ...«
»Was?« flüsterte Teriska Khan außer sich. »Weißt du, was du

da sagst? Wir können nicht alle in den Iran gehen! Da wären wir Flüchtlinge, ohne alles! Wie sollen wir leben? Und was ist mit unseren Sachen in Sulaimanja, dem Haus und allem? Das können wir nicht einfach aufgeben. Oh, warum hast du dich je auf diese Dinge eingelassen? Warum hast du . . .«

»Das reicht«, sagte Kak Soran scharf. »Du weißt ganz genau . . .«

Er hielt plötzlich inne. Hero hatte angefangen, seufzend und wimmernd um sich zu schlagen. Jetzt setzte sie sich auf und schrie.

»Nein! Aufhören! Daya! Daya!«

Teriska Khan nahm sie in den Arm und wiegte sie. »Es ist gut, mein Liebling, schlaf wieder ein. Es ist nur ein Traum. Nur ein Traum.«

Hero weinte noch eine Weile, dann tastete sie nach ihrem Häschen und kuschelte sich wieder unter die Decke.

»Sie haben heute das Nachbartal bombardiert«, sagte Kak Soran. »Hast du gehört, wie viele Menschen getötet worden sind? Sie haben weitergemacht, bis kein einziges Haus mehr stand. Diese Dörfer existieren einfach nicht mehr. Es ist nur eine Frage der Zeit, bis sie wieder herkommen. Wenn wir weggehen, sind wir Flüchtlinge, aber wenigstens sind wir am Leben.«

Teriska Khan sagte nichts.

»Du mußt dich damit abfinden, Teriska. Wir müssen das Land verlassen. Wir hätten nicht gehen können, ohne daß Aschti es weiß, aber jetzt, wo er hier ist, hält uns nichts zurück. Wir sind schließlich nicht die einzigen. Tausende Kurden sind in den Iran geflohen. Was willst du machen? Hierbleiben, damit ich hingerichtet werde und euch die Bomben zerreißen? Wir schaffen es schon. Es ist ein langer Weg durch die Berge, und wir müssen bei Nacht gehen, aber es gibt gute Führer, und wir können uns Pferde beschaffen.«

»Aber was ist mit –« fing Teriska Khan an.

Kak Soran gähnte laut. »Teriska, bitte. Für heute bin ich erledigt. Laß uns ein bißchen schlafen. Morgen früh reden wir ausführlich über alles.«

12

Als Tara am nächsten Morgen aufwachte, schien alles zu sein wie immer. Mit den ersten Sonnenstrahlen drangen die üblichen frühmorgendlichen Geräusche des Dorfs durch die Ritzen in den Fensterläden. Der asthmatische alte Hahn beklagte sich mit seinem gewohnten zittrigen Krähen. Hufe klapperten über den steinigen Weg, dazu klatschte der Stock des alten Mustafa auf den Rücken des Kamels, mit dem er im Tal einen Sack Mehl holen wollte. Badschi Rezan ließ ihr vertrautes Lachen hören, als sie auf dem Rückweg von der Quelle eine Nachbarin begrüßte. Teriska Khan war schon fast angekleidet und band sich ein Tuch über das Haar.

Dann fiel Tara das Gespräch in der Nacht ein, und plötzlich war sie hellwach. Was hatte Baba gesagt? Sie müßten über die Berge in den Iran fliehen? Oder hatte sie das geträumt? Baba und Daya konnten doch unmöglich solche Dinge beredet haben und jetzt so ruhig und normal aussehen, gähnen, sich strecken und ihr Bettzeug ausschütteln.

Teriska Khan sah, daß Tara wach war. »Komm schon, Liebling. Zeit zum Aufstehen. Zündest du das Feuer an? Baba braucht sein Frühstück.«

Kak Soran ging hinaus, um sich zu waschen, aber dann kam er noch mal zurück. »Ich warte nicht auf den Tee. Gib mir nur eine Schüssel Yoghurt und Brot und Käse. Ich muß gleich weg.«

»Wann willst du dein Abendessen?« fragte Teriska Khan.
»Wie soll ich das wissen?« sagte Kak Soran gereizt. »Mach einfach alles fertig.« Teriska Khan schaute ihn an und nickte, und Tara wußte, daß sie nicht über Mahlzeiten redeten.
Es stimmte also. Ein Schauder lief wie ein eisiger Finger über Taras Rückgrat. Sie würden in den Iran gehen.
Tara zog ihr Unterkleid und die langen, weiten Hosen an und schlüpfte in ihre Sandalen. Die Sonne war schon über den Horizont gestiegen, und der Frühmorgennebel verschwand aus den letzten Schluchten und Tälern in den Bergen. Im hellen Licht sah die lange Bergkette, die sich nach Osten zog, bedrohlich aus.
Tara fröstelte. Warum hatte sie jemals sehen wollen, was hinter den Bergen lag? Jetzt verspürte sie jedenfalls kein Verlangen danach. Die Flucht in den Iran bedeutete, daß sie alles, was sie kannte, hinter sich ließ: ihr Zuhause, die Schule, Freundinnen, Oma, ihr Lieblingsversteck unter dem Oleander im Garten, den Laden vom alten Faris, wo sie und Leila immer neue Schallplatten und Poster gesucht hatten, das Vergnügen, in dem alten schwarzen Mercedes nach Bagdad zu fahren und Tante Suzan zu besuchen. Momentan lag das alles nur ein paar Fahrtstunden entfernt. Aber wenn sie weggingen, fort aus dem Irak, würde sie wirklich alles hinter sich lassen, vielleicht für immer.
Sie versuchte an den Iran und die übrige Welt jenseits der Berge zu denken. Kein Bild stellte sich ein. Es war, als starrte sie in ein schwarzes Loch.
Hinter ihr weinte ein Baby. Sie drehte sich um. Naman klammerte sich mit einer Hand an Ghazals Hals, während die Finger der anderen in seinem Mund steckten. Er saugte eifrig, und sein kleines Gesicht war ganz verzerrt.
Ghazal schnitt eine Grimasse.

»Er war die halbe Nacht wach«, sagte sie. »Er zahnt.«
Naman sah Tara, lächelte plötzlich strahlend und streckte die Arme nach ihr aus. Tara versuchte ihn von Ghazals Schulter zu nehmen, doch sobald sie ihn berührte, überlegte Naman es sich anders. Das Lächeln war weg wie abgeschaltet, er fing wieder an zu quengeln, und eine lange silbrige Speichelspur zog sich über sein Kinn. Dabei starrte er Tara herausfordernd an. Die Mädchen lachten.
»Richtest du ihm mal sein Kissen?« bat Ghazal. »Ich kann ihn nicht runterlassen.«
Ghazals Mann arbeitete in der Stadt. Bei einem seiner seltenen Besuche hatte er eine Art Schaukelwiege gebaut, die vom niedrigsten Ast des Baumes bei Badschi Rezans Haus hing. Tara schüttelte das Kissen auf, faltete die Decke ordentlich zusammen und legte sie wieder in die Wiege.
Ghazal setzte Naman hinein und brachte die Wiege vorsichtig zum Schwingen. Die Seile über dem dicken Ast quietschten rhythmisch. Naman gähnte.
»Ich will ihn anstoßen! Laß mich!« Hero hatte das Quietschen gehört und kam im Nachthemd mit wirrem Haar angelaufen. Namans Schaukel wirkte auf sie wie ein Magnet. Sie konnte sie nicht in Ruhe lassen. Ein- oder zweimal hatte sie sogar versucht hineinzuklettern, Naman war dabei fast in den Staub gekippt worden.
Tara hielt sie zurück. »Faß sie nicht an. Du schaukelst zu fest, wie letztes Mal.«
»Gar nicht!« sagte Hero wütend. »Naman hat es jedenfalls gefallen. Er mag mich! Ich schaukle ihn am besten!«
»Na gut, aber ganz vorsichtig.«
Hero drückte mit einem Finger an die Wiege. Sie bewegte sich kaum.

»Kannst du eine Minute auf ihn aufpassen?« fragte Ghazal plötzlich. »Ich will zum Teich und mir die Haare waschen, meine Schwiegermutter ist schon auf dem Feld.«
»Ja, natürlich.« Tara freute sich. Noch nie hatte Ghazal ihr Naman anvertraut. Sie ließ Hero die Wiege schaukeln, bis er eingeschlafen war.
»Tara!« rief Teriska Khan. »Komm! Frühstück ist fertig. Was machst du denn?«
»Lauf und sag ihr, daß ich Naman hüte.« Hero langweilte sich inzwischen schon und hüpfte schnell um die Hausecke.
In diesem Augenblick kamen ohne jede Warnung die Bomber wieder. Tara hörte die Explosionen noch vor dem Motorenlärm. Sie hatte keine Zeit zum Überlegen, keine Sekunde, um zu entscheiden, was sie tun sollte. Sie suchte einfach die nächste Deckung und kroch unter Namans Wiege.
Die Flieger waren fast so schnell weg, wie sie gekommen waren, doch Tara wagte sich nicht hervor aus Angst, sie könnten zurückkehren. Vom Weg jenseits der Hofmauer hörte sie Schritte und Rufe, aber sie saß da wie gelähmt.
Statt der Flugzeuge kam Ghazal. Mit wehenden nassen Haaren rannte sie in den Hof und schrie: »Naman! Naman!«
Verlegen kroch Tara unter der Wiege hervor und kam auf die Füße. Ghazal beugte sich vor und wollte Naman herausnehmen, dann hielt sie inne. Naman schlief fest, seine Lider flatterten, er träumte.
»Nicht zu glauben!« sagte Ghazal erstaunt. »Schau dir das an! In der Nacht ist er sofort aufgewacht und hat geschrien, wenn ich nur gehustet oder mich umgedreht habe, und jetzt hört er noch nicht einmal die Flugzeuge!«
Sie kicherte, und gleich darauf lachte sie schallend vor Erleichterung.

Tara stimmte pflichtbewußt mit ein, doch ihr war nicht nach Lachen zumute. Als die Bomben gekommen waren, hatte sie nicht versucht, Naman zu retten. Im Gegenteil, sie hatte unter seiner Wiege Schutz gesucht. Sie schämte sich.
»Ich muß gehen«, murmelte sie und rannte die paar Meter von Badschi Rezans Haus zu ihrer eigenen Küche.
Die Bomben hatten im Dorf keinen Schaden angerichtet. Sie waren außerhalb niedergegangen und hatten nur drei Krater in ein Feld gerissen und ein paar Ziegen getötet. Dennoch wuchs bei den Dorfbewohnern die Anspannung.
Teriska Khan schien besonders nervös. Fast den ganzen Tag war sie im Haus mit ihren Kleidern beschäftigt, sie nähte, sortierte und nörgelte an Aschti herum, der sich nicht außerhalb der Hofmauern zeigen wollte. Er fürchtete, daß Gerüchte über Rostams Strafpredigt bis ins Dorf gedrungen waren und die Leute über ihn lachten.
Tara langweilte sich und fand keine Ruhe. Sie saß mit Hero unter dem Aprikosenbaum und versuchte ihr das Fadenspiel beizubringen, da hörte sie, wie im Haus ihre Mutter aufschrie.
»Was ist los, Daya?« rief Tara.
»Mein Gürtel! Ich kann meinen Gürtel nicht finden!«
Tara zog die Finger aus dem Fadengewirr, ging zur Tür und schaute hinein. »Soll ich dir helfen?«
»Nein! Bleib draußen! Ach – ja, komm schon. Vielleicht findest du ihn. Ich brauche ihn unbedingt!«
Tara ging ins Haus. Es war ungewöhnlich aufgeräumt. Überall standen halbgepackte Taschen, die meisten Kleider waren aus der alten Holztruhe genommen und lagen in Stapeln auf dem Boden. Teriska Khan durchsuchte das Bettzeug an der Wand.
»Ich kann ihn doch nicht gestern beim Wäschewaschen verlo-

ren haben! Das hätte ich sofort gemerkt. Er muß hier irgendwo sein. Unbedingt!«

Tara durchsuchte ein Bündel mit Aschtis Sachen. »Es ist schließlich nur ein Gürtel, Mutter. Warum . . .«

»Nur! Nur! Du weißt nicht, wovon du sprichst.«

Tara sagte nichts. Wenn Daya in dieser Stimmung war, schwieg man am besten.

Teriska Khan schüttelte eine zusammengefaltete Decke aus. »Er ist nicht da! O mein Gott, ich muß ihn verloren haben, oder er ist gestohlen worden . . .«

»Gestohlen?« Tara konnte nicht länger den Mund halten. »Aber wer um alles in der Welt sollte deinen alten Gürtel stehlen?«

»Das ist nicht nur ein alter Gürtel! Ich habe die Hälfte meines Schmucks hineingenäht! Meine goldene Kette und das schwere goldene Armband und meine Rubinohrringe – alles ist im Gürtel!«

»Oh, jetzt verstehe ich.« Tara hockte sich auf die Fersen zurück und runzelte die Stirn. Sie versuchte sich an alles zu erinnern, was sich gestern abend beim Schlafengehen abgespielt hatte. Kurz bevor die Lampe ausgemacht wurde, hatte sie bestimmt gesehen, wie Teriska Khan sich auszog, die Kleider zusammenfaltete und sie an die Wand legte. Aschti auf seiner dünnen Matratze hatte schon geschlafen, mit ihm wirkte der kleine Raum überfüllt. Als Baba hereingekommen war, hatte er kaum eine Stelle für sein Nachtlager gefunden. Hatte er nicht im Dunkeln ein paar Sachen auf die Holztruhe unter dem Fenster gelegt, um Platz zu schaffen?

Sie ging zum Fenster und schob die Truhe ein paar Zentimeter von der Wand weg. Sie hatte recht. Der Gürtel war dahinter auf den Boden gefallen.

»Hier ist er!« Triumphierend zog sie ihn hervor und hob ihn hoch. Teriska Khan riß ihn ihr fast aus den Händen.
»Oh, Gott sei Dank. Wie bist du darauf gekommen?«
»Ich habe gehört, wie Baba gestern abend ein paar Sachen auf die Truhe gelegt hat, als er hereinkam.«
»Oh.« Teriska Khan schwieg einen Moment. »Bist du danach gleich eingeschlafen?«
»Nein.«
»So.«
Sie schauten einander an. Dann zuckte Teriska Khan die Schultern. »Nun, ich sehe nicht ein, warum du es nicht wissen solltest. Es geht dich soviel an wie uns alle. Aber du darfst niemandem davon erzählen. Es muß alles geheim bleiben.«
»Wann gehen wir?«
»Ich weiß nicht. Sobald dein Vater alles arrangiert hat.«
»Weiß es Aschti?«
»Noch nicht. Sag ihm nichts. Das macht Baba, wenn er nach Hause kommt.«
Tara nickte. »Ich habe Angst, Daya.«
»Ich auch«, sagte Teriska Khan. »Aber noch mehr Angst habe ich davor, was sie uns tun, wenn wir bleiben.«

13

Zwei Nächte später schrak Tara aus dem Schlaf. Jemand schüttelte sie. Ihr Herz hämmerte. Sie setzte sich auf.

»Sei ganz leise«, flüsterte Kak Soran. »Steh auf und zieh dich an. Wir gehen.«

Aschti war schon auf. Er hatte in den Kleidern geschlafen, weil er damit gerechnet hatte, geweckt zu werden. Jetzt versuchte er mit seiner gesunden Hand einen Riemen um ein Bündel Bettzeug zu schnüren.

»Komm und halte mir das einen Augenblick«, sagte er leise zu Tara.

»Gleich.« Sie tastete auf dem Boden herum. »Ich kann meine Kleider nicht finden.«

»Hier, zieh die an.« Teriska Khan drückte Tara etwas in die Arme.

Kak Soran zündete mit einem Streichholz die Öllampe an. In ihrem schwachen Licht sah Tara, daß es Männerkleider waren: weite Hosen, ein Hemd, eine lange Schärpe und eine Jacke mit kurzen Ärmeln.

»Aber das sind nicht . . .«

»Zieh sie einfach an.« Teriska Khan formte die Worte unhörbar mit den Lippen, bückte sich und half Aschti mit seinem Bündel. Kak Soran hatte Hero geweckt und versuchte ihr Pullover und Hose anzuziehen.

»Hör auf! Geh weg!« sagte sie gereizt mit so lauter, klarer Stimme, daß alle »pst« machten.
Teriska Khan schob die Enden unter den Riemen von Aschtis Bündel und setzte sich zu Hero. »Wir machen einen Ausflug. Auf einem schönen Pferd. Du reitest doch gern. Du machst mit Baba und Daya und Aschti und Tara eine kleine Reise.«
Hero schaute sie stirnrunzelnd an und überlegte so angestrengt, was sie sagen sollte, daß sie nicht merkte, wie Kak Soran einen Schuh an ihrem Fuß zuschnallte. Sie hielt ihr blaues Häschen im Arm, und es sah komisch aus, wie seine Ohren unter ihrem Kinn herunterhingen.
»Mein Häschen macht keinen Ausflug«, sagte sie entschieden. »Es mag keine Pferde. Es bleibt zu Hause.«
»Jetzt komm schon, Liebling«, schmeichelte Teriska Khan. Hero befreite sich aus dem Ärmel, den Kak Soran ihr gerade über den Arm gezogen hatte. Ihre Lippen waren trotzig zusammengepreßt, und ihr Kinn fing an zu zittern.
»Nein«, sagte sie. »Ich nicht.«
Tara hielt den Atem an. Offenbar war Hero kurz vor einem Wutanfall. In einer Minute würde sie so laut schluchzen und schreien, daß ganz Kurdistan davon aufwachte.
Kak Soran stand auf. Er war ein großer Mann, und im Licht der Öllampe, in dem alles lange, tiefe Schatten warf, wirkte er selbst auf Tara riesig.
»Tu, was man dir sagt, Hero. Steh auf und zieh deinen Pullover an. Wir verreisen alle, und wir lassen dich nicht zurück.«
Er drehte ihr den Rücken zu und bückte sich nach seiner Filzjacke. Hero stampfte zornig mit den Absätzen auf den Boden, dann sah sie, daß er sie nicht mehr beachtete, und gab plötzlich nach.
Kak Soran stapelte an der Tür die Koffer und Taschen, die Te-

riska Khan in den letzten Tagen so sorgsam gepackt hatte. »Brauchen wir das alles wirklich?« Er hielt ein merkwürdig geformtes Bündel in einem bunten Tuch hoch. »Was ist da drin?«
»Mein Samowar«, sagte Teriska Khan herausfordernd, »und ohne ihn gehe ich nirgends hin.«
Draußen war es nicht so dunkel, wie Tara erwartet hatte. Ein Halbmond stand noch am Himmel und schien überraschend hell. In seinem Licht sah das schlafende Dorf am steilen Hang aus wie ein Flickenteppich aus tiefen Schatten und hellgrauen Flächen.
Kak Soran drängte die Familie aus dem Haus, schaute noch einmal in die Runde, hob einen Socken auf, der aus einer Tasche gefallen war, steckte ihn ein und blies dann die Lampe aus. Er zog die Tür hinter sich zu und drehte den Schlüssel im Schloß.
»Warum schließt du ab, Vater?« flüsterte Aschti. »Was soll das? Wir kommen nie mehr zurück.«
Kak Soran gab keine Antwort. Mit den beiden schwersten Taschen ging er zum Tor in der hohen Hofmauer. Tara nahm ihren Gepäckanteil, folgte den anderen und war als letzte an der Pforte. Dort drehte sie sich um und warf noch einen Blick auf die beiden Häuser, ihr eigenes und das von Badschi Rezan. Sie sahen behaglich und vertraut aus.
Jenseits der Mauer im angrenzenden Hof fing ein Hund an zu bellen und an seiner Kette zu rasseln. Als hätten sie auf ein Signal gewartet, bellten sofort alle Hunde des Dorfes.
»Komm«, flüsterte Kak Soran ungeduldig. Tara lief hinaus auf den dunklen Weg, sie stolperte über lose Steine, und ihr Vater schloß hinter ihr die Tür.
Am Rande des Dorfes stand ein alter Walnußbaum. Als sie näher kamen, traten plötzlich zwei Männer aus dem pechschwarzen Schatten darunter. Tara fuhr zusammen, aber dann sah sie

vier Pferde und ein Maultier, die geduldig mit gesenktem Kopf neben dem Pfad standen.
Die Führer, Männer mittleren Alters, sahen so robust aus wie ihre Pferde. Sie sagten leise etwas zu Kak Soran, dann sortierten sie geschickt das Gepäck in ausbalancierte, gleich schwere Bündel und luden sie dem Maultier und einem der Pferde auf den Rücken. Sie zurrten die Riemen fest und lehnten sich dabei schwer an die Flanken der Tiere.
»Er sagt, wir dürfen überhaupt nicht reden, noch nicht mal flüstern«, erklärte Kak Soran sehr leise seiner Familie. »In den Bergen ist das schwächste Geräusch meilenweit zu hören. Ihr wißt nie, wer uns beobachtet und belauscht, und sobald wir uns dem Gipfel nähern, haben wir mit Regierungstruppen auf den Wachtürmen zu rechnen. Sie schießen auf alles Verdächtige. Bis wir dort oben sind, ist der Mond untergegangen, aber wenn wir unbehelligt an ihnen vorbeikommen wollen, dürfen sie keinen Laut hören. Verstanden, Tara?«
Tara nickte empört. Natürlich hatte sie verstanden. Hero war es, die wahrscheinlich Schwierigkeiten machen würde. Sie wußte noch nicht einmal, was das Wort »Stille« bedeutete.
Das Packpferd und das Maultier waren beladen. Die Männer wirkten nervös, und einer von ihnen fluchte leise, als ein Pferd laut durch die Nüstern schnaubte und den Kopf zurückwarf, so daß das Gebiß klapperte.
»Los«, sagten sie.
Kak Soran gab Tara einen Schubs, und sie und Teriska Khan stiegen auf die beiden größten Reitpferde, während Kak Soran Hero auf den Rücken des kleinsten hob; es war ein untersetztes Bergpony. Zum Glück schien sich Hero mit der Situation abgefunden zu haben. Gehorsam plumpste sie in den breiten Sattel und ließ Aschti die Zügel nehmen.

Sie zogen über den Pfad, der vom Dorf wegführte. Tara verstand zuerst nicht, warum die Pferdehufe kein Geräusch machten. Dann sah sie, daß die Hufe des Ponys vor ihr ungewöhnlich groß und dick waren – die Männer hatten sie mit Lumpen umwickelt, die jeden Laut dämpften.

Die ersten paar Meilen waren nicht schlimm. Tara kannte eine große Strecke des Pfades von früher. Vor Jahren hatten sie hier bei den Weiden am Bach ein Picknick gemacht. Und dort in dem Feld hatte sie häufig den Männern beim Kornsieben nach der Ernte zugeschaut. Es war ein so hübsches Bild gewesen, wenn sie Körbe voll Körner in die Luft warfen: In einem goldenen Schauer flogen sie auf, von der Sonne beglänzt, und der Wind verwehte die Spreu.

Der Weg war breit und verhältnismäßig eben. Tara war schon mal geritten, aber vielleicht war dieses Pferd wild oder launisch? Sie merkte bald, daß sie sich keine Sorgen zu machen brauchte. Es war ein faules altes Tier, und sie mußte ihm hin und wieder die Fersen in die Flanken stoßen, damit es nicht hinter den anderen zurückblieb. Die Hufe klopften leise in regelmäßigem Rhythmus auf dem staubigen Weg, und Tara hörte allmählich heraus:

»Wir gehn fort, wir gehn fort, heimatlos, heimatlos.«

Kurz nach Mitternacht hatten sie das Haus verlassen. Um ein oder zwei Uhr waren sie in einer ganz anderen Landschaft. Der Pfad wurde schmaler und steiler. Die Felder und Gärten lagen hinter ihnen. Der Mond war fast untergegangen, doch Tara konnte noch rundum hohe Gipfel mit schwachleuchtendem Schnee auf den Zacken sehen. Vor ihnen lag offenbar nichts als eine Felswand.

Sie haben sich verirrt, dachte sie. Das ist der falsche Weg. Hier kommen wir unmöglich weiter.

Der Mond sank hinter eine Bergspitze, und in seinem letzten fahlen Schein erkannte Tara gerade noch einen dunklen Einschnitt seitlich am Berg, eine Felsspalte. Ihr Pferd folgte den anderen hinein.

Der veränderte Klang der Hufe ließ darauf schließen, daß sie auf allen Seiten von Fels umgeben waren. Rechts in der Tiefe rieselte Wasser.

Von jetzt an hatte Tara keine Zeit zum Nachdenken mehr. In der Schlucht war es so dunkel, daß sie auf jeden Schritt achten mußte. Hero war lange Zeit erstaunlich still gewesen, doch nun plapperte sie leise vor sich hin und achtete nicht auf Aschti, der sie ständig ermahnte, still zu sein. Ihre Stimme wurde immer lauter, bis sie plötzlich rief: »Daya! Day . . .«

Plötzlich verstummte sie, weil Aschti, der neben dem Kopf des Pferdes gegangen war, zurücksprang und ihr wild etwas ins Ohr flüsterte. Danach sagte sie nichts mehr, und Tara hörte nur, wie sie sich den Staub aus der Kehle hustete, oder ein gelegentliches Wimmern, wenn ein Zweig sie streifte oder ihr Pferd über eine Wurzel stolperte.

Tara setzte sich aufrecht und ließ die Schultern kreisen. Ihr Hals war steif, und sie fühlte sich wie zerschlagen. So lange war sie noch nie geritten. Der Führer hinter ihr schien im Dunkeln sehen zu können. Plötzlich war er neben ihr.

»Steig ab und führe dein Pferd eine Weile«, sagte er leise, »aber bleib links von seinem Kopf. Von hier an geht es sehr steil zum Fluß hinunter.«

Er schlüpfte an ihr vorbei und gab die Nachricht an Aschti weiter. Tara rutschte vom Pferderücken und stolperte die ersten Schritte. Du meine Güte, war sie steif! Und sie trat einen Stein in die Tiefe! Er rollte hinunter, und sie wartete auf den Aufschlag, doch er kam nicht. Sie hatte die schreckliche Vorstellung, daß der Stein über die Kante einer Klippe stürzte und viele Meilen tiefer in den Fluß plumpste, den sie weit unten rauschen hörte. Sie schauderte. Der Pfad war so schmal und holprig, daß sie im Dunkeln leicht ins Leere treten konnte. Sie faßte die Zügel fester und hielt sich eng an die steile Felswand zu ihrer Linken. Ein herausragender Stein schrammte ihr Gesicht, und ein paar Minuten später schrak sie zusammen, weil ein Grasbüschel ihre Wange streifte. Doch sie wagte nicht, weiter in die Mitte des Pfades zurückzuweichen, weil sie solche Angst vor dem Abgrund auf der anderen Seite hatte.

Der Kopf des Pferdes war direkt an ihrer Schulter, in gleichmäßigen Abständen stieß es seinen angenehmen, nach Heu duftenden Atem aus. Einmal stolperte es und fiel auf ein Knie. Einen Moment lang glaubte sie, es sei über den Rand gefallen, doch dann richtete es sich ohne ihre Hilfe wieder auf. Obwohl es so dunkel war, schien das Pferd zu wissen, wohin es ging, als würde es den Pfad kennen und hätte ihn schon hundertmal passiert. Tara fand das ziemlich beruhigend.

Jetzt konnte sie das Rauschen des Wassers viel deutlicher hören, vermutlich wurde der Abstand zum Fluß kürzer. Der Pfad war eine Zeitlang weniger steil angestiegen, und das Flußbett näherte sich ihm. Bald war das Brausen so laut, daß sie den gedämpften Schritt der vorausgehenden Pferde nicht mehr hören konnte, und so merkte sie nicht, daß sie angehalten hatten. Sie stieß fast mit Heros Pony zusammen.

»Was ist los? Was ist da vorne?« flüsterte sie Aschti zu, der neben ihr im Dunkeln stand.

»Eine Brücke, glaube ich.« Es klang deprimiert. Tara hätte ihm gern mitfühlend den Arm gedrückt, doch sie wagte es nicht. Wenn sie schon unglücklich war, dachte sie, dann mußte es für Aschti viel schlimmer sein. Er verließ nicht nur sein Zuhause, er

kam sich auch wie ein Versager vor. Bestimmt grübelte er immer noch über seinen Zusammenstoß mit Rostam nach.
Das Rauschen des Wassers übertönte ihre Stimmen, und die Führer hatten offenbar nichts dagegen, daß sie hier redeten. Tara konnte Kak Soran hören, der irgendwo rechts Teriska Khans Pferd führte. Vermutlich waren sie auf der Brücke.
»Bleib jetzt ruhig, um Gottes willen, zapple nicht so herum! Vertrau auf dein Pferd!« Zum ersten Mal hörte Tara Angst aus der Stimme ihres Vaters heraus, und Panik krampfte ihr den Magen zusammen.
Und zum ersten Mal betete Teriska Khan laut. »Im Namen Gottes des Barmherzigen«, stöhnte sie durch die zusammengebissenen Zähne, »ich suche Zuflucht vor dem Bösen, ich suche Zuflucht vor dem Bösen!«
Jetzt war Aschti an der Reihe, Heros Pferd hinüberzuführen. Das Wasser leuchtete schwach, Daya und Baba waren auf der anderen Seite. Tara würde als letzte hinübergehen, nach ihr kam noch der zweite Führer. Sie hörte Heros schrille Stimme: »Nicht weinen, Häschen. Hab keine Angst. Ich paß auf dich auf. Du darfst nicht weinen, Häschen. Hör auf.«
Dann spürte Tara plötzlich, wie der Führer hinter ihr sie in den Rücken stieß, und bevor sie noch denken konnte, hatte sie die schmalen Bretter der Brücke unter den Füßen. Sie konnte sich nur an einem dünnen Seil auf einer Seite festhalten, auf der anderen war nichts. Unter ihr schäumte und spülte das Wasser um die Felsen und ergoß sich fast über die Mitte der Brücke. Sie spürte die Spritzer auf Gesicht und Händen.
Schon hatte sie sich bis zur Mitte vorgetastet, da sauste etwas neben ihrem Kopf herunter. Fledermäuse flatterten umher und schnappten nach Fliegen über dem Wasser. Sie verfingen sich fast in Taras Haaren. Eine flog an ihrer Wange vorbei, und sie

schlug danach. Das Pferd wich nervös zurück und warf den Kopf hoch. Seine Hufe rutschten auf den schwankenden Brettern der Brücke. Verzweifelt versuchte Tara es zu zügeln, aber in panischer Angst stürmte es los. Sie fiel, griff noch nach dem Seil, verfehlte es und stürzte in das eiskalte Wasser.

14

Zum zweiten Mal innerhalb weniger Wochen war Tara ganz sicher, daß sie sterben müßte. Das Wasser war so eiskalt, daß ihr Körper empfindungslos wurde, und sie wäre hilflos in die Stromschnellen unter der Brücke gerissen worden, wenn sie sich nicht an einen großen Felsen geklammert hätte. Sie streckte beide Arme aus und schaffte es, sich daran festzuhalten. Jetzt hatte sie keine Angst. Sie war nur furchtbar wütend. Dieser dumme Fluß sollte sie nicht töten! Sie würde sich nichts und niemandem ausliefern!

Viel Zeit zum Nachdenken hatte sie nicht. Das Wasser zerrte an ihr, und die Strömung war so stark, daß sie ihr nicht lange standhalten konnte. Sie drückte sich so fest wie möglich an die schlüpfrige Oberfläche des Felsens und schrie.

Aschti hörte sie. Die anderen waren bis auf den zweiten Führer schon den Pfad hinaufgegangen, doch Aschti lief zur Brücke zurück und stieß den Führer zur Seite, der hilflos stromabwärts in die Richtung schaute, in der Tara verschwunden war.

Aschti riß sich die Schuhe von den Füßen, gab sie dem Führer und ließ sich vorsichtig von der Brücke in den Fluß hinab. Mit der freien Hand hielt er sich an einem Brett fest. Das Wasser reichte ihm bis zur Brust.

Obwohl er nur kurz bei den Peschmergas gewesen war, hatte Aschti eine ganze Anzahl gefährlicher Flüsse überqueren müssen. Direkt unter der Brücke war eine Art Becken, das Wasser strudelte und wirbelte darum herum und schoß zu einem schmalen Kanal oberhalb der Stromschnellen. Die Strömung war gewaltig, und am schlimmsten war sie bei Tara am Eingang zum Kanal.

Tara wußte, daß ihre einzige Hoffnung darin bestand, zu rufen und zu schreien, bis ihr jemand zu Hilfe kam. Es schien ihr eine Ewigkeit zu dauern, bis Aschti antwortete.

»Halt dich fest!« brüllte er. »Ich komme!«

Die Steine am Grund des Beckens waren glitschig, und obwohl er es verzweifelt eilig hatte, mußte sich Aschti zwingen, vorsichtig einen Fuß vor den anderen zu setzen, damit er nicht umgeworfen und auch davongetragen wurde.

Endlich war er bei ihr. Obwohl sie ihn gehört hatte und jetzt auch sehen konnte, schrie Tara immer noch. Aschti arbeitete sich auf die stillere, der Strömung abgewandte Seite des Felsens vor, an den sie sich klammerte.

»Sei still«, sagte er. »Faß meine Hand.«

Sie mußte den Felsen loslassen, um nach ihm zu greifen. In der Dunkelheit verfehlten sich beinah ihre Hände, doch dann bekam er ihr Handgelenk zu fassen und stützte sie gegen den Strom.

»Du mußt dich einfach auf mich werfen«, sagte er keuchend.

Sie versuchte es, doch ihr Fuß glitt aus, und plötzlich verschwand sie unter Wasser. Sie fiel so unerwartet, daß sie Aschti fast umwarf, aber er schaffte es, sich festzuhalten. Er lehnte sich gegen die Strömung zurück und zerrte an ihrer Hand. Tara glaubte, die Lungen würden ihr platzen. Sie kroch im Flußbett langsam auf ihn zu und kam direkt vor ihm hoch.

Jetzt waren sie am Rande der Hauptströmung und kämpften sich zum Becken vor. Tara konnte sich den heftigen Schmerz in

ihrem Handgelenk nicht erklären, bis sie plötzlich merkte, daß Aschti es immer noch wie mit einem Schraubstock umklammerte. Er zog sie hinter sich her.
»Warte!« sagte sie. »Ist die Brücke nicht in der anderen Richtung?«
»Da kommen wir nie hinauf. Wir gehen hier zum Ufer, auf dieser Seite fließt das Wasser langsamer. Folge mir und sei leise. Wir haben schon zuviel Lärm gemacht.«
Aber nicht nur sie machten Lärm. Tara hörte jetzt die Stimme ihrer Mutter. Daya hatte offenbar alle Warnungen in den Wind geschlagen und schrie: »Um Himmels willen, Soran, du darfst nicht hinein! Denk an Hero und mich! Du kannst doch nichts sehen! Du weißt nicht, in welcher Richtung sie sind. Du kannst noch nicht mal schwimmen! O mein Gott, warum sind wir bloß fort aus dem Dorf? Aschti! Tara! Wo seid ihr? Könnt ihr mich hören?«
Einer der Führer unterbrach sie. »Leise, sonst kriegen wir noch mehr Ärger. Der Fluß ist angeschwollen nach dem Sturm heute morgen. Sie werden die Schnellen hinuntergespült worden sein. Geben Sie die Hoffnung nicht auf. Vielleicht kommen sie weiter unten unverletzt heraus. Auf dem Rückweg halten wir die Augen offen.«
»Baba! Daya!« keuchte Tara.
Teriska Khan rief: »Horcht! Da war etwas!« Dann lief jemand die Böschung herunter zum Ufer.
»Wo ist Aschti?« Kak Soran versuchte angestrengt etwas zu erkennen.
»Hier.« Aschti stieg platschend aus dem Wasser, und Tara hörte, daß seine Zähne so laut klapperten wie ihre eigenen.
»O Gott, o Gott sei Dank!« Teriska Khan weinte und lachte durcheinander. »Ihr müßt euch umziehen! Ihr müßt raus aus

diesen nassen Sachen!« sagte Teriska Khan. »In welcher Tasche sind eure Kleider? Wir müssen etwas Trockenes finden . . .«
Die Führer hatten mit Kak Soran geredet, der jetzt Teriska Khan beim Ellbogen faßte und sie energisch zu ihrem Pferd zurückführte.
»Dafür haben wir keine Zeit«, sagte er ruhig und zog seine Filzjacke aus. »Wir sind schon eine Stunde zu spät dran. Tara, wringe deine Sachen aus und zieh meine Jacke und Schärpe an. Deine Hosen müssen am Körper trocknen. Geh noch eine Zeitlang zu Fuß und schwinge die Arme, damit dir warm wird. Kommt – hier dürfen wir wirklich nicht länger bleiben.«
Tara nickte im Dunkeln, sie fror zu sehr, um zu antworten. Sie band sich Kak Sorans Schärpe um und quälte sich in seine Jacke. Aschti war schon zum Pfad gegangen und stieg jetzt mit dem ersten Führer rasch den Berg hinauf. Er hatte sich sogar geweigert, Heros Satteldecke umzuhängen. Zwar hatte er allen gezeigt, daß es ihm nicht an Mut fehlte, aber offenbar wollte er sich noch immer selbst bestrafen.
Der Aufstieg war schwer. Der Pfad wand sich immer höher und war stellenweise fast so steil wie eine Treppe. Und obwohl sie den Fluß hinter sich gelassen hatten und neben ihnen kein Abgrund mehr gähnte, waren sie noch nicht außer Gefahr. Jetzt konnten sie sich nicht mehr darauf verlassen, daß alle Geräusche vom rauschenden Wasser übertönt wurden. Es war beängstigend, wie laut ein Stein klirrte oder das Niesen eines Pferdes in der dünnen Bergluft von Fels zu Fels widerhallte.
Obwohl die Kletterei zum Paß zwischen den beiden höchsten Gipfeln am Bergkamm sie erschöpfte, beklagte sich Tara nicht. Zum einen wurde ihr von der Anstrengung warm. Zum anderen genoß sie das Gefühl, am Leben zu sein. Zum zweiten Mal war sie dem Tod entwischt. Das gab ihr ein Gefühl der Macht, als

ob sie gestorben wäre und ein neues Leben geschenkt bekommen hätte. Und dann mußte sie unentwegt daran denken, wie Aschti ihr trotz seines gebrochenen Schlüsselbeins in den Fluß nachgesprungen war. Er hatte sein Leben für sie aufs Spiel gesetzt.

Oma und Daya hatten recht. Oft hatte sie gehört, wie sie sagten: »Die Familie kommt zuerst, wir müssen zusammenhalten«, und nie hatte sie wirklich verstanden, was sie meinten. Jetzt wußte sie es.

»Ich will dich nie mehr aufziehen oder dich auslachen oder dich blamieren, Aschti«, versprach sie leise.

Der Pfad wand sich nun in Serpentinen über eine rauhe, gefährliche Geröllhalde. Der Führer an der Spitze blieb stehen und flüsterte etwas, das einer dem anderen weitergab: Nicht weit entfernt war irgendwo links ein Wachturm mit Soldaten. Jetzt kamen sie zum gefährlichsten Abschnitt der ganzen Reise.

Tara schaute ängstlich zum Himmel. Die ganze Nacht hatte sie sich nach dem Morgengrauen gesehnt, aber jetzt wünschte sie, es würde noch eine oder zwei Stunden auf sich warten lassen. Auf dem Felsrücken vor ihnen zeigte sich schon ein schwaches Licht, in dem sie deutlich die scharfe Zacke des Gipfels sehen konnte. Und noch etwas sah sie. Etwas höher und auf der linken Seite war eine baufällige Bretterbude, so unordentlich wie Hadschi Laqlaqs Nest. In diesen hohen, wilden Bergen wirkte sie ganz fehl am Platz. Hier warteten und wachten die Soldaten, die jeden anhalten sollten, der auf einem der Pfade den Berg heraufkam.

Vor kurzem waren sie an ein paar Stellen mit Schnee vorbeigekommen, den die schwache Frühlingssonne noch nicht geschmolzen hatte. Je höher sie stiegen, um so tiefer lag jetzt der Schnee, bis er sich zu beiden Seiten häufte. An manchen Stellen war er zusammengeweht, an anderen vom nackten Fels weggeblasen worden. Tara spürte die Zehen nicht mehr an ihren kalten Füßen, und jetzt, wo es wirklich hell wurde, sah sie ihren Atem in eisigen Wölkchen vor dem Gesicht.

Ihre Hose war immer noch schrecklich feucht und klamm, und sie rieb unangenehm an der Innenseite ihrer Beine. Tara versuchte, nicht daran zu denken. Jetzt mußte sie wirklich auf der Hut sein, ein Auge auf Hero haben, darauf achten, wo sie ihre Füße hinsetzte, und das Pferd so führen, daß es nicht wieder stolperte.

Tara fand, daß sie auf dem freiliegenden Hang unglaublich langsam vorankamen, und daß es unglaublich schnell heller wurde.

Hinter ihr hielt der zweite Führer Heros Pferd am Zügel, während Hero auf Kak Sorans Schultern den letzten Hang hinaufgetragen wurde. Offenbar schlief sie. Plötzlich sah Tara, wie etwas Blaues herunterfiel. Hero hatte ihr Häschen verloren. Erschrocken wachte sie auf und verzog schon den Mund zum Weinen, doch Tara lief vor, hob das blaue Plüschtier auf und steckte es Hero in die Arme, bevor auch nur ein Wimmern zu hören war.

Die ganze Zeit wartete Tara auf den Moment, an dem sie sicher die höchste Stelle des Ausläufers erreicht hatten, den sie erklommen. Aber dann war sie enttäuscht. Es gab noch nicht einmal einen Ausblick auf die andere Seite. Der Pfad schlängelte sich einfach langweilig und undramatisch weiter hoch zwischen Felsen und Firn. Wenigstens lag der Wachturm weit hinter ihnen und außer Sicht.

Dann bogen sie wieder um eine Windung, gingen eine eisbedeckte Senke hinunter und wieder hinauf und hatten die allerletzte Steigung hinter sich, da trafen sie plötzlich die ersten Son-

nenstrahlen ins Gesicht, und sie schauten hinunter auf eine weite Ebene jenseits der Berge.
»Iran«, sagte Teriska Khan leise.
Hinter ihnen und zu beiden Seiten erstreckten sich die schroffen Gipfel des Zagros, so weit das Auge reichte. Aber direkt vor ihnen führte ein steiler Pfad hinunter zu einem lieblicheren Gelände, das in dem hellen Frühmorgenlicht aussah wie das Tal ihres Dorfes auf der anderen Seite.
»Aber das ist wie . . .« rief Tara Kak Soran zu, dann schlug sie sich mit der Hand auf den Mund.
Er lachte und sah ungeheuer erleichtert aus. Hero saß immer noch auf seinen Schultern. Sie hob den Kopf, wollte aber noch nicht aufwachen und vergrub ihn wieder in Kak Sorans Nacken.
»Keine Angst«, sagte er zu Tara. »Wir sind über der Grenze. Alle Wachen sind hinter uns. Jetzt können wir reden. Ja, du hast ganz recht. Natürlich sieht es hier aus wie auf unserer Seite. Es ist immer noch Kurdistan.«
Vor ihm prustete Aschti verächtlich. »Feine Kurden sind wir! Schau uns nur an! Da laufen wir davon, geben auf . . .«
»Aschti«, sagte Kak Soran geduldig, »rede keinen Unsinn. Meinst du wirklich, daß wir aus dem Irak geflohen sind, weil wir den Kampf aufgeben?«
»Was willst du damit sagen?« Aschti sah furchtbar aus. Seine Kleider waren noch naß, er hatte die verletzte Schulter hochgezogen, als würde sie schmerzen, und er war offenkundig am Ende seiner Kräfte.
»Gewehre und Bomben sind nicht die einzigen Waffen, egal was Rostam dir gesagt hat. Ich bin selbst nicht zum Soldat geboren. Du bist der Held in dieser Familie, du Idiot! Du bist im Dunkeln in diesen Fluß gesprungen mit deinem bewegungslosen Arm und hast Tara herausgezogen.«

Aschti wurde rot.
»Das ist meine Waffe.« Kak Soran tippte sich mit dem Zeigefinger an die Stirn. »Intelligenz, Aschti. Worte. Federhalter statt Schwerter. Es ist an der Zeit, daß die übrige Welt erfährt, was dort drüben geschieht.« Er deutete auf die Berge, die hinter ihnen lagen.
»Aber . . .«
Tara hörte nicht mehr zu. Sie schaute zurück zu den Bergen. Die Sonne war jetzt ganz aufgegangen, und die Felswände sahen so gewaltig, so schwarz und beängstigend aus – sie konnte kaum glauben, daß sie daher gekommen waren.
»Sie sind wie riesige Tore«, dachte sie, »verschlossen und verriegelt, und wir stehen auf der falschen Seite.«
Plötzlich war sie sehr müde und hungrig. Sie zog das Pferd, das sie immer noch am Zügel führte, zu sich heran und stieg auf. Der Pfad war jetzt nicht mehr so rauh. Den Rest des Weges konnte sie bequem reiten.

15

Daß sie wirklich in einem fremden Land waren, erkannte Tara zuerst an der iranischen Flagge, die von einer hohen Stange über ein paar niedrigen Gebäuden flatterte. Sobald sie in Sicht kam, hielten die Führer ihre Pferde an. Einer lud rasch das Gepäck von Packpferd und Maultier ab. Der andere half Teriska Khan beim Absitzen. Sie stolperte, als ihre Füße den Boden berührten, und suchte an der Flanke des Pferdes Halt.

»Steig ab«, sagte Kak Soran zu Tara. »Die Führer müssen jetzt zurück.«

Die beiden Männer fluchten über die komplizierten Knoten in den Seilen und schauten immer wieder zur Straße hinunter, die zum Dorf führte. Ganz offensichtlich hatten sie Angst. Ein paar iranische Soldaten kamen die Straße heraufgelaufen.

Immerhin war Tara schon um Haaresbreite der Geheimpolizei über die Gartenmauer entkommen, sie hatte zwei Bombenangriffe überstanden und wäre beinah mitten in der Nacht in einem eiskalten Fluß ertrunken. Ohne diese Erfahrungen hätte sie sich bestimmt fast zu Tode gefürchtet beim Anblick der Soldaten, die in einem feindlichen Land mit Gewehren in den Händen auf sie zukamen. So aber hoffte sie nur, irgendwo hingebracht zu werden, wo sie etwas zu essen bekam und dann schlafen konnte.

Die Führer waren inzwischen schon halb den Berg hinauf. Tara konnte immer noch hören, wie sie die müden Pferde antrieben. Sie wollten in den Schutz der Berge. Dort würden sich die Tiere in einem verlassenen Tal ausruhen, und nach Einbruch der Dunkelheit gingen sie dann auf die andere Seite hinüber. Die Soldaten versuchten gar nicht, ihnen zu folgen. Sie umstellten die erschöpfte Familie, und einer, wahrscheinlich ein Offizier, stellte viele Fragen auf persisch.

Kak Soran breitete die Hände aus und schüttelte den Kopf zum Zeichen, daß er sie nicht verstand.

»Kurden«, sagte er.

Der Offizier schüttelte mißbilligend den Kopf und bedeutete ihnen, daß sie ihm mit dem Gepäck folgen sollten. Die jungen iranischen Soldaten schauten zu, wie Kak Soran und Aschti die größten Taschen aufnahmen, während Teriska Khan und Tara mühsam alle kleineren schleppten.

Kak Soran hatte Hero auf den Boden gestellt. Sie war immer noch halb im Schlaf und hängte sich an den Rock von Teriska Khan.

»Daya soll mich tragen«, sagte sie. Teriska Khan setzte das Gepäck ab und nahm sie auf den Arm. Tara zögerte. Mehr konnte sie nicht tragen, aber sie wollte die Taschen auch nicht auf dem Boden liegenlassen.

Der Offizier sah ungeduldig zu, dann gab er einen Befehl, ein Soldat nahm die Taschen, und sie gingen den Berg hinunter.

Das größte Gebäude war offenbar eine Art Militärposten. Der Offizier wies sie an, das Gepäck vor der Tür auf den staubigen Boden zu stellen. Ein bärtiger, einäugiger Mann hockte an der Mauer. Er ließ eine Perlenkette durch die Finger gleiten, davon abgesehen saß er völlig reglos da und beobachtete alles mit seinem einen Auge. Wo das zweite sein sollte, war das Lid über der Augenhöhle geschlossen.

Der Offizier ging ins Haus, und die Familie folgte ihm. Er setzte sich an einen Schreibtisch gegenüber der Tür und sagte etwas zu dem Schreiber, der mit ihm hereingekommen war. Der Schreiber schaute auf, sein Blick streifte Teriska Khan und blieb dann an Tara hängen. Ihr wurde plötzlich heiß und unbehaglich. Sie drehte ihm den Rücken zu und schaute durch die offene Tür über die Dächer des Dorfs. Rauch stieg von den Feuerstellen auf, und beim Gedanken an Leute, die jetzt ihr Frühstück machten, bekam sie noch mehr Hunger und Durst.

Der Raum war so gut wie leer bis auf den Schreibtisch des Offiziers, ein paar Stühle, zwei abgenutzte Bänke an den beiden Seitenwänden und ein großes gerahmtes Foto des Ajatollah über dem Schreibtisch.

Teriska Khan konnte nicht mehr stehen. Mit einem Seufzer der Erschöpfung sank sie auf eine Bank und lehnte den Kopf an den abgeblätterten blauen Anstrich. Sie war sehr blaß unter dem Staub auf ihrem Gesicht.

»Ich habe Hunger«, sagte Hero. »Ich will was trinken.«

Sie kletterte Teriska Khan aufs Knie und fing an herumzuturnen. Ausnahmsweise achtete Teriska Khan nicht auf sie. Kak Soran machte den Offizier auf Hero aufmerksam und tat, als führte er eine Tasse an den Mund. Der Offizier nickte und sagte etwas zu dem Schreiber, der nach einem letzten langen Blick auf Tara hinausging.

Eine Stunde später saßen sie immer noch da und warteten. Viele Männer, manche in Uniform, manche in normaler Kleidung, waren gekommen und gegangen. Einer nach dem anderen hatte sich auf den alten Holzstuhl vor den Schreibtisch gesetzt und mit dem Offizier geplaudert. Zuerst hatte Tara zugehört und versucht, in dem schnellen Persisch etwas Be-

kanntes zu entdecken, doch sie gab bald auf. Es hatte keinen Sinn. Sie verstand kein Wort.
Schließlich kam der Schreiber mit einem Krug Wasser und großen Stücken altem, trockenem Brot zurück. Das Wasser schmeckte wunderbar, weil sie alle so durstig waren, und sowie sie getrunken hatten, versuchten sie von dem Brot zu essen, doch nach ein paar Bissen gab Teriska Khan auf und schloß wieder die Augen. Tara stieß sie an.
»Daya, du hast doch etwas zu essen eingepackt? Sollten wir es jetzt nicht herausholen?«
Teriska Khan nickte, aber sie rührte sich nicht. Tara schaute nervös zu dem Offizier, dann öffnete sie eines der Bündel. Sie holte Teriska Khans selbstgebackenes, viel besseres Brot heraus, ein bißchen frischen Ziegenkäse und ein paar süße Kuchen und gab Hero und Kak Soran davon.
»Hier, Daya.« Sie legte Teriska Khan ein Stück Brot in die Hand. Teriska aß ein paar Bissen, dann fing sie an zu husten.
»Was passiert jetzt?« flüsterte Tara. »Was machen sie mit uns?«
Niemand antwortete ihr.
»Wenn sie nicht bald etwas tun«, sagte Aschti heftig, »dann werde ich . . .«
»Sei still, Aschti«, sagte Kak Soran. »Vergiß nicht, wir sind Flüchtlinge. Wir sind ihnen ausgeliefert. Sie können mit uns machen, was sie wollen, es hat also keinen Sinn, sie zu reizen. Bleib ganz ruhig. Sie können uns nicht ewig hierbehalten.«
Endlich hörten sie, wie draußen ein Wagen vorfuhr. Tara schaute durch die offene Tür. Ein Hauptmann mittleren Alters stieg aus einem Jeep mit einem jungen Soldaten am Steuer und betrat das Gebäude. Der Offizier hinterm Schreibtisch sprang zackig auf die Füße und salutierte, und der Einäugige mit den

Perlen, der immer noch bewegungslos an der Mauer gehockt hatte, stand auf und schlurfte herein.
Der Hauptmann sagte etwas zu ihm, und der Einäugige wandte sich an Kak Soran und sagte auf arabisch: »Machen Sie die Taschen auf.«
Tara und Aschti schauten einander an. Wer war das? Sprach er so gut Kurdisch wie Arabisch? Hatte er die ganze Zeit gelauscht und gehofft, etwas von ihren Gesprächen zu verstehen?
»Der Hauptmann sagt, Sie sollen Ihr Gepäck öffnen«, wiederholte der Einäugige.
Kak Soran bückte sich und fing an, die Riemen um eine der Taschen zu lösen. Der Hauptmann sah zu Tara und Teriska Khan an der Wand hinüber, runzelte die Stirn und flüsterte etwas.
»Er sagt, du sollst deinen Kopf bedecken«, erklärte der Einäugige gleichmütig.
Tara spürte, wie sie blutrot wurde! Er mußte sie für ein Flittchen halten. Natürlich, so waren sie im Iran, sie hatten strenge Bekleidungsvorschriften für Frauen. Wenn man nicht von Kopf bis Fuß mit einem Schleier bedeckt war, wurde man als Prostituierte eingeschätzt und konnte sogar dafür ins Gefängnis kommen. Tara wurde schrecklich verlegen. Ihr war nicht nur irgendwo unterwegs das Kopftuch abhanden gekommen, sie hatte auch noch nie zuvor so verwahrlost ausgesehen. Sie trug Männerkleidung, war bis auf die Haut durchnäßt worden und jetzt von Staub bedeckt. Und ihr Haar . . .
Rasch zog sie aus der Tasche, die Kak Soran geöffnet hatte, ein anderes Kopftuch, legte es um und knotete es am Hinterkopf.
»Nicht so«, sagte der Einäugige. »Unter dem Kinn. Es darf überhaupt kein Haar zu sehen sein. Du solltest einen richtigen Tschador haben. Der Hauptmann will wissen, warum du keinen trägst.«

»Tschador?« fragte Tara.

»Einen Schleier, mit dem du dich bedeckst.«

»Ach so! Ich – wir –«

Der Einäugige wartete ihre Antwort nicht ab. Er sagte etwas auf persisch zu dem Hauptmann, und der bellte einen Befehl in Richtung Schreibtisch. Der Schreiber lächelte unangenehm und ging wieder hinaus.

Der Hauptmann setzte sich auf den Stuhl hinter dem Schreibtisch, deutete auf den davor und nickte Kak Soran zu. Der Einäugige, der offenbar dolmetschen sollte, holte sich ebenfalls einen Stuhl und setzte sich dazu.

Der jüngere Offizier von vorhin durchsuchte inzwischen ihr Gepäck. Er schaute in jede Tasche jedes Kleidungsstücks und befühlte jede Falte jeder Decke. Teriska Khan schien kaum zu bemerken, was vorging, doch Tara verfolgte alle seine Bewegungen und versuchte ihre Nervosität nicht zu zeigen. Endlich war er fertig und richtete sich auf. Tara unterdrückte ein triumphierendes Lächeln.

Hero war wieder eingeschlafen. Sie hatte sich auf dem nackten Boden zusammengerollt, als läge sie zu Hause in ihrem Bett.

Die Glückliche, dachte Tara.

Das Gespräch zwischen Kak Soran, dem Hauptmann und dem Einäugigen beunruhigte sie. Ob der Dolmetscher richtig übersetzte? Er konnte alles mögliche sagen und Lügen über sie erfinden.

Und dann waren die Fragen so dumm. Der Hauptmann wollte immer wieder das gleiche wissen, die Unterhaltung drehte sich im Kreis.

»Wer sind Sie? Wie heißen Sie? Woher kommen Sie? Warum haben Sie den Irak verlassen? Warum sind Sie hier? Was sind

Sie von Beruf? Ist das Ihre Frau? Sind das Ihre Kinder? Wo wohnen Sie? Wer sind Sie? Wie heißen Sie?«

Tara hatte noch nie erlebt, daß ihr Vater so behandelt wurde. Immer gab er den Ton an, zu ihm kamen die Leute, baten um seinen Rat und hörten sich respektvoll seine Meinung an. Jetzt saß er ganz vorn auf der Stuhlkante wie ein Bittsteller, und sie schämte sich wegen des demütigen Tons, in dem er antwortete.

Es dauerte lange, bis der Schreiber mit zwei schwarzen Tüchern über dem Arm zurückkam. Eines gab er Tara, das andere Teriska Khan, die es wortlos nahm und über den Kopf und um die Schultern legte. Tara machte es ihr nach und versuchte, genauso gleichgültig und würdevoll zu wirken. Der glänzende Stoff war aus billigem Polyester und rutschte ständig vom Kopf. Sie mußte ihn immer wieder zurechtziehen.

Tara war todmüde. Sie lehnte den Kopf an die fleckige, abgeblätterte Wand und merkte, wie ihr die Augen zufielen, aber jedesmal, wenn sie eindöste, kippte ihr Kopf unbequem nach vorn oder zur Seite, sie wachte mit einem Ruck auf und merkte, daß der verflixte Tschador schon wieder heruntergerutscht war und der Schreiber sie anstarrte.

Erst um die Mittagszeit schien die endlose Befragung vorbei zu sein. Der Schreiber brachte ein Tablett mit winzigen Teegläsern herein. Hero war schlecht gelaunt aufgewacht, aber auch ihr ging es etwas besser, nachdem sie ein paar Gläser warmen, süßen Tee getrunken hatte.

Der Hauptmann war schließlich von dem Verhör ebenso gelangweilt wie der Dolmetscher. Er stand auf, streckte sich, ging um den Schreibtisch herum und schaute sich an, was der jüngere Offizier mit dem Gepäck angerichtet hatte. Kleider, Kochgeschirr, Einmachgläser, Lebensmittelpakete und

Waschzeug, von Teriska Khan so ordentlich verpackt, lagen jetzt wirr durcheinander auf dem staubigen Zementboden.
»Er sagt, Sie sollen das alles einpacken, aber schnell«, der Dolmetscher gähnte, »weil der Wagen wartet.«
Der Fahrer des Jeeps, mit dem der Hauptmann gekommen war, schien es nicht eilig zu haben. Er saß mit ein paar anderen Soldaten im Schatten eines Baumes über einem Backgammon-Brett. Doch der Hauptmann war plötzlich schrecklich unruhig. Er ließ ihnen keine Zeit, die Kleider zusammenzulegen oder die zerbrechlichen Dinge einzuwickeln, ungeduldig sah er zu, wie Tara, Aschti und Kak Soran hastig alles in die Taschen stopften.
Tara hatte sich zum Packen hingekniet, doch der Tschador war ihr im Weg. Jedesmal, wenn sie sich vorbeugte und mit beiden Händen zugreifen wollte, rutschte er ihr vom Kopf, und als sie endlich fertig war und aufstand, trat sie aus Versehen auf den Saum, und das ganze Stück Stoff fiel herunter.
»Leg ihn rasch wieder um.« Aschtis müdes Gesicht war rot vor Wut. »Wenn dieser widerliche kleine Schreiber dich noch mal anschaut, schlag ich ihm den Schädel ein.«
Im Jeep war es qualvoll eng. Der Hauptmann saß vorn neben dem Fahrer, sie mußten sich mit dem Gepäck auf die hinteren Sitze quetschen.
»Wohin fahren wir? Ich will nach Hause! Ich will nach Hause!« schrie Hero. Das dachten sie alle. Die Straße war voller Schlaglöcher, und sie wurden auf der abgenutzten Federung des alten Jeeps durchgeschüttelt, als säßen sie auf einem durchgehenden Pferd.
Die Fahrt dauerte eine halbe Stunde, aber niemand hatte Lust zu reden. Tara saß gegenüber dem Rückfenster und konnte kaum etwas sehen wegen der Staubwolken, die der Jeep hinter

sich aufwirbelte. Der Staub sickerte durch jede Ritze rund um die Fenster, ihre Kehle wurde davon rauh und trocken.
Ihr war schon halb schlecht, und jeder Knochen tat ihr weh, da hielten sie endlich am Rand eines größeren Dorfes mit mehr Soldaten und einem ausgedehnteren Militärlager. Hinter weißen Abgrenzungen parkten Militärfahrzeuge in ordentlichen Reihen, und die iranische Flagge wehte von einer hohen Fahnenstange über dem Hauptgebäude.
Der Hauptmann stieg aus, ging um die Ecke und war verschwunden. Der Fahrer schaltete den Motor aus.
»Was machen wir jetzt?« fragte Aschti heftig. »Warten? Ewig hier sitzen? Hoffen, daß vielleicht jemand Mitleid mit uns hat?«
»Ich meine, wir sollten jedenfalls aus diesem Jeep heraus.« Kak Soran überging Aschtis Ausbruch. »Ich will mir die Beine vertreten.«
Ein paar Minuten später kam ein Soldat. Tara zog rasch den Tschador über die Haare und ums Gesicht. Niemand sollte sie mehr so anstarren wie dieser schreckliche Schreiber. Mit einer Kopfbewegung wies der Soldat sie an, ihm zu folgen. Wieder nahmen sie ihre Taschen und Bündel und gingen hinter ihm zu einem niedrigen Gebäude am Ende des Lagers. Zwei Räume führten auf eine Veranda, dazwischen gab es keine Verbindungstür.
Der Soldat öffnete die eine Tür, und Kak Soran ging hinein. Tara wollte ihm folgen, doch der Soldat machte ein finsteres Gesicht und hinderte sie mit ausgestrecktem Arm daran. Er packte Aschti an der Schulter und stieß ihn hinter seinem Vater her, dann öffnete er die Tür zum zweiten Raum und nickte Teriska Khan und Tara zu.
»Männer und Frauen werden getrennt«, sagte Kak Soran seufzend. »Nun, wenigstens sind wir nicht weit voneinander.«

Tara wollte nur eins: sich hinlegen und schlafen. Sie bückte sich unter den niederen Türrahmen und betrat den Frauenraum. Er war klein und schien voller Leute zu sein, obwohl nur drei Frauen und ein sechs- oder siebenjähriges Kind darin waren. Sie saßen an der kahlen Wand und schauten den Neuankömmlingen mißtrauisch entgegen.
»Geh weiter«, sagte Teriska Khan hinter Tara. »Worauf wartest du denn?«
Die Frauen hörten es, nickten und lächelten.
»Oh, seid ihr auch Kurden?« fragte die älteste eifrig. »Seid ihr gerade über die Berge aus dem Irak gekommen? Wir sind seit zwei Tagen da. Was für eine schreckliche Reise! Kommt herein und setzt euch. Ihr seht erschöpft aus.«
»Ja, das sind wir«, sagte Teriska Khan schwach.
»Und wir sind am Verhungern«, sagte Tara.
»Sie bringen uns später etwas zu essen. Gestern haben wir bis nach vier Uhr warten müssen«, sagte dieselbe Frau, »aber wir haben ein paar Oliven, Brot und Obst. Ihr könnt gern etwas davon haben. Los, Fatimah, hol es.«
Es gab nicht viel zu essen, aber es war besser als nichts, und es tat so gut, bei freundlichen Leuten aus der Heimat zu sein, die auch Kurden und Flüchtlinge waren, daß Tara sich gleich etwas besser fühlte.
»Woher kommt ihr?« fragte Fatimah neugierig.
»Sulaimanja.« Tara unterdrückte einen Gähnanfall.
Fatimah lachte. »Warum legst du dich nicht hin und schläfst? Wir haben noch viel Zeit zum Reden.«
»Danke«, murmelte Tara. Sie ließ sich auf den Boden sinken, in der Hand noch ein halbes Stück Brot, und schlief sofort ein.

16

Tara schlief den Rest des Nachmittags, den Abend und die ganze Nacht, sie wachte nur zu dem guten Abendessen auf, das die andere Familie netterweise mit ihren Zuteilungen für sie kochte. Am nächsten Morgen war sie so steif, daß sie stöhnte. Auf dem rauhen Zementboden lag nur eine schmutzige Matte, nicht gerade ein bequemes Bett, aber sie war so erschöpft gewesen, daß sie es nicht bemerkt hatte.

Gerade versuchte sie einen Kamm durch ihr wirres Haar zu ziehen, da hörte sie laute Stimmen aus dem Raum der Männer nebenan. Der Hauptmann schrie wütend herum und machte kaum eine Pause, damit der Dolmetscher übersetzen konnte. Kak Soran gab mit schleppender, dumpfer Stimme nur kurze Antworten, das klang ganz ungewohnt.

Teriska Khan schlief noch. Tara sprang auf und ging zur Tür.

»Vergiß deinen Tschador nicht!« Eines der Mädchen reichte ihr das schwarze Tuch.

Tara öffnete die Tür und spähte hinaus, sie versuchte etwas zu hören, ohne gesehen zu werden, doch Kak Soran und der Dolmetscher redeten leise, ihre Stimmen klangen verworren. Sie verstand nur Aschtis Namen, von ihm selbst hörte sie nichts.

Nach einer Weile schien sich der Hauptmann beruhigt zu haben. Kak Sorans leise Antworten und seine überzeugend gespielte, einfältige Verblüffung taten wohl ihre Wirkung. Der

Hauptmann zuckte die Schultern und marschierte mit soldatischem Armeschwingen davon. Tara lief rasch hinaus, um ihren Vater abzufangen, bevor er ins Männerquartier zurückging.
»Was ist los? Was war das mit Aschti?«
»Er ist heute nacht ausgerissen. Er ist zurück in die Berge.«
»O nein! Wie furchtbar! Was wird bloß Daya dazu sagen!«
»Worum geht es?« Tara drehte sich um. Teriska Khan stand hinter ihr. Sie preßte die Hand an die Schläfe, als hätte sie Kopfweh.
»Aschti ist heute nacht davongelaufen.«
»O mein Gott! O nein!« Teriska Khan schob Tara zur Seite. »Warum hast du ihn gehen lassen?«
»Hör zu.« Kak Soran war selbst verstört und nicht in der Stimmung, mit seiner Frau zu diskutieren. »Weißt du, was sie mir da drin gesagt haben?« Er wies auf die offene Tür hinter sich. Tara sah eine Gruppe Kurden, die schweigend an den Wänden saßen. »Sie haben mir gesagt, daß junge irakische Kurden in die iranische Armee gesteckt worden sind! Wenn Aschti hiergeblieben wäre, hätte er für den Iran kämpfen müssen. Stell dir das vor – er hätte vielleicht unsere eigenen Leute töten müssen! Und wenn er sich geweigert hätte, weißt du, was dann passiert wäre?«
Teriska Khan schauderte. »Wohin ist er? Was will er tun?«
»Er ist zu Rostam zurück. Er hatte die ganze Nacht für die Reise, und er hat gestern den ganzen Nachmittag geschlafen, er war also gut ausgeruht. Er muß schon vor Stunden das Dorf erreicht haben, in dem wir zuerst gewesen sind. Vergangene Nacht kamen noch andere Führer mit Flüchtlingen durch, unsere Führer haben darüber geredet. Aschti wird sie oberhalb des Dorfes treffen, sich heute mit ihnen verstecken und ausschlafen und morgen zurückgehen.«

Teriska Khan sagte nichts, und Tara wußte, daß sie weinte.
Kak Soran sagte rauh: »Reg dich nicht auf. Es wird schon gut ausgehen. Du hast gesehen, in welchem Zustand Aschti gestern war. Er kann es nicht ertragen, wenn andere ihn herumkommandieren. Hier wäre es noch gefährlicher für ihn. Er würde etwas Dummes tun, wütend werden, in eine Schlägerei geraten, was weiß ich. Und welche Hoffnung gäbe es für ihn, wenn sie ihn in die iranische Armee stecken? Einen irakischen Kurden lassen sie nicht aus den Augen. Eine falsche Bewegung, und es ist aus mit ihm. Wahrscheinlich würden sie ihn direkt an die Front schicken, wo die Verluste am größten sind. Siehst du das nicht ein? Das war sein einziger Ausweg. Ich hätte ihn überhaupt nicht mit uns gehen lassen sollen.«
»Aber er hat weder was zu essen noch Geld noch sonstwas!«
»Du hättest sehen sollen, was er gestern abend gegessen hat! Da drin sind sieben oder acht Männer, die haben ihm ein großartiges Abschiedsfest bereitet, das kann ich dir sagen! Sie würden selbst zurückgehen, wenn sie nicht an ihre Familien denken müßten. Und ich habe ihm ein wenig Geld gegeben, genug, um die Führer zu bezahlen, und noch etwas für Notfälle. Ich weiß, du hast nicht viel Vertrauen zu Rostam, aber er ist Aschtis Onkel. Er wird sich um ihn kümmern, auch wenn er ihn ein- oder zweimal angebrüllt hat.«
Der Gedanke an Rostam schien Teriska Khan nicht sonderlich zu beruhigen, aber sie widersprach nicht.
»Er hat sich nicht von mir verabschiedet«, sagte sie traurig.
Kak Soran lächelte. Offenbar hatte sie das Unvermeidliche akzeptiert. Er war erleichtert.
»Sollte er das ganze Lager wecken? Eine große Szene machen? Natürlich konnte er sich nicht von dir verabschieden. Aber er sah glücklich aus, als er ging. Ich glaube, er hat es die ganze Zeit

bereut, daß er die Peschmergas verlassen hat. Du weißt, wie er war, seit er von Rostam wegging. So unglücklich wie ein Schakal im Käfig. Und gestern abend war er wieder ganz der alte. ›Sag ihr, sie soll sich keine Sorgen um mich machen‹, hat er mir aufgetragen.«

Aus dem Zimmer kam ein Warnruf. Kak Soran sah sich um. Zwei Soldaten schauten her.

»Geht wieder rein«, sagte Kak Soran schnell. »Wir dürfen nicht miteinander reden. Ich habe dem Hauptmann gesagt, ich hätte keine Ahnung, was Aschti vorhat. Ich meine, er hat mir geglaubt, aber er ist immer noch mißtrauisch. Und seid vorsichtig gegenüber den anderen. Je weniger sie wissen, um so besser, auch wenn sie freundlich sind.«

Tara hätte das alles gern mit Daya besprochen, aber Teriska Khan war dazu offenbar nicht in der Lage. Sie sank an der Wand in sich zusammen.

»Wie geht es dir, Daya?« fragte Tara. »Du siehst nicht gut aus. Es ist noch Essen von gestern abend übrig. Soll ich dir was holen?«

Eine der Frauen hatte sie beobachtet. Sie kam herüber und griff nach Teriska Khans Hand.

»Deine Mutter hat leichtes Fieber.« Sie breitete eine Decke auf dem Boden aus. »Legen Sie sich hier hin, und ruhen Sie sich aus. Sie ist erschöpft, die Arme, kein Wunder.«

Der Tag verging langsam. Teriska Khan schlief die meiste Zeit. Sie durften nur zu den stinkenden alten Latrinen hinter dem Haus gehen, nirgendwo konnten sie sich richtig waschen. Am schlimmsten war die Ungewißheit, was als nächstes geschehen würde. In den langen Vor- und Nachmittagsstunden wuchs in Tara die Furcht, sie würden ewig in diesem überfüllten kleinen Raum bleiben.

Endlich, es war schon fast Abend, kam der Dolmetscher. Er holte Kak Soran in das Hauptbüro. Ein paar Minuten später kam Kak Soran mit Neuigkeiten zurück.
»Sie bringen uns woandershin«, rief er durch die Tür den Frauen zu. »Ihr müßt packen, sie holen uns bald.«
»Wohin gehen wir?« rief Tara zurück.
»Das sagen sie nicht. Ich glaube, in irgendein Flüchtlingslager.«
»Aber was . . .«
Ein Soldat in der Nähe rief etwas.
»Wir dürfen nicht mehr reden«, sagte Kak Soran. »Packt, so schnell ihr könnt. Wenn wir nicht fertig sind, lassen sie uns vielleicht zurück.«
Tara wußte nicht, was schlimmer wäre. Sie waren so hilflos! So hatte sie sich das alles nicht vorgestellt. Als sie aus dem Irak flohen, hatten sie nur daran gedacht, sich in Sicherheit zu bringen. Dann war die Reise so schwierig und gefährlich geworden, daß sie sich gar nicht ausmalen konnten, was sie bei ihrer Ankunft erwartete.
Irgendwie hatte sie damit gerechnet, daß sie, wenn sie erst einmal im Iran waren, nach Teheran gehen würden. Dort würde ihr Vater Arbeit finden, sie könnte in die Schule gehen, und Hero käme in den Kindergarten. Natürlich müßten sie Persisch lernen, und sie hätten weniger Geld als zuvor. Ihr Haus würde kleiner sein, und sie hätten Schwierigkeiten, neue Freunde zu finden, aber immerhin, es würde gehen, solange sie alle zusammen waren. Baba war schon vor ein paar Jahren im Iran gewesen. Er hatte Bekannte in Teheran, sogar ein paar entfernte Vettern. Und wenn der Krieg zu Ende war, würden sie natürlich nach Hause gehen.
Die anderen Frauen redeten aufgeregt durcheinander und packten ihre Bündel. Sie waren wie die Frauen im Dorf. Eigent-

lich sahen sie aus, als wären sie nie zuvor aus ihrem Dorf herausgekommen. Wahrscheinlich hatten sie weder Kontakte im Iran noch Geld für einen neuen Start.
Vielleicht kommen nur sie in ein Flüchtlingslager, dachte Tara, und wir werden nach Teheran gebracht.
Eine Stunde später, als es fast dunkel war, hielt ein Minibus vor dem Gebäude. Alle mußten einsteigen. Für Widerspruch oder Fragen war keine Gelegenheit. Der Hauptmann selbst leitete ihre Abfahrt. Tara trug die Taschen hinaus, und Kak Soran nahm sie ihr ab.
»Daya geht es nicht gut, Baba«, sagte Tara.
Kak Soran schaute sie überrascht an. Er selbst hatte zwar gelegentlich Fieber oder eine Grippe, aber Teriska Khan war immer gesund gewesen.
»Wahrscheinlich ist sie nur müde und durcheinander«, sagte er. »Tu, was die Soldaten sagen.«
Der Bus war alt, doch wenigstens richtig gefedert. Der Dolmetscher und ein Soldat saßen vorn bei dem Fahrer. Tara fand einen Fensterplatz. Diesmal würde sie zwar nicht in eine Staubwolke starren, aber sie würde auch nicht mehr sehen als das, was im Licht der Scheinwerfer lag.
Die erste Stunde verlief gut. Hero hatte sich wie durch Zauberei von der schlimmen Reise durch die Berge erholt, und sie fing an, den Clown zu spielen. Sie brachte alle zum Lachen, selbst der Dolmetscher drehte sich um und lächelte. Doch schließlich kletterte sie Teriska Khan auf den Schoß.
»Kannst du sie nehmen, Tara?« bat Teriska Khan. »Ich habe solches Kopfweh.«
Tara klopfte sich einladend aufs Knie. Hero zog ein Gesicht und fing an zu protestieren, doch Tara nahm sie in die Arme. Hero hopste noch ein bißchen herum, dann legte sie sich zurück

und steckte sich den Daumen in den Mund, ein Zeichen, daß sie gleich schlafen würde.
Sobald sie ruhig war, entstand eine nervöse, angespannte Stille. Es war so merkwürdig und beängstigend, nicht zu wissen, wo sie waren, wohin sie fuhren, noch nicht einmal die Namen der Städte zu kennen, durch die sie kamen. Tara war froh, daß sie Hero im Arm hielt. Ihr kleiner Körper war warm und tröstlich. Kak Soran und die anderen Männer unterhielten sich leise auf den Plätzen am Gang. Tara bekam einiges von der Unterhaltung mit.
»Dürfen nicht arbeiten? Aber ich glaube doch ... mein Vetter ... vor fünf Jahren ... ein guter Job in Täbris.«
»Ja, aber ... vor dem Krieg ... Kurden verdächtig ...«
Tara verstand nicht alles. Der Motorenlärm war zu laut. Sie hörte nicht mehr zu, döste ein und fing an zu träumen.
Sie war wieder zu Hause, in den Sommerferien. Sie und Leila wollten ein paar Schulfreundinnen einladen. Natürlich würde Khadidscha kommen und Nasrin, die so schüchtern war, daß sie kaum mit jemandem redete. Sie würde Daya bitten, ihr bei den Honigkuchen zu helfen, und sie würden ihre Lieblingsplatten spielen und sich verkleiden. Vielleicht machten die anderen das alles jetzt ohne sie. Ob sie überhaupt noch an sie dachten? Sie vermißten?
Sie öffnete die Augen. Dieser Traum sollte nicht weitergehen, er war zu quälend. Statt dessen stellte sie sich vor, daß der Minibus in die entgegengesetzte Richtung fuhr, nach Südwesten statt nach Norden. Er fuhr an einem sonnigen Morgen nach Sulaimanja durch die freundliche, hügelige Landschaft im Nordirak, an Weizenfeldern und nickenden Sonnenblumen vorbei. Vor ihrem Haus hielt er an. Baba schloß auf, und alle liefen hinein. Sie ging sofort ins Bad und unter die Dusche, sie wusch sich

die Haare und zog frische Kleider an. Noch nie im Leben war sie sich so schmutzig vorgekommen.
Nach einer Weile verblaßten die Tagträume, und Tara dachte an gar nichts mehr. Ohne etwas zu sehen, starrte sie auf den staubigen Straßenrand, der im Licht der Scheinwerfer einschläfernd vorbeihuschte. Hin und wieder fiel helles Licht aus der offenen Tür einer Moschee oder aus dem Fenster eines Hauses. Dann fuhren sie wieder durch eine größere Stadt, wo eine belebte Bushaltestelle war und eine Hauptstraße mit vielen Menschen.
Endlich, Stunden mochten vergangen sein, quälte sich der Minibus eine steile Bergstraße hinauf. Sie hatte so viele Kurven, daß es Hero schlecht geworden wäre, wenn sie nicht an Taras Schulter geschlafen hätte.
»Wieviel Uhr?« flüsterte Tara. Kak Soran schaute auf seine Armbanduhr.
»Zwei. Viel länger wird es nicht mehr dauern. Wir müssen beinah da sein.«
»Beinah wo?«
Kak Soran zuckte die Schultern und gab keine Antwort.
Eine halbe Stunde später hielt der Minibus mit einem heftigen Ruck.
»Raus. Alle raus!« sagte der Dolmetscher. Es waren die ersten Worte, die er seit Beginn der Reise von sich gab. Er verschwand in einem nahen Gebäude.
Die anderen stiegen mit ihrem Gepäck aus, und der Minibus fuhr davon. Da standen sie nun um die Taschen und Bündel am Boden herum, warteten auf das, was als nächstes geschehen würde, und betrachteten das Lager.
Der Mond stand noch am Himmel, und in seinem kalten, bleichen Licht sah alles unheimlich aus. Sie waren auf einer kahlen

Hochebene zwischen zwei steilen Bergspitzen. Der Ort wirkte öde und elend. Tara schauderte. Selbst jetzt, mitten im Sommer, war es kühl. Im Winter mußte es schrecklich sein.

Sie standen vor einer Gruppe rechteckiger Betongebäude, auf dem höchsten war eine Fahnenstange. Dahinter lagen in langen, geraden Zeilen kleine Holzhütten, die alle eine Tür, aber keine Fenster hatten. Das Mondlicht schimmerte auf den Wellblechdächern. Tara schaute zur Straße zurück, auf der sie hergekommen waren. Es gab weder Tore noch Zäune. Vielleicht durften sie kommen und gehen, wie sie wollten. Dann merkte sie, wie absolut still es war. Von diesem verlassenen, abgelegenen Ort konnte man nirgendwohin. Es wäre Irrsinn, aus diesem Lager flüchten zu wollen. Niemand überlebte lange in den wasserlosen Bergen, wenn er nicht Nahrung, Wasser und ein genaues Ziel hatte.

Die Minuten tickten vorbei. Niemand kam, und nichts geschah.

»Lassen sie uns einfach die ganze Nacht hier stehen ohne alles, selbst ohne einen Schluck Wasser?« fragte plötzlich eine Frau. Sie sagte es lauter als beabsichtigt, und ihre Stimme hallte in der dünnen Bergluft.

Bevor jemand antworten konnte, kam der Dolmetscher zurück. »Hier lang«, sagte er und ging zu dem zweistöckigen Gebäude in der Mitte des Betonblocks. »Nein, du nicht.« Wieder wurde Tara, die ihrem Vater folgen wollte, zurückgehalten. »Das ist nur für Männer. Frauen hier rein.«

Die Männer waren lange weg. Zum Glück schlief Hero noch. Auch Daya war nicht richtig wach. Sie sah heiß und fiebrig aus trotz der kalten Nachtluft.

Endlich kam der Dolmetscher mit Kak Soran und dem Lagerkommandanten zurück, einem großen Hauptmann mittleren Alters. Alle Taschen und Bündel wurden geöffnet und ihr Inhalt

wie gestern auf den Zementboden gekippt. Jedes Kleidungsstück, jedes Lebensmittelpaket, jeder Salbentopf und jedes Paar Schuhe wurden, wie gestern, sorgfältig untersucht.
»Geld«, sagte der Dolmetscher. »Er will wissen, wieviel Geld ihr habt.«
Kak Soran hatte diese Frage offenbar erwartet. Er griff in die Jackentasche und zog eine dünne Rolle Banknoten heraus. Der Hauptmann fuhr sich mit der Zunge über den Daumen und zählte sie langsam. Dann sah er Kak Soran forschend an.
»Sonst nichts?« sagte der Dolmetscher. »Hat Ihre Frau keinen Schmuck? Irgendwas versteckt? Überlegen Sie gut, bevor Sie antworten.«
Kak Soran schüttelte den Kopf. Tara merkte plötzlich, daß sie krampfhaft die Hände gefaltet hielt. Sie löste sie und bemühte sich, gleichmütig auszusehen.
Der Hauptmann gab ein paar Scheine zurück und legte die anderen in seine Schreibtischschublade.
»Er bewahrt es für Sie auf«, sagte der Dolmetscher. »Sie bekommen das Geld zurück, wenn Sie hier weggehen.«
»Wann wird das sein?« fragte Kak Soran rasch.
»Wie soll ich das wissen?« Der Dolmetscher zuckte die Schultern.
Dann begannen die Fragen, als wäre das Verhör vor zwei Tagen nie gewesen. Der Hauptmann fragte immer wieder das gleiche.
»Wer sind Sie? Wie heißen Sie? Warum haben Sie den Irak verlassen? Warum sind Sie in den Iran gekommen?«
Hero wachte auf und fing an zu quengeln. Der Hauptmann wurde zum ersten Mal auf sie aufmerksam. Er schaute rasch von ihr zu Teriska Khan, dann machte er sich an Papieren auf seinem Schreibtisch zu schaffen und murmelte dem Dolmetscher etwas zu.

Ich glaube, wir tun ihm leid, dachte Tara überrascht. Vielleicht war er ein netter Mensch.
Der Dolmetscher stand auf. »Der Hauptmann wird Sie morgen noch mal kommen lassen. Schnell, nehmen Sie Ihre Sachen. Ich bringe Sie in Ihr Quartier.«
Sie hatten schon gelernt, was »schnell« bedeutete. Auf allen vieren suchten sie in verzweifelter Hast ihre Sachen zusammen. Der Hauptmann murmelte wieder etwas.
»Er sagt, Sie sollen sich Zeit lassen«, übersetzte der Dolmetscher widerwillig.
Tara spürte Tränen in den Augen. Auf Güte war sie nicht gefaßt. Da fühlte sie sich schwach und wider Willen dankbar.
Endlich waren die Taschen gepackt. Sie nahmen sie auf und folgten dem Dolmetscher, der Kak Soran aus dem Nebenzimmer rief. Dann gingen sie wieder hinaus ins Mondlicht und schleppten ihr Gepäck durch die langen Zeilen zu einer Hütte am Rande des Lagers. Teriska Khan konnte kaum gehen. Sie stolperte immer wieder, und manchmal hustete sie. Der Dolmetscher zog einen Schlüssel aus der Tasche, machte das einfache Vorhängeschloß an der Tür auf und ließ sie hinein. Kak Soran tastete nach einem Lichtschalter bei der Tür, fand ihn und drückte ihn. Nichts geschah.
»Die Hütten haben nur am Abend Strom«, sagte der Dolmetscher.
Der Mond schien durch die offene Tür. Die Hütte war leer. Die Holzwände hatten Flecken, der Boden war nicht gefegt.
»Ein – Teppich? Decken?« sagte Teriska Khan zögernd zu dem Dolmetscher, der es jetzt eilig hatte.
»Fragen Sie morgen«, sagte er. »Dann können Sie einen Heizofen und ein paar Decken bekommen. Heute nacht müssen Sie sich so behelfen.«

Er ging weg. Hero fing wieder an zu weinen, aber ausnahmsweise achtete niemand auf sie. Tara setzte sich auf das nächste Bündel, legte die Arme um die Knie und schaukelte vor und zurück. Dann sah sie im fahlen Mondlicht, daß sich etwas neben ihrem Fuß bewegte.

»Was ist das, Baba?«

Kak Soran beugte sich vor, dann zertrat er das Insekt. »Wanzen. Es wimmelt nur so von ihnen.«

Er stand auf und schaute zu Teriska Khan hinüber. Es war merkwürdig, und Tara hatte zuvor nie darüber nachgedacht: Obwohl er ein Mann und natürlich das Oberhaupt der Familie war, wandte er sich in einer Krise, besonders in einer häuslichen, immer an Daya. Doch jetzt schien ihm zum ersten Mal klar zu werden, daß sie krank war. Sie hustete immer mehr, es war ein trockener, böser Husten, und sie konnte nicht mehr stehen. Sie legte sich einfach auf den kalten, harten Boden und schloß die Augen.

»Das ist furchtbar, schrecklich«, sagte er zu Tara. »Hier kann sie nicht bleiben.«

Er schien in sich zusammenzusinken, als hätte ihn seine Kraft verlassen. »Sie ist krank.«

Tara fror, sie war hungrig und erschöpft, und am liebsten hätte sie sich hingesetzt und geweint wie Hero. Dann fröstelte sie vor Angst. Es hatte keinen Sinn zu weinen. Niemand würde sie trösten können. Jetzt erwarteten alle Trost von ihr.

»Sie wird wieder gesund, Baba«, sagte sie. »Es muß hier einen Arzt geben. Jedenfalls kümmere ich mich um sie.«

»Du weißt nicht, wie.«

»O doch. Ich sorge dafür, daß sie sich ausruht, und ich koche und gebe ihr viel zu trinken.«

»Aber wir haben noch nicht mal Wasser.«

»Der Mann hat gesagt, auf der anderen Seite des Lagers ist ein Brunnen. Ich kann Wasser holen wie im Dorf. Ich suche auch einen kleinen Eimer für Hero. Sie kann mir helfen.«

Die Vorstellung, daß Hero Wasser holte, war wirklich das Letzte. Kak Soran ging zur Tür und schaute über das Lager zu den Berggipfeln, die unter ihren gespenstischen weißen Schneemützen glitzerten. Taras Angst verwandelte sich in Wut.

»Wir haben keine Wahl«, sagte sie bitter und wiederholte, was eine Frau in der vergangenen Nacht gesagt hatte: »Wenn du Flüchtling bist, hast du keine Wahl.«

Sie breitete eine Decke aus und legte sie behutsam über ihre Mutter. Dann machte sie ein kleines Nest aus Kleidungsstükken. »Komm, Hero. Ich habe dir ein Bett gemacht. Hier hast du es nett und gemütlich.«

17

Sie waren alle todmüde, doch in dieser Nacht blieb ihnen nicht mehr viel Zeit zum Schlafen, und Tara nahm es fast gleichgültig hin: Vor Kälte, Hunger und Sorgen fand sie sowieso keine Ruhe. Das kärgliche Bettzeug reichte nicht aus, um die Ritzen zwischen den Bodenbrettern zuzustopfen, und überall zog es.
Die Kälte war noch nicht das Schlimmste. Kaum war sie eingedöst, da wachte Tara wieder auf, weil ihre Haut juckte und kribbelte. Sie fuhr hoch und kratzte sich Arme und Brust. Es kam ihr vor, als krabbelten Dutzende von Insekten auf ihr herum. Mühsam stand sie auf. »Uh! Weg mit euch!«
»Es ist nur ein Alptraum«, murmelte Kak Soran in der Annahme, Hero hätte im Schlaf gejammert. Tara holte tief Luft. Noch vor einer Woche hätte sie geschrien wie am Spieß. Aber jetzt hielt der Gedanke sie zurück, daß sie die Familie aufschrecken würde. Hero lag still und friedlich da, auch Daya schien zu schlafen, Tara hörte ihre flachen, rasselnden Atemzüge. Es hatte keinen Sinn, alle zu wecken. In der Dunkelheit konnten sie auch nicht viel gegen die Käfer tun. Sie mußte einfach warten, bis es hell war, und dann etwas unternehmen.
Langsam beruhigte sie sich und schüttelte ein Kleidungsstück nach dem anderen aus. Die Vorstellung, daß immer noch Ungeziefer drin sein könnte, war ekelhaft, doch bei der Kälte wollte sie sich nicht ausziehen. Sie spürte, wie ihr noch eine Wanze

übers Schulterblatt krabbelte, fing sie und konnte sie zwischen den Fingern zerdrücken.

Verzweifelt versuchte sie an Aschti und Rostam zu denken. Sie schliefen wahrscheinlich zwischen Kühen und Schafen oder unter freiem Himmel. Sie mußten sich vor Schlangen und Skorpionen hüten. Von ein paar Wanzen ließen sich die Peschmergas bestimmt nicht aus der Ruhe bringen.

Danach war es unmöglich weiterzuschlafen. Tara legte sich wieder hin, aber sie war hellwach und bereit, bei jedem Krabbeln loszuschlagen.

Kurz vor Sonnenaufgang durchbrach ein wildes Geheul die Stille. Tara sträubten sich die Haare. So schrie ein Tier in der Falle oder ein Verrückter in Todesangst. Das Gebrüll erstickte plötzlich in einem schrecklichen Kollern.

Fast sofort war ein anderes Geräusch zu hören. Ein Lautsprecher irgendwo oben übertrug die Stimme des Muezzin, der das Lager zu den ersten Gebeten des Tages rief. Der billige Verstärker knatterte und verzerrte die Stimme, dennoch klangen die vertrauten Worte schön und tröstlich.

»Im Namen Allahs, des Erbarmers, des Barmherzigen«, sang der unsichtbare Mullah. »Ich bezeuge, es gibt keinen Gott außer Gott, und Mohammed ist sein Prophet.«

Erbarmer und Barmherziger, dachte Tara. O Gott, erbarme dich unser und sei barmherzig.

Sie wartete auf den hohen, klaren Ton, mit dem der Gesang sonst endete und den sie liebte, doch er blieb aus. Die Stimme des Muezzin wurde plötzlich abgeschnitten, und dann folgte auf ein betäubendes Geknatter eine wirre Mischung aus Gebeten und Gesängen, Musik und Schreien, die immer weiterging.

Am liebsten hätte sich Tara die Finger in die Ohren gesteckt.

Zum ersten Mal in ihrem Leben stand sie vor den anderen auf.

Leise kroch sie durch die Hütte, sie wollte Hero und die Eltern, die trotz des schrecklichen Lärms noch mit geschlossenen Augen dalagen, nicht stören. Sobald die Sonne die schneebedeckten Gipfel über dem Tal streifte, war sie draußen und auf dem Weg zur Latrine, wo müde, gähnende Menschen bereits in einer langen Schlange warteten.
Als sie zurückkam, stand eine Frau vor der Hütte nebenan und schüttelte eine Decke aus. Sie war eine große, dicke Person mit muskulösen Armen und lauter Stimme, mit der sie die lärmenden Lautsprecher überschrie.
Sie musterte Tara von oben bis unten und lächelte. »Seid ihr heute nacht angekommen?«
»Ja.«
»Seid ihr eine große Familie?«
»Nein, nur meine Eltern und meine kleine Schwester und ich.«
»Das ist gut. Da seid ihr nicht so beengt. Wir versuchen zu acht in dieser Zigarrenkiste zu schlafen. Wenn sich einer umdreht, müssen es alle nachmachen.«
Tara erwiderte das Lächeln. Ob alle Familienmitglieder so dick waren wie die Frau?
»Wissen Sie, ob es hier einen Arzt gibt?« fragte sie schüchtern. »Meine Mutter ist krank.«
Die Frau schüttelte den Kopf. »Nein, jedenfalls keinen richtigen Doktor. Ich habe wenigstens noch nicht gehört, daß jemand ärztliche Hilfe bekommen hätte. Was hat denn deine Mutter?«
»Ich weiß nicht. Sie hustet viel, und sie hat Fieber.«
»Hm, da mußt du sie gut pflegen. Kommst du zurecht?«
»Ja«, sagte Tara nicht sehr überzeugt. »Wo kriege ich denn Lebensmittel und so?«
Die Frau lachte kurz auf. »*Du* kriegst gar nichts. Die Männer

müssen die Zuteilungen abholen, und die sind klein genug. Habt ihr Vorräte mitgebracht?«
»Ein bißchen was, glaube ich.« Tara versuchte sich zu erinnern, was in den Taschen war.
Die Frau zögerte, dann sagte sie abrupt: »Ich habe ein paar Sachen beiseite gelegt. Ich kann dir eine Handvoll Oliven geben und ein bißchen Trockenobst für deine Mutter, die arme Seele. Sie braucht etwas, das ihr schmeckt.«
»Oh, danke!« Tara fühlte sich plötzlich nicht mehr so allein gelassen. »Der Mann hat gestern nacht gesagt, wir würden heute Decken und einen Teppich bekommen.«
»Ja, so was Ähnliches. Sag deinem Vater, er soll mit meinem Mann reden. Der kann ihm ein paar Tips geben. Nehmt alles, was ihr kriegen könnt, zum Schutz vor der Zugluft.«
»Ist es nachts immer so kalt? Und die vielen Wanzen!«
Die Frau zuckte die Schultern. »Ihr müßt sehen, wie ihr damit fertig werdet. Leicht sind sie nicht zu vertreiben, aber ich habe noch ein bißchen Insektengift übrig. Ich kann dir was geben. Mit eurer Lebensmittelration bekommt ihr Seife, falls man das so nennen kann. Ich rate dir, mach erst mal Großputz. Ich würde dir helfen, aber mein Jüngster liegt mit Masern im Bett, und damit hab ich gerade genug zu tun.«
Ein Hustenanfall war aus der Hütte zu hören, und Tara wollte hinein.
»Viel Glück«, sagte die Frau. »Mach dir keine Sorgen um deine Mutter. Wenn Gott will, wird sie wieder gesund. Koch ihr einen guten, heißen Tee. Später bekommt ihr einen Paraffinherd, aber ich kann dir jetzt schon mal heißes Wasser geben, wenn du willst. Ich habe gerade welches abgekocht.«
Den Rest des Morgens arbeitete Tara wie ein Pferd. Sie rieb sich die Knöchel wund beim Schrubben der Bodenbretter, sie

bekam Blasen von den schweren Eimern, die sie am Brunnen auf der anderen Seite des Lagers füllte. Doch der Gedanke an die krabbelnden und beißenden Wanzen in der Nacht war schlimmer als die schmerzenden Hände, und so machte sie weiter, angetrieben vom Haß auf das Ungeziefer und entschlossen, es auszurotten.

»Du siehst aus wie Oma.« Hero stand an der Tür und schaute ihr neugierig zu.

»Gut.« Tara lag auf allen vieren und bearbeitete einen Fleck am Boden.

Kaum hatte sie den Boden fertiggeputzt, da kam Kak Soran mit den ersten Lebensmittelrationen und einem kleinen Paraffinherd zurück.

»Glaubst du, daß du damit zurechtkommst?« Zweifelnd betrachtete er die Tüten mit Mehl, Reis und Tee, die Handvoll Zwiebeln und das winzige Stück Fleisch.

Tara gab keine Antwort. Sie stapelte die Sachen in einer Ecke und wartete, bis er weggegangen war, um Decken zu holen. Dann hockte sie sich neben Teriska Khan, die auf dem harten Boden lag und fiebrig vor sich hin murmelte.

»Daya«, flüsterte Tara, »bist du wach?«

Teriska Khan öffnete die Augen, doch sie schien Tara nicht zu sehen.

»Daya, wie soll ich Essen kochen? Ich habe nur ein bißchen Fleisch und kein Gemüse.«

»Lauf hinüber und bitte Frau Amina um ein paar Eier.« Teriska Khans Stimme klang hoch und heiser. »Eier kochen ist leicht.«

»Aber Daya . . .«

»Bring mir Wasser, Tara. Von meiner Kommode. Der Filter . . .«

Tara richtete sich auf. Ihre Beine zitterten. Daya phantasierte,

und sie sah schrecklich krank aus. Tara ging zum Wassertopf. Er war leer. Sie nahm ihn und lief zur Tür hinaus.
»Bleib da«, sagte sie zu Hero, »sei ein braves Mädchen. Laß Daya in Ruhe, sonst werde ich . . .«
Hero schaute gar nicht auf. Sie hatte ein kleines Mädchen in ihrem Alter gefunden, die beiden spielten mit einem Steinhaufen.
Der Weg bis zum Brunnen kam Tara meilenweit vor. Sie lief, so schnell sie konnte, und drängte sich an überraschten Menschen vorbei. Doch am Brunnen warteten schon Frauen in einer langen Schlange darauf, ihre Eimer zu füllen.
»Bitte«, sagte sie verzweifelt zu der Frau an der Spitze, »meine Mutter ist krank, sie braucht Wasser.« Die Frau lächelte ihr zu. Sie hatte schon einen Eimer gefüllt, der zweite stand unter dem tröpfelnden Hahn.
»Komm«, sagte sie, »gib mir deinen Topf.«
Sie tauchte ihn in den vollen Eimer und reichte ihn Tara.
»Verschütte nichts!« rief sie ihr nach, doch Tara lief schon langsam mit gebeugten Knien davon, die Augen fest auf den vollen Topf gerichtet. Sie verschüttete kaum einen Tropfen.
Das Wasser schien Teriska Khan gutzutun. Nach ein paar Schlucken sank sie zurück und legte den Kopf wieder auf Kak Sorans Jacke, aus der Tara ihr eine Art Kissen gemacht hatte.
Wenn sie nur diesen schrecklichen Lärm abstellen würden, dachte Tara. Das Getöse, das ununterbrochen aus den Lautsprechern drang, zerrte an ihren Nerven.
»Wie geht's ihr denn?« fragte jemand an der Tür. Tara versuchte die Tränen hinunterzuschlucken und drehte sich um. Es war die Frau von nebenan.
»Ich weiß nicht.«
Die Frau kam herein und beugte sich über Teriska Khan.

»Hör nur, wie sie atmet«, sagte sie. »Das ist wirklich eine Lungenentzündung. Habt ihr keine Medikamente dabei?«
»Nur ein paar Hausmittel und Aspirin«, sagte Tara. »Davon hat Baba ihr schon welche gegeben.«
Die Frau nahm Teriska Khans Kopftuch, das neben ihr auf dem Boden gelegen hatte.
»Tauch das ins Wasser und kühl ihr damit die Stirn. Was hast du ihr zu essen gegeben?«
»Nichts. Ich habe noch nicht gekocht. Ich ...«
Die Frau sah den Stapel mit Lebensmitteln.
»Gib sie mir«, sagte sie. »Heute koche ich euer Abendessen. Bleib du bei deiner Mutter, der armen Seele, fächle ihr Luft zu und gib ihr immer wieder ein bißchen Wasser. Sorg dafür, daß sie es warm hat. Es geht ihr schlecht, das sehe ich. Hier haben viele Fieber. Das passiert sehr schnell. Seit unserer Ankunft sind viele Babys und alte Leute gestorben. Sie sieht zwar recht kräftig aus, aber ich möchte nicht sagen ... nun, man kann nie wissen ...«
Sie schüttelte den Kopf, nahm die Lebensmittel und ging.
Tara saß auf den Fersen und schlang die Arme um die Knie. Am liebsten wäre sie der Nachbarin nachgerannt und hätte ihr ins Gesicht geschrien, daß sie dumm war, daß sie keine Ahnung hatte. Wie kam die Frau dazu, anzudeuten, daß Daya in Gefahr war? Was verstand denn sie davon? Daya war erst seit zwei Tagen krank. So rasch konnten Menschen doch bestimmt nicht sterben?
Tara goß ein wenig Wasser auf das Kopftuch und legte es Teriska Khan behutsam auf die Stirn. Dann griff sie nach ihrer Hand. Sie fühlte sich sehr heiß und trocken an. Tara nahm ihr Kopftuch ab und befeuchtete Daya damit vorsichtig die Hände.
»Erbarmer und Barmherziger«, sagte sie vor sich hin. »Erbarmer und Barmherziger. Nicht sterben. Nicht sterben.«

Die nächsten beiden Tage und Nächte waren wie ein Alptraum, der nicht enden wollte. Das schreckliche, rasselnde Geräusch von Teriska Khans Atemzügen, unterbrochen von ihrem qualvollen Husten, füllte die kleine Hütte. Kak Soran und Tara waren noch von der Reise erschöpft, aber sie hatten nicht viel Gelegenheit, sich auszuruhen. Kak Soran wurde stundenlang im Büro des Lagers verhört; dort nahm niemand darauf Rücksicht, daß seine Frau krank war. Die übrige Zeit stand er um Rationen an oder versuchte, Teppiche und Decken zu bekommen.

Wenn er dann in die Hütte zurückkam, verriet sein Gesicht, wie ängstlich und nervös er war und wie ratlos. Er hatte nie zuvor einen kranken Menschen gepflegt, sowenig wie Tara. Sie war die meiste Zeit so verängstigt, daß sie nur noch schreien wollte. Dann wieder stieg heiße Wut in ihr auf.

»Du wirst nicht sterben!« murmelte sie durch die zusammengebissenen Zähne. »Ich lasse es nicht zu.«

Den ganzen Tag saß sie neben Teriska Khan und beobachtete sie wie ein Luchs, während die freundliche Nachbarin ihr Wasser brachte und die Mahlzeiten kochte.

Bei der kleinsten Bewegung, bei jeder Veränderung war Tara sofort in Alarmbereitschaft und versuchte herauszufinden, was sie bedeuteten, wie Daya sich fühlte und wie sie ihr Erleichterung verschaffen könnte. Wenn Teriska Khan laut und schwer atmete, wenn ihre Lippen trocken und rissig waren, gab Tara ihr mit einem Löffel etwas Wasser.

Wenn Daya stöhnte und um sich schlug, merkte Tara, daß das Fieber gestiegen war; sie zerstieß eine Aspirintablette, flößte sie ihr mit etwas Wasser ein und wusch ihr Gesicht und Hände. Stundenlang fächelte sie ihr Luft zu und bemühte sich, das primitive Lager bequemer zu machen. Immer wieder sprach sie mit ihr, ob Teriska Khan es hörte oder nicht. Sie redete ihr zu, gesund zu werden, und schalt mit ihr, weil das Fieber stieg. Manchmal weinte sie und flehte Daya an, nicht zu sterben, sie überredete sie, ein wenig Suppe oder einen Mundvoll Tee zu schlucken, sie betete.

Nachts sank Tara erschöpft für ein paar Stunden in den Schlaf, aber auch dann war sie bereit, sofort aufzuspringen, wenn sie gebraucht wurde. Kak Soran schlief so gut wie gar nicht; er saß neben seiner Frau, wartete auf ein Zeichen der Veränderung und beruhigte Hero, wenn sie aufwachte. Tara war dankbar, daß sie sich um ihre kleine Schwester nicht kümmern mußte. Hero hatte sich mit ihrer Spielgefährtin angefreundet, und Yasmins Mutter hatte angeboten, nach ihr zu schauen, bis die Krise vorüber war. Ein- oder zweimal fragte Hero, warum Daya nicht aufstand, aber alles in ihrem Leben war so anders geworden, daß ihr sogar Teriska Khans ungewohntes Verhalten nicht mehr sonderbar erschien.

Am dritten Morgen wurde Tara wie gewöhnlich vom brutalen Geheul der Lautsprecher geweckt. Schuldbewußt fuhr sie hoch, sie hatte länger geschlafen als geplant. In dem schwachen Licht, das unter der Tür hereindrang, sah sie die Gestalten ihrer Eltern, zwei reglose Bündel auf dem Boden. Dayas Atemzüge konnte sie überhaupt nicht hören.

Einen Augenblick schloß sie in verzweifelter Angst die Augen. Als sie sie wieder öffnete, rollte sich Kak Soran aus seiner Decke. Er setzte sich auf, und Tara konnte sehen, daß er lächelte.

»Sie schläft«, sagte er leise. »Sie hat kein Fieber mehr.«

Es klopfte an der Tür. Tara stand auf und öffnete. Der große, dicke Mann der Nachbarin stand draußen.

»Wie geht es der Frau?« Er sah sehr ernst aus.

»Besser! Sie schläft!« Tara wischte sich mit dem langen Ärmel die Tränen vom Gesicht.

Kak Soran trat herzu. »Seit mindestens vier Stunden schläft sie ruhig«, sagte er, »und heute morgen hat sie kein Fieber.«
Der Mann griff nach seiner Hand und schüttelte sie heftig. »Und meine Frau hat Angst gehabt, selbst zu kommen und zu fragen!« Er lachte übers ganze Gesicht. »Sie hat gedacht, letzte Nacht . . . Sie wird sich freuen! Und sie bringt gleich Tee und einen Happen Frühstück für alle!«

18

Teriska Khan wurde nicht sofort gesund. Noch tagelang war sie schwach wie ein Kätzchen, sogar das Sitzen machte sie müde. Sie hatte keinen Appetit, lag den ganzen Tag teilnahmslos da und starrte zur offenen Tür hinaus. Zu gern hätte ihr Tara ein bißchen frisches Obst gegeben oder etwas Süßes wie Honigkuchen, irgendwas Leckeres, das sie zum Essen verführte, aber es gab nur die einfachste, langweiligste Nahrung. Und Teriska Khan schien auch gar nicht zu merken, was sie aß. Sie dachte die ganze Zeit an Aschti und Oma und an zu Hause.

»Jetzt mußt du vorsichtig sein«, sagte die Nachbarin, als sie mit Tara außer Hörweite von Teriska Khan war. »Wenn deine Mutter einen Rückfall kriegt, wird es schlimmer als beim ersten Mal. Sie muß zu Kräften kommen. Versuch sie aufzumuntern und dazu zu bringen, daß sie ißt. Ich würde dir gern mehr helfen, aber jetzt hat auch mein Zweiter Masern, und es geht ihm gar nicht gut. Ich hoffe nur, du und das kleine Mädchen habt sie schon hinter euch?«

»Ja, das haben wir«, sagte Tara dankbar. Zu allem andern hätten ihnen Masern gerade noch gefehlt.

In den nächsten Wochen arbeitete Tara schwerer als je zuvor. Die ganze Familie war von ihr abhängig. Auf die Nachbarin konnte sie sich nicht mehr verlassen. Tara mußte als erste aufstehen und im Samowar den Morgentee bereiten. Sie machte für Baba und Hero das Frühstück und versuchte Daya zu überreden, daß sie ein bißchen Brot aß. Dann holte sie Waschwasser für Daya und verlas den Reis, bevor sie ihn zum Mittagessen kochte.

Sie kümmerte sich auch um Hero, sie versorgte sie ganz und gar. Sie ging mit ihr zu den Latrinen, machte ihr das Essen, half ihr beim Waschen und Anziehen und nahm sie in die Arme, wenn sie müde oder schlecht gelaunt war. Merkwürdig, aber je mehr sie für Hero tun mußte, um so besser kam sie mit ihr aus. Jetzt, wo sie nicht nur Daya half, sondern selbst verantwortlich war und allein an alles denken mußte, sah alles ganz anders aus. Hero konnte manchmal wirklich schwierig sein, besonders wenn sie ihren Dickkopf nicht durchsetzte, aber Tara wurde leichter mit ihr fertig.

Der härteste Kampf galt dem Ungeziefer. Tara scheuerte die Hütte vom Boden bis zur Decke, in jeden Eimer Wasser gab sie ein paar Tropfen von dem kostbaren Insektengift. Sie wusch und schrubbte die verdreckten Decken, die man ihnen gegeben hatte, und klopfte Wolken von Staub und Schmutz aus dem dünnen Teppich, bis ihr die Arme schmerzten.

Dann wusch sie immer wieder ihre und Heros Haare mit der harten, groben Seife, die sie bekommen hatten, und Teriska Khan durchsuchte sie sorgfältig nach Läusen. Die Haare rochen unangenehm nach der Seife und waren schwer und strähnig, Taras Kopfhaut juckte.

Wenn ich jemals wieder ein richtiges Shampoo benutzen darf, dachte sie sehnsüchtig, dann werde ich zu schätzen wissen, wie wunderbar das ist.

Für diese ganze Putzerei brauchte sie riesige Mengen Wasser, und immer wieder ging Tara zum Brunnen und zurück. Bald hatte sie es satt, in einer langen Schlange zu stehen und dann mit dem vollen Eimer zurückzuwanken, wobei ihr das Wasser ständig in die Schuhe schwappte. Es war so schwierig, den verflixten Tschador mit der freien Hand unterm Kinn festzuhalten.

Am Ende der ersten Woche war die Hütte bewohnbar. Wände und Boden waren sauber, und mit dem Teppich sah der Raum beinah möbliert aus. Nachdem Tara ihn so energisch geklopft und geschrubbt hatte, war er noch dünner und fadenscheiniger geworden, doch er war wenigstens sauber. Aus den Decken hatte Tara den widerlichen Geruch nicht ganz herausbekommen, aber auch sie waren sauberer. Nur noch selten wagte sich ein Käfer in die Hütte, und alle konnten wieder richtig schlafen. Tara wurde nicht mehr wach von den Rufen und Schreien, die immer noch jede Nacht ertönten. Sie waren längst nicht mehr so beängstigend, seit sie wußte, woher sie kamen. Der Nachbar hatte Kak Soran erklärt, daß ein armer Mann so brüllte, der seine Frau und drei kleine Kinder bei einem Bombenangriff verloren hatte. Sein Bruder hatte ihn durch die Berge ins Flüchtlingslager gebracht, aber jetzt bekam er Anfälle, und niemand konnte etwas dagegen tun.

Die Wochen vergingen, und Teriska Khan wurde kräftiger. Sie machte sich in der Hütte zu schaffen und übernahm wieder das Kochen. Sie überwachte die Wäsche und kümmerte sich immer mehr um Hero. Aber auch wenn sich die Dinge zu normalisieren schienen, war es nicht mehr so wie vor Dayas Krankheit. Jetzt brauchte niemand mehr Tara zu sagen, was zu tun war. Sie nahm den Eimer und holte Wasser, bevor noch jemand sah, daß er leer war. Sie faltete die Decken zusammen und räumte sie auf, sobald alle aufgestanden waren. Sie nahm Kak Soran die Lebensmittelzuteilungen ab und stapelte sie in der kleinen Vorratsecke, die sie angelegt hatte, während Teriska Khan krank war.

Sie und Daya unterhielten sich jetzt auch über andere Dinge als zuvor. Niemand dachte mehr daran, Tara etwas zu verheimlichen, als wäre sie noch ein kleines Mädchen. Zum ersten Mal stellte sie Fragen, und Daya beantwortete sie so offen, als hätte sie Tante Suzan oder eine andere Erwachsene vor sich. Tara verstand allmählich, was ihr früher immer unklar geblieben war, es kam ihr vor, als wenn sie die Scherben eines zerbrochenen Krugs zusammensetzen würde. Bemerkungen von Baba, Rostams Geschichten, das Flugblatt, das die Jungen vor der Moschee gelesen hatten, das unerklärte Verschwinden der Väter und Brüder von Freundinnen, die Festnahmen und Folterungen, die Propaganda und der Terror – das alles gab ihr eine neue Vorstellung davon, was es bedeutete, Kurde zu sein, und Tara war stolz und zornig zugleich.
Sobald die Putzerei und Wascherei beendet waren, gab es nichts zu tun, als zu reden, und die Zeit verging sehr langsam. Kak Soran war tagsüber nur selten da. Manchmal wurde er zu weiteren Verhören ins Lagerbüro geholt, oder er mußte Propaganda-Videos vom bevorstehenden Sieg des Iran über den Irak anschauen. Gewöhnlich verbrachte er jede freie Minute im tiefen Gespräch mit den anderen Männern im Lager, die seinen Rat suchten oder seine Meinung zu den neuesten Gerüchten, die von nirgendwo zu kommen schienen. Sowie sein Gesicht in der Hüttentür auftauchte, überfiel ihn Teriska Khan mit Fragen. Gab es Neuigkeiten? Hatte er Kontakt zu jemandem aufnehmen, einen Brief nach Teheran schicken können? Wann würden sie hier herauskommen und wieder ein zivilisiertes Leben beginnen können?
Es dauerte eine Weile, bis ihnen die Wahrheit dämmerte. Es gab keine Möglichkeit, wegzukommen. Sie durften weder Briefe schreiben noch telefonieren oder unter irgendeinem Vorwand

das Lager verlassen. Und Kak Sorans Freunde und Verwandte in Teheran waren auch Kurden. Wahrscheinlich hatten sie selbst Angst, in Schwierigkeiten zu kommen. Kontakte mit feindlichen Ausländern, als die irakische Kurden im Iran jetzt galten, würden sie gefährden.

Nachdem sie die Hoffnung aufgegeben hatte, aus dem Lager herauszukommen, verlor Tara jedes Zeitgefühl. Sie hatte sich in Hochstimmung und Erleichterung hineingesteigert, als es Daya besserging, doch damit war es jetzt vorbei. Sie war bedrückt und deprimiert. Es gab andere Mädchen ihres Alters im Lager, aber sie machte sich nicht die Mühe, sie näher kennenzulernen. Es war einfacher, allein zu bleiben oder die Zeit mit Daya zu verbringen. Teriska Khan war nicht mehr krank, aber sie war auch nicht mehr so wie früher. Tara erledigte immer noch mehr als ihren Teil der Haushaltspflichten, und wenn alles getan war, verbrachte sie Stunden mit Nichtstun; sie saß einfach da und starrte ins Leere.

»Hätte ich doch bloß Vitaminpillen mitgenommen.« Teriska Khan betrachtete sie besorgt. »Dieses schreckliche Essen ist nichts für heranwachsende Kinder.«

Aus dem Spätsommer wurde Herbst. Der Schnee auf den Gipfeln kroch langsam die Berge hinunter. Als die Flüchtlinge eines Morgens erwachten, lag er wie Staub auf der Erde. Teriska Khan stöhnte, als sie es sah.

»Schau dir das an! Schau dir das an!« sagte sie und zeigte ihrem Mann die Füße der protestierenden Hero. »Siehst du diese Schuhe? Zwei Nummern zu klein! Sie kann sie unmöglich länger tragen, obwohl ich sie an den Zehen und Fersen schon aufgeschnitten habe. Und kannst du mir sagen, wie Hero ohne Schuhe bei diesem Wetter hinausgehen soll?«

Heros Schuhe brachten Kak Soran wirklich aus der Fassung. Er konnte den Gedanken nicht ertragen, daß sie barfuß im Schnee herumlief. Am nächsten Tag ging er ins Lagerbüro und bat um ein paar Schuhe für sie. Der Mann im Büro zuckte die Schultern und sagte, das sei unmöglich. Sie durften nichts ausgeben, was nicht auf der Liste stand, die er Kak Soran vor die Augen hielt. Kak Soran steckte die Hand in die Schärpe, als wollte er Geld herausholen, und erbot sich, jeden Preis zu zahlen. Der Mann zuckte wieder die Schultern. Kak Soran wurde wütend und fing an zu brüllen, aber zum Glück war zur gleichen Zeit ein freundlicher Mitflüchtling im Büro, der ebenfalls ein Anliegen hatte. Er faßte Kak Soran am Arm und zog ihn fast mit Gewalt hinaus.

»Sie müssen ruhig bleiben«, sagte der Mann draußen ernsthaft. »Sie könnten Sie schlagen oder Ihre Rationen kürzen oder Sie im Gefängnisbau einsperren, wenn Sie Ärger machen. Hören Sie, nicht weit von meiner Hütte wohnt eine Familie mit einem Kind, das ein oder zwei Jahre älter ist als Ihr kleines Mädchen. Vielleicht haben sie Schuhe, aus denen der Kleine herausgewachsen ist.«

Kak Soran folgte ihm dankbar. Die Nachbarn des Mannes hatten keine Schuhe für ihn, aber er gab nicht auf. Er ging die Hüttenzeilen auf und ab und suchte nach Kindern, die ein wenig größer waren als Hero und vielleicht zu klein gewordene Schuhe hatten. Endlich kam er mit einem Paar Sandalen in der Hand nach Hause. Sie waren kaputt.

»Ich habe getan, was ich konnte«, sagte er zu Teriska Khan. »Du mußt den Riemen wieder annähen. Sag Hero, daß sie sorgsam damit umgeht. Sie haben mich ein kleines Vermögen gekostet.«

Auch Tara wuchs, trotz der schlechten Ernährung. Obwohl sie nichts zu essen hatte als ein wenig Reis und Brot und hin und wieder Fleisch und Gemüse, mußten die Säume ihrer Hosen herausgelassen werden, und die Ärmel ihrer Pullover waren zu kurz. Seit Monaten hatte sie in keinen Spiegel mehr geschaut. Sie hatte keine Ahnung, wie sie aussah.

Vielleicht bleiben wir immer hier, dachte sie und betrachtete entsetzt ihre bloßen Handgelenke. Vielleicht werde ich hier alt und komme nie raus und lerne nie ein anderes Leben kennen.

19

Herbst 1984

Das gehört mir!«
»Nein, mir!«
»Meine Oma hat es mir gegeben!«
»Gar nicht. Meine Tante hat es mir gegeben!«
Hero stampfte mit dem Fuß auf. »Ich hasse dich! Du bist gemein und ekelhaft, und – und du stinkst!«
Yasmin brach in Tränen aus.
»Du bist überhaupt nicht mehr meine Freundin, und du darfst nicht mit meiner Puppe spielen, und . . .«
Teriska Khan, noch immer blaß und erschöpft, unterhielt sich mit Yasmins Mutter. Sie saßen dicht neben dem Paraffinherd, lehnten sich an die Hüttenwand und waren so in ihr Gespräch vertieft, daß sie nicht gestört werden wollten.
»Tara«, sagte Teriska Khan, »kannst du dich nicht um sie kümmern? Mach ein Spiel mit ihnen, oder gib ihnen Zucker oder sonstwas.«
Wie durch Zauberei hörte das Weinen auf. Die beiden kleinen Mädchen ließen den Schalfetzen fallen, um den sie sich gestritten hatten, liefen zu Tara und zupften sie an den Kleidern.
»Laßt das!« Gereizt sprang Tara auf.
Sie hatte es satt, Hero mit Zucker zu füttern. Die Wochenration der Familie war klein, und Teriska Khan bewahrte sie sorgsam in einer alten Dose auf, die Kak Soran hinten im Lagerhaus ge-

funden hatte. Tara bekam fast nie Zucker. Das meiste davon wurde für den Tee gebraucht, den Teriska Khan anderen Lagerbewohnern anbot, wenn sie in die Hütte kamen. Und alles, was übrigblieb, bekam auf die eine oder andere Art gewöhnlich Hero.

Tara nahm die Dose von dem hohen Bord und schüttete in die ausgestreckten schmutzigen Hände ein paar weiße Körner. Hero leckte ihre rasch auf.

»Mehr«, sagte sie und hielt wieder die Hand hin.

»Mehr.« Yasmin tat es ihr nach.

»Nur wenn ihr versprecht, euch nicht mehr zu streiten.«

Hero und Yasmin nickten. Sie sahen so ernsthaft und gierig aus, daß Tara lachen mußte und jeder noch eine kleine Prise gab.

»Das ist alles.« Sie stellte die Dose zurück aufs Bord. »Warum spielt ihr nicht ein bißchen mit dem Häschen?«

Hero und Yasmin schauten einander unschlüssig an: Sollten sie weiterstreiten oder nicht? Dann strahlte Hero übers ganze Gesicht und schlang Yasmin die Arme um den Hals.

»Mein Häschen ist beinah von einer Bombe getroffen worden«, sagte sie, »und sein Haus ist umgefallen, und es ist mitten in der Nacht auf einem Pferd davongelaufen, und jetzt müssen wir ihm ein schönes Bett machen und ihm was zu essen geben.«

Tara seufzte erleichtert. Damit würden sie eine Zeitlang friedlich beschäftigt sein, jedenfalls bis zum nächsten Streit, und sie konnte wieder – konnte wieder was tun? Was hatte sie gemacht, bevor Daya sie rief? Nichts. Sie konnte wieder nichts tun. Sie setzte sich hin und lehnte den Rücken an die rauhe Holzwand der Hütte.

»Haben Sie letzte Nacht diesen Lärm gehört?« fragte Yasmins

Mutter. »Ich habe kein Auge zugetan. Laster und Busse sind angekommen und abgefahren, Soldaten haben herumgebrüllt, und eine Frau hat geweint und geweint . . .«

»Wir hier unten hören nicht viel«, sagte Teriska Khan. »Sie sind näher beim Büro, nicht wahr? Hier ist es ruhiger.«

»Es waren viele Neuankömmlinge. Mindestens zwanzig, glaube ich. Wo sie die wohl unterbringen wollen?«

»Haben Sie gehört, woher sie gekommen sind? War jemand dabei, den wir kennen? Vielleicht haben sie Neuigkeiten mitgebracht.«

»Ich weiß nicht. Es waren ein paar Familien aus Sulaimanja dabei, aber die meisten kamen aus Dörfern. Ich habe allerdings nicht gehört, aus welchen.«

Teriska Khan schauderte. »Die Ärmsten, in dieser Jahreszeit herüberzukommen. Im Sommer war es schon schlimm genug, aber jetzt müssen die Bergpässe alle verschneit sein.«

»Ja, ganz schrecklich. Ich habe eine so traurige Geschichte gehört. Da war ein alter Mann mit einem schlimmen Bein, und . . .«

Tara stand auf und griff nach ihrem Tschador. Heute konnte sie keine traurigen Geschichten mehr ertragen. Sie hatte schon so viele gehört, daß es für ein ganzes Leben reichte.

»Ich muß zur Toilette«, sagte sie und machte die Tür auf. Der kalte Windstoß ließ sie frösteln. Sie lief die Hüttenzeile entlang zur Latrine und hoffte, daß nicht wieder eine Schlange von Leuten davor wartete. Sie würde erfrieren, wenn sie lange in diesem Wind stehen mußte.

Zum Glück war niemand da. Sie rümpfte die Nase wegen des schrecklichen Gestanks, tat, was sie tun mußte, und lief so schnell wie möglich wieder hinaus. Am Brunnen, wo ein paar Frauen miteinander redeten, hörte sie einen bekannten Namen.

»Ja, das hab ich doch gesagt. Mein Sohn Bakir war bei Kak Rostam. Er ist vergangene Nacht mit fünf oder sechs anderen Peschmergas durchgekommen. Einer von ihnen war schwer verletzt. Von den anderen weiß ich nichts. Sie sollten mal das Gesicht meines Sohnes sehen! Überall Narben, und seine Arme erst . . .«
Tara drängte sich durch die Gruppe schwarzverschleierter Frauen. »Entschuldigen Sie. Haben Sie gesagt, daß Männer von Kak Rostam hier sind? Wissen Sie, ob – ist einer namens Aschti Hawrami dabei? Das ist mein Bruder.«
Die Frau runzelte die Stirn und versuchte sich zu erinnern. »Nein, ich glaube nicht. Hawrami . . . er ist nicht mit Kak Rostam verwandt, oder?«
»Doch. Sein Neffe.«
Die Stirn wurde glatt. »Oh, jetzt weiß ich es. Mein Sohn hat von ihm geredet. Aschti – ja, das war der Name. Er hat sich die Schulter verletzt, stimmt's? Aber das hat ihn offenbar nicht zurückgehalten. Letzte Woche hat er einen Überfall angeführt, mein Sohn war dabei. Ein richtiger Draufgänger, sagt Bakir, obwohl er noch ein Junge ist und eher wie ein Bücherwurm aussieht.«
Tara hatte plötzlich das Gefühl, als würde eine Last von ihr genommen, sie kam sich so leicht vor, als könnte sie fliegen. »Oh, danke, danke! In welcher Hütte sind Sie? Ich muß es Baba und Daya erzählen. Bestimmt wollen sie zu Ihnen und mit Ihrem Sohn reden. Oh, ich kann es kaum glauben! Sie wissen nicht, wie sehr . . .«
Sie fing fast an zu weinen. Die Frau lächelte freundlich und tätschelte ihr die Schulter. »Natürlich weiß ich es. Ich hatte wochenlang nichts von meinem Sohn gehört. Meine Hütte ist in dieser Reihe, die dritte von hinten. Sag deiner Daya, sie kann

kommen, wann sie will, und ich werde Bakir sagen, daß Kak Aschtis Vater ihn besuchen will. Das freut ihn sicher. Er hält viel von deinem Bruder.«

Später dachte Tara oft, daß mit den Nachrichten von Aschti die Wende gekommen war. Bakir und seine Freunde schienen ihnen Glück gebracht zu haben. Monatelang war alles immer schlimmer geworden, seit Rostam an jenem Abend nach Sulaimanja gekommen war, und das schien so lange her zu sein. Von jetzt an wurde alles ganz langsam besser.

Das erste Anzeichen dafür gab es am nächsten Tag, als Kak Soran mit der Wochenration Reis und Mehl in die Hütte kam. Er legte sie auf den Boden neben den Paraffinherd, an dem Teriska Khan in einem Topf Linsen rührte. Beide waren viel munterer, seit sie mit Bakir geredet hatten und aus erster Hand wußten, daß Aschti am Leben und gesund war und daß seine Schulter gut verheilte.

»Allmählich passiert etwas«, sagte Kak Soran, und seine Stimme klang lebhafter als seit langem. »Leute werden verlegt. Drei Familien sind vergangene Nacht fort, und sie waren alle um die gleiche Zeit wie wir oder ein wenig früher angekommen. Ich habe das Gefühl, daß wir nicht viel länger hier bleiben.«

Tara wagte gar nicht daran zu denken. Die Vorstellung, hier wegzugehen, war zu aufregend. Wenn sie anfing zu hoffen und dann enttäuscht würde, wäre es zu schrecklich. Und obwohl sie sich mehr als alles andere wünschte, diesen schrecklichen Ort zu verlassen, hatte sie zugleich Angst davor. Vielleicht wurden sie an einen anderen gebracht, wo es noch schlimmer war. Oder sie wurden getrennt oder zurückgeschickt zu den Bomben oder eingesperrt oder geschlagen oder . . . Sie versuchte, nicht mehr daran zu denken.

Aber als sie endlich an die Reihe kamen, war ihr klar, daß sie die ganze Zeit auf diesen Moment gewartet hatte. Es wurde gerade dunkel. Die Scheinwerfer waren eingeschaltet und strahlten von den hohen Masten auf die Hüttenzeilen herab. Im Lager wurde es ruhig wie an jedem Abend. Die Männer kamen aus dem Hauptgebäude, wo sie gebetet hatten. Die Frauen teilten ihren Familien das Abendessen aus, oder sie standen unter der Hüttentür und plauderten mit Nachbarinnen.

Tara kam mit dem abendlichen Waschwasser vom Brunnen und war noch ein paar Schritte von der Hütte entfernt, da wurde die ohrenbetäubende Musik aus den Lautsprechern abgeschaltet. Es gab eine Pause, Geknatter, dann brüllte eine Stimme:

»Die folgenden Familien werden verlegt und haben sich in einer Stunde am Hauptgebäude zu melden: Dilschad Zehn, Schawan Mosuli . . .«

Die Stimme dröhnte weiter. Tara war an der Tür und stellte den Eimer auf einen flachen Stein, den Kak Soran hingelegt hatte, damit der Boden nicht so schlammig wurde. Dann bückte sie sich und zog die Schuhe aus, bevor sie hineinging.

»Soran Hawrami, Teriska Hawrami, Tara Hawrami, Hero Hawrami . . .«

Sie rannte hinein. »Daya! Hast du gehört? Sie haben unsere Namen ausgerufen! Wir werden verlegt! In einer Stunde müssen wir fertig sein!«

Teriska Khan schaute von Kak Sorans Socke auf, die sie gerade stopfte. »Was? Ich habe nichts gehört. Wovon redest du?«

Kak Soran kam zur Tür hereingelaufen und schob Tara aus dem Weg. »Es stimmt. Los, wir müssen sofort packen.«

»Aber . . .«

»Keine Zeit für Fragen. Rasch. Hol die Taschen. Roll das Bettzeug zusammen. Tara, du kümmerst dich um die Kleider. Und du, Teriska, um die Kochgeräte. Nein, natürlich kannst du dich nicht mehr von Yasmins Mutter verabschieden. Laß ihr Bescheid sagen, wenn's sein muß. Dann kommt sie und winkt uns zum Abschied. Und jetzt macht schon, um Gottes willen. Wenn wir bis acht nicht fertig sind, lassen sie uns einfach zurück.«

An die nächste Stunde erinnerte sich Tara später wie an einen Film, der zu schnell abgespult wurde. Nach so vielen Monaten des Nichtstuns und des sinnlosen Zeitvertreibs war plötzlich jede Sekunde kostbar. Sie arbeiteten so angestrengt, daß sie alles in fünfzig Minuten zusammengerollt und gepackt hatten, und freundliche Nachbarn halfen ihnen, die Taschen und Bündel an der langen Hüttenzeile entlang zu den wartenden Minibussen zu tragen.

Tara spürte einen Kloß im Hals. Die Leute waren so nett, besonders zu Teriska Khan, deren Krankheit und Gesundung sich im ganzen Lager herumgesprochen hatten. Sie sah sich im Kreis der freundlichen Kurden um. Wenn sie nicht die ganze Zeit so heimwehkrank und deprimiert gewesen wäre, hätte sie manche von ihnen vielleicht besser kennengelernt. So tat es ihr nur leid, sich von der Nachbarin und deren Mann verabschieden zu müssen. Die beiden hatten ihr geholfen, wo sie nur konnten, als Daya so krank gewesen war. Tara kannte sie nicht sehr gut, aber sie hatte das Gefühl, ihre einzigen Freunde zurückzulassen.

Ein Jeep voller Soldaten fuhr an die Spitze des kleinen Konvois, und der Hauptmann stieg aus, der sie am ersten Abend aufgenommen hatte. An ihm vorbei mußten sie einer nach dem anderen in die Minibusse steigen, er hakte ihre Namen auf einer Liste ab. Dann setzte er sich wieder vorne in den Jeep, und die Fahrer der beiden Minibusse voller Flüchtlinge ließen die Motoren an und fuhren hinter ihm um die erste Kurve. Die Scheinwerfer beleuchteten die zerlumpten Flüchtlinge, die zu-

rückblieben, dann trafen ihre Strahlen die Felsen neben der Straße. Langsam fuhren sie in Serpentinen den Berg hinunter.
»Warum sagen sie uns bloß nie etwas?« fragte Tara flüsternd Kak Soran. »Warum müssen wir immer nachts fahren? Wir wissen noch nicht mal, wo wir die ganze Zeit gewesen sind oder wohin sie uns jetzt bringen.«
Noch vor vier Monaten hätte sie keine richtige Antwort erwartet, aber seit Teriska Khans Krankheit hatte er sich daran gewöhnt, ernsthafter mit ihr zu reden.
»Ich nehme an, sie haben ihre Gründe«, sagte er schließlich. »Militärische Gründe. Auf jeden Fall dürfen wir nicht zeigen, daß wir Angst haben oder wütend sind. Wir müssen versuchen, uns zu beherrschen und die Hoffnung nicht aufzugeben. Schließlich sind wir nicht allein. Es gibt zwanzig Millionen Kurden. Sie können uns nicht auf ewig unterdrücken.«
Das ist keine überzeugende Antwort, dachte Tara verärgert; laut sagte sie: »Warum können wir nicht einfach in Frieden leben? Warum lassen sie uns nicht in Ruhe?«
Diesmal antwortete Kak Soran nicht.

20

Tara saß unter einem Baum und nähte. Der Saum ihres Rockes war so ausgefranst, daß es kaum lohnte, ihn zu flicken. Sie riß den kurzen Faden ab und fädelte einen neuen ein. Der zerrissene Bund war besonders schwer zu reparieren.

Bei der Ankunft in diesem neuen Lager waren sie zuerst sehr gründlich durchsucht worden. Alle, selbst Hero, mußten sich nackt ausziehen und sich von Kopf bis Fuß untersuchen lassen. Jedes Kleidungsstück wurde gefilzt, und manche Nähte wie die am Rockbund waren sogar aufgerissen worden.

Triumphierend entdeckten die Soldaten ein dünnes goldenes Armband und ein paar Banknoten, die ins Futter von Heros Jacke eingenäht waren. Da bekam Teriska Khan einen überzeugenden hysterischen Anfall.

»Man hat mir meinen letzten Dinar genommen!« klagte sie. »Was soll eine arme Frau machen, wenn ihr nichts bleibt als ihre Kinder?«

Es klang so elend und aufrichtig, daß die Soldaten glauben mußten, sie hätten alles gefunden, und es nicht mehr so genau nahmen.

Am meisten interessierte sie der kostbare Gürtel. Ein mißtrauischer Wachposten untersuchte ihn und ließ dabei den Blick nicht von Teriska Khan. Er befingerte ihn, tastete die Säume ab und wog ihn in der Hand. Tara hatte die Luft angehalten, doch

Teriska Khan wirkte ganz gelassen. Als alles vorbei war, fragte Tara: »Wieso haben sie deinen Schmuck nicht gefunden?«
»Ich habe ihn anderswo versteckt«, sagte Teriska Khan selbstzufrieden. »Zu viele Leute vom letzten Lager wußten davon. Ich dachte mir schon, daß es Gerüchte darüber gab.«
»Wo ist er jetzt?«
»Ich glaube, das sollte ich dir nicht sagen. Mach du weiter mit der Flickwäsche. Ich dusche Hero.«
Tara streckte sich behaglich. Es war erstaunlich, wie anders das Leben nach einer ordentlichen Dusche aussah. Die Duschen hier waren denkbar einfach, sie befanden sich in einem völlig kahlen Raum, in dem sich fünf Leute zugleich waschen mußten. Aber sie hatten wenigstens heißes Wasser und funktionierten.
Sie hatte fast geweint vor Glück, als Kak Soran gestern mit einem Stück richtiger Seife in ihr komisches kleines Zimmer in dem alten Backsteinhaus gekommen war. Neben der Seife, die schäumte und gut roch, brachte er sogar noch eine Flasche Shampoo mit. Tara hatte sich noch immer nicht an das Vergnügen gewöhnt, sauberes, frisch duftendes Haar zu haben.
Sie schaute sich um. Das Lager war ein armseliger Ort, schmutzig und ungepflegt, aber sehr viel angenehmer als das Camp in den Bergen. Hier gab es keine Hütten aus schlechtem Material, die für unerwünschte Flüchtlinge hastig zusammengehämmert worden waren. Die alten, solide und ordentlich gebauten Häuser hatten vielleicht vor Jahren als Lagerhäuser oder Ställe gedient. Jedes kleine Zimmer mit den dicken, weißgetünchten Wänden und dem runden Kuppeldach war durch Türen mit den Nebenzimmern verbunden, eine schwere Holztür führte hinaus ins Freie. Sykomoren, Feigen- und Mandelbäume umstanden die Bauten. Ihre Blätter wurden jetzt welk

und gelb und raschelten im Wind, weil der Herbst aus den Bergen täglich weiter herunter in die Ebene kam.
Auch das Wetter war hier besser. Die meiste Zeit war es immer noch recht mild, und erst in einem Monat mußten sie mit Schnee rechnen. Der Wind war hier eine spielerische Brise und nicht der eisige Sturm, den sie in den Bergen so gehaßt hatte. Er trug die vertrauten Landgerüche mit dem Duft nach Kühen, Heu und sonnengetrockneter Erde herbei.
Und auch das fand Tara herrlich: Obwohl eine hohe Steinmauer das Lager umgab und sie daran hinderte, etwas von der Welt draußen zu sehen, wußte sie genau, was dahinter lag und wo sie sich befand. Sie waren bei Tageslicht angekommen, am frühen Morgen waren sie durch schönes, offenes Gelände gefahren und hatten einiges vom Iran gesehen: Dörfer und den Flickenteppich aus gelben und braunen abgeernteten Feldern. Das beste war, daß Teheran nur eine Autostunde entfernt lag. Kak Soran hatte bereits einen Passierschein bekommen und hatte in der Stadt die Suche nach den wenigen Freunden und Verwandten eingeleitet, die hoffentlich noch da wohnten. Er redete optimistisch über seine Papiere und den Antrag auf Arbeitserlaubnis.
Vielleicht, dachte Tara, vielleicht können wir ...
Der Faden riß unter ihren Fingern. Und wenn schon! Wie kleine Ranken aus der Weinrebe sprießen, so streckte sie zarte Fühler der Hoffnung aus, Hoffnung auf ein richtiges Zuhause, auf geordnete Verhältnisse, auf Schule und Freundinnen. Aber sie durfte nichts erhoffen. Noch nicht.
»Tara! Tara!«
Hero hüpfte auf sie zu, ihr Haar war noch feucht von der Dusche.
»Riech mal, Tara. Jetzt bin ich ganz sauber und schön. Riech mal hier und hier und hier.«

Tara legte ihre Näharbeit weg, nahm Hero hoch und setzte sie sich auf die Knie. Hero roch wirklich angenehm. Tara vergrub ihr Gesicht im Nacken der kleinen Schwester. Es kitzelte. Hero kicherte und zappelte. Sie war glücklich und aufgeregt. »Nimm dein Kopftuch ab«, befahl sie. »Ich will dein Haar riechen.«
»Nein, das darf ich nicht«, sagte Tara bedauernd. Das Schlimmste war die Kleiderordnung. Alle Frauen mußten ein marineblaues Kopftuch tragen und über ihren eigenen Sachen einen grauen, durchgeknöpften, bodenlangen Mantel. Das war etwas ganz anderes als die glitzernden, bunten Kleider, die kurdische Frauen zu Hause anzogen. Alle murrten, aber keine wagte die Vorschriften zu verletzen. Auch wenn hier manches leichter war, brauchte man nur aus der Reihe zu tanzen, und schon zeigten einem die Lagerherren, daß sie es ernst meinten. Es hatte keinen Sinn, sich mit ihnen anzulegen.
»Nimm es ab! Du mußt, du mußt!« sagte Hero. »Ich *will* es!« Sie zog an dem Kopftuch, das Tara sich tief in die Stirn gezogen hatte, damit es jede vorwitzige Strähne verdeckte.
»He! Laß das! Sonst krieg ich Ärger!« Tara duckte sich, aber zu spät. Hero hatte ihr schnell das Kopftuch weggerissen, und die üppigen dunklen, weichen, frischgewaschenen Locken fielen Tara auf die Schultern.
Hero rutschte ihr vom Schoß, tanzte davon und schwang triumphierend das Tuch. »Ich hab es! Ich hab es! Mich kriegst du nicht!« sang sie. Fangen war eines ihrer Lieblingsspiele, sie hatte es im anderen Lager oft mit Yasmin gespielt.
Tara sprang auf. »Komm her, komm sofort zurück! Das ist kein Spiel! Lauf bloß nicht weg damit, sonst kannst du was erleben! Rasch! Bring es her!«
Sie rannte Hero nach, verfing sich aber in dem langen, engen Mantel und wäre fast gefallen.

»Mich kriegst du nicht!« Hero lachte sie aus.
»Hero! Bitte – gib es mir!« bat Tara verzweifelt. Ihr Herz hämmerte vor Angst. »Du verstehst das nicht. Wenn mich jemand sieht . . .«
»Ich hab es, ich hab es!« sang Hero und wich vor ihr zurück.
Männerstimmen waren hinter der nächsten Häuserreihe zu hören. Tara drehte sich um, wollte weglaufen und die Haare unter ihren Händen verstecken. Aber das ging nicht – es waren zu viele.
Zu ihrer Erleichterung kam Kak Soran allein. »Tara!« Er runzelte die Stirn. »Wo ist dein Kopftuch? Sei nicht so leichtsinnig. Du mußt es die ganze Zeit tragen, das weißt du doch! Wenn sie dich ohne erwischen, kann alles mögliche passieren.«
»Hero hat es mir weggenommen«, sagte Tara wütend. »Sie will es nicht zurückgeben. Ehrlich, Baba, sie ist schrecklich!«
Kak Soran drehte sich um. Hero stand hinter einem Baum und grinste ihn frech an.
»So ist das«, sagte er.
Tara wartete auf das Lächeln, mit dem er gewöhnlich auf Heros Streiche reagierte. Aber diesmal blieb es aus.
»Gib Tara ihr Kopftuch«, sagte er.
Hero versteckte das Tuch hinter ihrem Rücken und duckte sich noch weiter hinter den Baum. Dann spähte sie um den Stamm herum und probierte es noch einmal: »Nein!«
»Hero«, sagte Kak Soran, »gib Tara *sofort* das Kopftuch zurück, oder ich . . .«
Mehr brauchte er nicht zu sagen. Hero hatte ihn noch nicht oft in diesem Ton reden hören, doch sie wußte genau, was er bedeutete. Sie stapfte heran und schüttelte dabei wütend den Kopf, so daß die feuchten Locken um ihre Backen tanzten, dann warf sie das marineblaue Stoffquadrat Tara vor die Füße.

Tara hob es auf und band es ums Haar. Ihre Hände zitterten vor Erleichterung.
»Du darfst nie, nie . . .« sagte Kak Soran und drohte Hero mit dem Zeigefinger, doch er konnte den Satz nicht beenden.
»Soran!« Teriska Khan rannte auf ihn zu und stolperte fast über ihren langen grauen Saum. Ein Handtuch flatterte unter ihrem Arm. »Schnell«, keuchte sie. »Gerade haben sie nach dir gerufen. Du hast einen Besucher! Er wartet beim Hauptgebäude drüben am Zaun. Bestimmt ist es dein Vetter aus Teheran! Ich hoffe, er ist es!«
Tara kam es vor, als sei Kak Soran stundenlang weg gewesen, doch als er wiederkam, war erst eine dreiviertel Stunde vergangen. Sie und Teriska Khan hatten die ganze Zeit nach ihm ausgeschaut und erkannten schon von weitem, daß er glücklich aussah. Neuerdings hatte er sich ein müdes Schlurfen angewöhnt, doch jetzt hielt er sich aufrecht und ging mit schnellen Schritten.
»Also«, er strahlte, »du hast recht gehabt. Es war Daban. Er ist ein guter Kerl. Ich mochte ihn sofort. Die Familie geht ihm über alles. Er sagt, er will tun, was er kann, um uns zu helfen. Er hat so respektvoll über meine Eltern geredet und davon gesprochen, wie gut mein Vater vor Jahren zu ihm war, als er noch studierte und sein eigener Vater starb.«
Hero hatte ihn nervös beobachtet. Sie ließ ihn nicht aus den Augen, als er sich mit gekreuzten Beinen auf den dünnen Teppich setzte und die Hand nach dem Glas Tee ausstreckte, das Teriska Khan ihm eingeschenkt hatte. Vorsichtig kam Hero näher, dann ließ sie sich plötzlich auf seinen Schoß fallen.
»He! Gib acht!« Er brachte sein Glas in Sicherheit. Dann streichelte er mechanisch ihren Kopf und sprach weiter mit Teriska Khan. Hero kuschelte sich in seine Armbeuge und warf Tara

einen herausfordernden Blick zu. Er hatte offensichtlich vergessen, daß sie unartig gewesen war.
Tara achtete gar nicht auf Hero, sie wollte sich kein Wort entgehen lassen.
»Ja, morgen, wie ich schon sagte. Ich habe Passierscheine für uns alle. Wir können um neun Uhr früh weggehen und müssen erst abends um sechs wieder im Lager sein. Daban holt uns mit dem Wagen ab und bringt uns nach Teheran. Er sagt, er hat ein schönes Haus dort in einem angenehmen Viertel. Ich glaube, er hat in den letzten zehn Jahren gut verdient.«
»Wie heißt seine Frau?« Teriska Khan rührte nachdenklich Zucker in ein weiteres Glas Tee. In diesem Lager konnte man zusätzliche Nahrungsmittel kaufen, und die ganze Familie genoß immer noch den Luxus, soviel Zucker in den Tee zu nehmen, wie es ihnen gefiel.
»Noor, glaube ich«, sagte Kak Soran. »Seit ihrer Hochzeit vor vielen Jahren habe ich sie nicht mehr gesehen; sie kommt aus einem Dorf nicht weit von unserem. Sie haben einige Jahre vor uns geheiratet. Ich glaube, sie haben zwei ältere Söhne und eine Tochter in Taras Alter und ein oder zwei jüngere Kinder. Daban sagt, wenn du willst, geht sie gern mit dir und den Mädchen in Teheran einkaufen. Dann essen wir mit ihnen, und sie bringen uns am Abend zurück.«
Noch bevor er zu Ende geredet hatte, war Teriska Khan aufgesprungen und durchstöberte eine der abgetragenen, schäbigen Taschen, die an der Wand gestapelt waren.
»Du meine Güte«, sagte sie nervös, »wir besuchen Verwandte von dir, die ich nie kennengelernt habe! Ich weiß nicht – ich hab nichts anzuziehen! Was sollen sie von uns denken? Wir sehen alle aus wie . . .«
Kak Soran setzte Hero auf den Boden und stand lachend auf.

»Sei nicht albern, sie wissen, was wir durchgemacht haben. Und überhaupt kannst du dir neue Sachen kaufen. Dafür haben wir Geld genug.«

Sie lächelten einander triumphierend zu.

»Und das beste ist«, Kak Soran schob seine Manschette zurück und schaute auf die Uhr wie früher, als die Zeit kostbar für ihn war, »Daban hat versprochen, mir mit den Papieren zu helfen. Er weiß, wie man es anstellt. Ich habe noch nicht mit ihm darüber reden können, aber es würde mich nicht überraschen, wenn wir in unserem eigenen Haus in Teheran wären und die Mädchen wieder in die Schule gingen, bevor das Jahr zu Ende ist.«

Tara schauderte, und Teriska Khan sprach aus, was beide dachten: »Sag so was nicht. Fordere das Schicksal nicht heraus. Es ist zu gefährlich, solche Dinge jetzt schon zu sagen.«

21

Wer zum Teufel glaubst du, daß du bist?« Onkel Daban beugte sich aus dem Autofenster und machte eine beleidigende Geste. Sie galt einem Taxifahrer, der auf der Suche nach Fahrgästen langsam am Randstein entlangfuhr und den ganzen Verkehr hinter sich aufhielt.

Tara saß mit Hero und Teriska Khan auf dem Rücksitz. Sie schloß die Augen und atmete tief durch. Es kam ihr vor, als wäre sie seit vielen Jahren nicht mehr in einer belebten Großstadtstraße gewesen, alles verwirrte sie und machte ihr angst. Bagdad zur Hauptverkehrszeit war schlimm genug, aber nichts im Vergleich zu Teheran. Der Verkehr war chaotisch, und alle hatten es so eilig! Autos, Busse, Laster, Fahrräder und Taxis schienen im allgemeinen Durcheinander aufeinander loszurasen, Hupen gellten, Reifen quietschten, Fahrer fluchten.

Nervös machte sie die Augen wieder auf und schaute zum Fenster hinaus. Was für eine große Stadt! Sie hatte ganz vergessen, wie man sich in einer belebten Straße voller Läden und Hochhäuser und Straßenverkäufer fühlte. Sie hatte auch vergessen, wie normale Leute aussahen, Leute, die in normalen Häusern wohnten, normale Sachen machten, ein normales Leben führten. So mußte es sein, wenn man im Gefängnis gewesen war und nach Jahren des Eingesperrtseins zum ersten Mal die Welt wiedersah. Jetzt wußte sie, wie es einem Menschen vom Land zumute war, der zum ersten Mal aus dem Dorf in die große Stadt kam.

Der Wagen bremste vor einer Ampel. Ein Obst- und Gemüsestand war hier aufgebaut. Tara hatte auch fast vergessen, wie Möhren und Kohl und Zwiebeln aussahen. Sie konnte den Blick nicht von den riesigen roten Tomaten wenden, die aussahen, als würden sie gleich platzen. Sie stellte sich vor, wie sie hineinbiß und der Saft ihr übers Kinn lief. Neben den Tomaten lag ein Berg Salat, Tautropfen glänzten noch auf den krausen Blättern. Dahinter waren Trauben aufgehäuft. Nie, nie mehr wollte Tara gedankenlos eine Traube nach der anderen in den Mund stecken. Zum ersten Mal sah sie wirklich, wie schön sie waren, jede perlgrüne Kugel mit ihrem frostigweißen Schimmer schien darauf zu warten, daß man sie sorgsam abpflückte und behutsam aß.

Hero hatte eine Gruppe Schulkinder beobachtet, die auf dem gegenüberliegenden Bürgersteig vorbeiging. Als die Ampel grün wurde, drehte sie sich um und sah den Obststand.

»Ich will Trauben, ich will Trauben«, fing sie an zu singen und hopste auf Teriska Khans Knie auf und ab.

»Ja, später, sei jetzt still«, flüsterte Teriska Khan.

»Nein, jetzt! Ich will jetzt Trauben!« sagte Hero laut.

Onkel Daban schaute über die Schulter und lachte. »Warte nur ab, was deine Tante Noor für dich vorbereitet hat. Du bekommst mehr als Trauben, das verspreche ich dir!«

Der Wagen hielt vor einem hohen, modernen Gebäude.

»Hier wären wir.« Onkel Daban lachte breit. Sie stiegen aus und standen auf dem Bürgersteig, während er den Wagen abschloß. Tara schaute die Straße auf und ab und empfand plötzlich Panik. Hier waren weder Mauern noch Wachen. Sie konnte durch diese Straße gehen, und niemand würde sie anhalten. Man

würde sie überhaupt nicht bemerken, weil der Tschador sie so gut wie unsichtbar machte. Einen Moment lang wäre sie am liebsten davongelaufen, nur wußte sie nicht, wohin.
»Kommt, laßt uns hinaufgehen.« Onkel Daban strebte vergnügt dem Eingang zu.
»Er ist kein bißchen wie Baba«, dachte Tara und betrachtete ihn lächelnd. Kak Soran war groß und würdevoll, Onkel Daban klein und ein bißchen korpulent. Als er sie die zwei Treppen bis zu seiner Wohnungstür hinaufgeführt hatte, keuchte er, und Schweißtropfen standen auf seiner Stirnglatze.

Ein paar Stunden später sank Tara auf ein besticktes Kissen zurück. Sie war so satt, daß sie sich kaum mehr rühren konnte. Auf dem Tuch über dem Seidenteppich lagen die Überreste von Tante Noors Gastmahl.
Diese Mahlzeit würde sie nie vergessen, dachte Tara. Es war die beste in ihrem ganzen Leben. Fast hatte sie vergessen, wie richtiges Essen schmeckte.
Stundenlang hatten sie gegessen. Den Männern wurde zuerst aufgetragen, sie mußten gleich weg und einen Geschäftsfreund von Onkel Daban treffen, der hilfreiche Freunde bei den Behörden hatte. Danach ließen sich die Frauen und Kinder zur Mahlzeit nieder, und jetzt waren die große Schüssel mit würzigem gedünsteten Lamm, die Platte mit Hähnchenteilen, die Schalen mit frischem Yoghurt und Salaten fast geleert. Nur der Pilawreis mit Pinienkernen blieb so gut wie unberührt.
»Almaz«, sagte Tante Noor zu ihrer Tochter, »gib Tara noch Honigkuchen.« Almaz beugte sich vor und versuchte ein Stück auf Taras Teller zu legen.
Tara winkte ab. »Ich kann nicht mehr, wirklich, ich habe noch nie im Leben so viel gegessen. Es hat phantastisch geschmeckt.«

»Dann geh und zeig Tara deine Sachen, Liebling«, befahl Tante Noor. Tara wußte, was das heißen sollte. Noor und Teriska Khan wollten sich unterhalten, ohne daß die Mädchen zuhörten.

Almaz stand auf und lächelte Tara unsicher zu.

»O ja – danke.« Tara kam mühsam auf die Beine. Vielleicht hätte sie die letzte Portion Lamm doch nicht essen sollen. Sie fühlte sich unbehaglich. Nach der wochenlangen schlechten Ernährung war Tante Noors Essen fast zu üppig.

Almaz führte Tara in das Zimmer, in dem sie mit ihren Schwestern schlief. Es war klein, und die drei Betten nahmen viel Raum ein. Das Fenster war kreuz und quer mit Klebstreifen bedeckt.

»Das ist wegen der Luftangriffe«, sagte Almaz, die Taras Blick gesehen hatte. »Damit das Glas nicht zerspringt. Wir hatten viele Luftangriffe. Es ist so schrecklich, wenn man die Explosionen hört. Zum Glück sind in diesem Viertel keine Bomben gefallen. Mir ist immer sterbenselend, wenn die Sirenen losheulen. Ich bin eben zu sensibel, sagt meine Daya.«

Tara gab keine Antwort. Zu Hause in Sulaimanja war jedes Fenster in jedem Haus seit der ersten Kriegswoche verklebt gewesen.

»Gefallen dir die Vorhänge?« fragte Almaz. »Sie sind neu. Wir haben sie erst dieses Jahr bekommen.«

»Ja, sie sind sehr schön.« Tara setzte sich aufs Bett mit der fliederfarbenen Tagesdecke, schaute sich um und suchte verzweifelt nach einem Gesprächsthema. Sie hatte sich so darauf gefreut, Almaz kennenzulernen, eine Kusine in ihrem Alter, mit der sie richtig reden und sich anfreunden konnte. Mit Almaz, hatte sie gedacht, würde sie wie mit Leila und ihren anderen Freundinnen in der guten alten Zeit zu Hause klatschen und ki-

chern und sich über ihre Eltern und Schulkameradinnen unterhalten.
Aber jetzt saß sie hier im Zimmer von Almaz und brachte kein Wort heraus. Onkel Dabans Wohnung war hübsch, doch ihr eigenes Haus in Sulaimanja war viel geräumiger und eleganter gewesen, und das Zimmer der Kusinen war nicht halb so schön wie ihr eigenes zu Hause. Das alles spielte jetzt keine Rolle. Wichtig war nur, daß sie um sechs heute abend zurück mußte in den kahlen weißgetünchten Kuhstall, wo ihre zerlumpten Sachen in eine zerrissene Tasche paßten. Sie stand jetzt draußen und warf einen Blick auf normale Verhältnisse.
»Wie ist es im Lager?« fragte Almaz neugierig.
»In diesem ist es nicht so schlimm wie im ersten«, sagte Tara. »Es gibt wenigstens Duschen und nicht so viele Wanzen und anderes Ungeziefer.«
Almaz stieß einen spitzen Schrei aus. »Wanzen! Du machst wohl Witze. Oh, das könnte ich nicht aushalten! Bei Insekten bin ich empfindlich. Ich drehe sogar durch, wenn ich eine Spinne sehe. Beim Anblick einer Wanze würde ich sterben. Meine Daya sagt . . .«
»In einem Lager mußt du mit so was fertig werden.« Tara versuchte ihre Ungeduld nicht zu zeigen. »Wanzen sind nicht so schlimm. Da gibt es Schlimmeres.«
»Oh, wirklich? Ja, wahrscheinlich . . .«
Tara schaute aus dem Fenster. Warum konnte sie nicht mehr über Kleider und Make-up und Partys reden? Sie hatte ein schreckliches Verlangen, Almaz zu schockieren, ihr zu erzählen, wie Arme und Beine durch die Luft geflogen waren und wie sie im Dunkeln einen überschwemmten Fluß hinuntertrieb und wie müde man war, wenn man monatelang nur die einfachste Nahrung bekam, und wie die Lagerlatrinen so stanken, daß

man sich übergeben mußte, und wie der Mann in der Hütte nebenan nachts geschrien hatte.
Sie gab sich einen Ruck und fragte: »In welche Klasse gehst du?«
»Ich glaube, in die gleiche wie du.«
»Nur, daß ich nicht mehr in die Schule gehe.«
Almaz sah erschrocken aus. »Oh, aber du darfst mit der Schule nicht aufhören. Ich meine, deine Ausbildung ist so wichtig. Meine Daya möchte, daß ich Betriebswirtschaft studiere. Sie wollte, daß ich Ärztin werde, aber in Naturwissenschaften bin ich wirklich ein hoffnungsloser Fall. Vielleicht arbeite ich mal in einer Versicherung. Da verdient man hervorragend, wenn man eine gute Ausbildung hat.«
»Aber ich dachte, Frauen dürfen hier nicht in solchen Berufen arbeiten?«
»O doch. Es gibt allerdings vieles, was Frauen nicht tun dürfen. Hier ist es nicht wie in Sulaimanja.«
Almaz sagte es mit einer gewissen Mißbilligung, als fände sie die Verhältnisse in Sulaimanja zu freizügig.
»In Sulaimanja ist es viel besser.« Tara wurde plötzlich heftig.
»Oh, sicher, ich wollte nicht . . .«
»Kurdische Frauen sind frei, und sie können richtige Berufe haben und alles. In Sulaimanja kommt man nicht wie hier ins Gefängnis, nur weil man mit einem Mann redet. Und schau dir mal kurdische Kleider an! Wir müssen nicht diese schrecklichen langen Gewänder tragen und den Tschador und alles.«
»Nein, natürlich nicht«, sagte Almaz, sichtbar überrascht von diesem Ausbruch.
Sie schwiegen verlegen.
Almaz nahm einen Kamm und fuhr sich damit durchs Haar. »Ist dein Bruder nicht Student?«

»Er war es.«
»Was macht er jetzt?«
»Er wurde einberufen.«
»Dann ist er jetzt beim Militär?«
»Nein. Er ist nicht gegangen. Er ist in Kurdistan bei den Peschmergas.«
»Oh, wie schrecklich. Der Ärmste«, rief Almaz übertrieben verständnisvoll.
»Du hast zwei ältere Brüder, nicht wahr?« Auch Tara gab sich Mühe. »Was machen sie?«
»Sie hatten wirklich Glück. Sie haben beide im Ausland studiert, als der Krieg ausbrach. Rezgar ist in Frankreich und Jwamer in Norwegen. Sie werden wohl dort bleiben, bis sich alles wieder beruhigt hat.«
Tara biß die Zähne zusammen. Du hast keine Ahnung, dachte sie. Nicht die blasseste Ahnung.
»Würdest du jetzt gern einkaufen gehen?« fragte Almaz lebhaft. »Es gibt gerade schöne neue Wintersachen. Ich habe tolle Pullover im Basar bei Reza Tabrizi gesehen. Dort kaufen alle.«
Tara stand erleichtert auf. »Ja, gehen wir.«
Im Wohnzimmer waren Teriska Khan und Tante Noor immer noch ins Gespräch vertieft, während Hero, die fast soviel wie die Erwachsenen gegessen hatte, auf einem Kissenstapel schlief.
»Darf ich mit Tara einkaufen gehen, Daya?« Almaz nahm ihren Tschador vom Haken hinter der Tür.
»Ja, natürlich, Liebes«, sagte Tante Noor geistesabwesend und wandte sich wieder Teriska Khan zu.
»Vergeßt nicht, um fünf zurück zu sein«, rief Teriska Khan ihnen nach. Sie lächelte Tara zu. »Wie schön für dich. Amü-

sier dich, Liebling. Hast du das Geld, das ich dir gegeben habe?«
»Ja, danke, Daya«, sagte Tara. Sie wußte, daß sie sich mehr freuen sollte, aber irgendwie empfand sie gar nichts.
Ich habe mich verändert, dachte sie. Ich bin nicht mehr derselbe Mensch.
Es kam ihr vor, als wäre etwas in ihr gestorben in den letzten Monaten. Der junge, sorglose Teil von ihr war verschwunden. Etwas anderes würde statt dessen entstehen, aber das wäre nicht dasselbe. Sie war kein Kind mehr.

22

Der Einkaufsbummel machte viel mehr Spaß, als Tara angenommen hatte. Zuerst war sie fast verwirrt von dem riesigen Angebot. Tante Noor sagte zwar, daß man seit Kriegsbeginn überhaupt nichts mehr in Teheran bekam, aber wenn man monatelang keinen Laden betreten hatte, dann fand man die Auswahl überwältigend. Tara hatte so lange nicht mehr an Kleiderständern gestöbert oder Schuhe und Pullover aus verführerischen Stapeln ausgewählt, daß sie nicht wußte, wo sie anfangen sollte.

Sobald sie unterwegs waren, kam sie auch besser mit Almaz aus, der es offenbar Spaß machte, Tara auf besonders schöne Sachen hinzuweisen und nach den richtigen Größen zu suchen.

Als sie zwei Stunden später zurückkamen, hatte Tara eine hübsche seidige Bluse gekauft, eine warme, weiche Strickjacke mit Blumenmuster und einen Rock, der ihr genau paßte. Vor allem hatte sie endlich ein Paar anständige Schuhe.

Sie öffneten die Wohnungstür und waren von der Stille überrascht. Eigentlich war es zu still.

»Wo sind die anderen?« fragte Tara.

»Wahrscheinlich auch einkaufen gegangen.« Almaz war ganz unbekümmert, doch Tara wurde unruhig. Sie hätte gern gewußt, wo Daya war.

»Pst«, sagte Almaz. »Was ist das?«

Sie horchten beide. Ein merkwürdiges Geräusch kam aus dem Wohnzimmer.
»Das müssen Diebe sein!« flüsterte Almaz und packte Tara am Arm. Tara schüttelte sie ab und öffnete die Wohnzimmertür.
Das Geschirr vom Mittagessen war gespült und aufgeräumt, doch Teriska Khan und Tante Noor lagen wieder auf den gleichen Kissen wie zuvor und schliefen fest, mit weit geöffneten Mündern. Teriska Khan schnarchte leise, aber Tante Noor grummelte beim Einatmen wie ein Vulkan und pfiff beim Ausatmen wie ein Schiedsrichter.
»Was ist das? Wer ist da?« zischte Almaz über Taras Schulter.
Tara wurde so von unterdrücktem Lachen geschüttelt, daß sie nicht antworten konnte. Sie trat zurück, und Almaz nahm allen Mut zusammen und spähte ins Zimmer. Dann sah sie Tara an und schlug sich die Hand auf den Mund, um ihr Gelächter zurückzuhalten. Sie rannten durch den Gang in Almaz' Zimmer, warfen sich auf ihr Bett und drückten die Köpfe in die Kissen.
»Hast du gesehen, wie das Kleid von meiner Daya verrutscht war? Ich habe ihren Büstenhalter gesehen!«
»Ja, die Hälfte der Knöpfe war aufgesprungen«, kicherte Tara.
»Hast du die Goldplomben bei meiner Mutter gesehen?«
»Nein, aber ihre Mandeln!«
Das kam ihnen so komisch vor, daß beide lange kein Wort mehr herausbrachten. Endlich setzte sich Tara auf und wischte sich die Augen. So gut hatte sie sich seit Monaten nicht gefühlt.
»Ich ziehe meine neuen Sachen an«, sagte sie.
Fünf Minuten später betrachtete sie sich im Spiegel und traute kaum ihren Augen. Sie hatte sich seit sechs Monaten nicht mehr richtig angeschaut. In dieser Zeit war sie schlanker geworden. Jetzt traten ihre Backenknochen hervor, und ihre Augenbrauen sahen dünner und gewölbter aus. Sie war einige Zentimeter ge-

wachsen, und auch ihre Figur hatte sich verändert. Sie hatte einen Busen, und ihre Taille war schmaler. Und ihre Haare waren anders. Zu Hause hatte sie die Locken mit Kämmen oder Spangen zurückgehalten, und ihre Schulfreundin Khadidschah, die so fabelhaft frisieren konnte, hatte ihr regelmäßig die schulterlangen Haare geschnitten. In letzter Zeit hatte sie sich nicht die Mühe gemacht, sie zusammenzubinden, weil sie das vorgeschriebene Kopftuch trug, sie hatte ja auch keinen Spiegel gehabt. Jetzt wellten und lockten sich die Haare um ihr Gesicht und den Rücken hinunter. Tara wußte nicht recht, ob das albern aussah oder nicht.

»Deine Haare sind schön«, sagte Almaz. »Darum beneide ich dich. Sie sind so dick. Meine machen mir so viel Mühe.« Sie schaute in den Spiegel und berührte sie selbstzufrieden. »Sie sind so schrecklich zart und fein. Babyhaare, sagt meine Daya.«

Tara drehte den Kopf von einer Seite auf die andere. Almaz hatte recht. Ihre Haare waren schön. Sie schob sie aus dem Gesicht. Auch das sah gut aus. In Gedanken zählte sie nach, wieviel Geld sie noch hatte. Für Spangen und Klammern reichte es jedenfalls, sie kosteten nicht viel.

»Trägt sich diese Strickjacke angenehm?« fragte Almaz.

»Oh, sie ist herrlich.« Tara streckte zuerst einen Arm, dann den anderen aus und zog die Blusenärmel herunter, damit man die Manschetten sah.

»Ist die Wolle nicht ziemlich kratzig?« Almaz griff nach einer Lackflasche und fing an, sich die Nägel zu lackieren. »Ich kann Wolle auf der Haut nicht vertragen. Darin bin ich komisch. Meine Haut ist sehr empfindlich.«

Tara machte sich nicht die Mühe zu antworten. Es war auch nicht nötig.

»Du bist hübsch«, sagte eine Stimme von der Tür. Beide Mädchen drehten sich um. Hero stand da. Sie war gerade aufgewacht und sah noch rosig und verschwollen aus, auf ihren Bakken waren Abdrücke von den Kissenfalten, auf denen sie gelegen hatte. Sie schaute Tara an, doch Almaz merkte das nicht. Sie lächelte erfreut über das Kompliment, schwang die Beine vom Bett und stürzte sich verzückt auf Hero.

»Oh, was bist du für ein kleiner Liebling! Süßes kleines Ding! Komm, wir machen dich auch fein.«

Sie griff nach Heros Hand, doch Hero riß sich los, lief zu Tara, versteckte sich hinter ihr und klammerte sich an dem neuen Rock fest.

Almaz lachte.

»Ich habe genau das Richtige für dich«, sagte sie. »Schau.« Sie zog eine Schublade auf und holte eine grüne Nylonbluse mit Perlknöpfen heraus, die viel zu groß für Hero war.

»Komm, Schätzelein«, säuselte sie und streckte die Hand nach Hero aus. »Probier sie an. Darin siehst du bestimmt süß aus. Wie eine kleine Prinzessin.«

Hero sah sie lange an und packte Taras Rock fester. »Ich kann Grün auf meiner Haut nicht ertragen«, sagte sie würdevoll. »Ich bin emp-empfindlich.«

Tara mußte das Gesicht wegdrehen.

»Ach, sei nicht albern«, sagte Almaz. »Komm her! Almaz bürstet dir die Haare und bindet dir ein hübsches Band darum.«

Hero verbarg sich noch mehr hinter Tara. Almaz griff in eine Schublade und zog ein leicht zerknittertes blaues Band hervor. Sie schwenkte es vor Hero.

Tara spürte, wie sie am Arm gezogen wurde, dann ließ Hero die Finger tiefer rutschen, bis sie Taras Hand fand und sie festhielt.

»Tara ist hübscher als du«, sagte sie entschieden. »Tara ist wirklich, wirklich, wirklich hübsch.«

Almaz legte das Band weg.
»Du bist ein bißchen hübsch«, sagte Hero freundlich.
Almaz lachte, aber es klang ein wenig gekünstelt. »Danke vielmals.«
»Hero!« Tara verkniff sich das Lachen. Aus Höflichkeit mußte sie wohl etwas unternehmen. »Warum gehst du nicht und . . .«
Aber Hero war noch nicht fertig. »Ich will kein Band. Ich habe Babyhaare. Sie sind schrecklich zart und fein.«
»Hero!« sagte Tara verzweifelt. »Lauf und schau nach, ob Daya wach ist. Es ist bestimmt schon spät.«
»Daya ist wach«, sagte Hero. »Du sollst kommen. Wir müssen jetzt gehen.«
»Warum hast du mir das nicht gleich gesagt?« Tara zog den neuen Rock aus.
»Du hast mich nicht gefragt«, sagte Hero gekränkt. »Warum ziehst du deine Kleider aus?«
»Weil . . . Oh, das muß ich ja gar nicht, stimmt's? Natürlich, sie gehören mir. Ich kann sie anbehalten.« Tara stieß mit der Spitze ihres neuen Schuhs an den Haufen alter Kleider auf dem Boden. »Aber die nehme ich besser mit zurück, auch wenn ich sie nie mehr sehen will.«
Im Wohnzimmer schien es Teriska Khan nicht eilig zu haben. Sie und Tante Noor hatten ihr Gespräch von vorhin wiederaufgenommen. Teriska Khan sah besorgt aus.
»Bestimmt findet Soran eine Möglichkeit . . .« sagte sie gerade.
»Nein, wirklich.« Tante Noor stand auf und strich ihren Rock glatt. »Ich will dir keine Angst machen, aber gewöhnlich lassen sie die Leute nicht lange in der Nähe von Teheran bleiben. Sie schicken alle weiter in dieses Lager in der Wüste, von dem ich dir erzählt habe. Dort ist es schrecklich, viel schlimmer als in den Bergen, wo ihr gewesen seid. Hero würde es nicht überle-

ben. Und du bei deinem Gesundheitszustand ... Vielleicht solltet ihr versuchen, ins Ausland zu gehen, wenigstens bis der Krieg vorbei ist. Er kann schließlich nicht ewig dauern.«
Auch Teriska Khan stand auf. »Wir werden überlegen, was ...« Dann sah sie Tara. »Oh, du bist aber hübsch! Was für eine schöne Jacke! Und der Rock! Wieviel hat das alles gekostet?«
Die Rückfahrt zum Lager kam ihnen sehr kurz vor. »Erstaunlich«, dachte Tara, »wie rasch man sich wieder an alles gewöhnt.« Da war der Obststand von heute morgen, aber jetzt sah er ganz normal aus, die Früchte waren kleiner und nicht mehr wie verzaubert. Teriska Khan hatte eine Tüte voll Obst im Schoß, sie hatte es in dem kleinen Laden in Onkel Dabans Haus gekauft. Auch die Läden und Gebäude sahen jetzt anders aus. Sie waren nichts Besonderes, nichts als Läden und Gebäude. Selbst der Verkehr hatte nichts Bedrohliches mehr.
Baba und Onkel Daban redeten vorn im Wagen wie üblich über kurdische Politik. Tara versuchte nicht, alles mitzubekommen, vor allem, weil Hero ihre Aufmerksamkeit verlangte.
»Tante Noors Haus ist hübsch«, sagte sie, »besonders das Klo. Aber mir gefällt unser Haus besser.«
»Mir auch«, sagte Tara seufzend. »Unseres ist viel größer.«
»Gar nicht«, sagte Hero. »Wir haben nur ein Zimmer. Tante Noor hat viele und viele.«
»Was um alles in der Welt meinst du?« fragte Tara. Dann verstand sie es. Hero redete über ihr Quartier im Flüchtlingslager.
»Das ist nicht unser Haus. Unser Haus ist zu Hause. Du weißt schon, in Sulaimanja.«
»Wo ist das?« fragte Hero uninteressiert. Sie sah einem Mann auf einem hochbeladenen Fahrrad zu, der sich durch den Verkehr schlängelte.

Tara war erschrocken. »Erinnerst du dich nicht mehr an zu Hause? An unser schönes Haus und die herrliche Küche und den Garten und alles? Du hast die ganze Zeit im Garten gespielt.«
»Ja.« Hero hörte gar nicht richtig zu. »Das gefällt mir. Aus unserem Haus kann man hinausgehen, und ich kann mit Nazim und Raz spielen. Morgen spielen wir wieder mit Lehm. Wir bauen kleine Häuser.«
Tara nahm sie hoch und setzte sie sich aufs Knie. Der Gedanke war ihr unerträglich, daß Hero die Heimat schon vergessen hatte. Sie hatte nicht viel darüber nachgedacht, aber jetzt wurde ihr klar, daß es für Hero so schwer war wie für alle anderen. Sie war immer so lebhaft, sie verlangte so energisch, was sie haben wollte, sie hatte so viel Selbstvertrauen und konnte jeden um den kleinen Finger wickeln, daß man leicht vergaß, wie viel auch sie vermißte. Sie war drei gewesen, als sie von zu Hause weggegangen waren, und jetzt war sie fast vier.
»In ihrem Alter war ich im Kindergarten«, dachte Tara. »Und ich hatte mein eigenes schönes Bett und viele Spielsachen und ein ordentliches Haus zum Wohnen, und ich ging zu Kinderfe sten.«
Sie drückte Hero an sich. »Wenn wir wieder Passierscheine bekommen, nehme ich dich mit zum Einkaufen, und wir kaufen dir etwas ganz Schönes.«
Hero schaute sie aufgeregt an. »Ich will ein Kleid«, sagte sie. »Ich will keine grüne Bluse. Ich will ein rosa Kleid, und es muß kleine Ärmel haben und viele kleine Blumen überall.«
»Genau«, sagte Tara. »So ein Kleid muß es irgendwo in Teheran geben.«
»Und ich will keine braunen Schuhe wie die, die Baba mir gestern gekauft hat«, sagte Hero. »Ich will glänzende schwarze,

und ich will große Schleifen drauf und was Glitzerndes an den Zehen.«
Sie beschrieb immer noch die Söckchen, Bänder, Pullover und Nachthemden, die sie haben wollte, als der Wagen vor dem Flüchtlingslager hielt und sie alle aussteigen und sich bei der Wache am Tor zurückmelden mußten.

23

Winter 1984

Ein paar Wochen später kam der Winter, der schon vor Monaten in die Berge eingezogen war, nach Teheran. Der erste Schneefall überraschte alle. Tara öffnete die schwere, quietschende Tür ihres kleinen Zimmers und schaute hinaus in eine kalte, weiße Welt.

»Da siehst du's«, sagte Teriska Khan. »Noor hatte ganz recht, als sie darauf bestand, daß wir uns feste Winterschuhe und Pullover kaufen. Zieh lieber die Handschuhe an, die Almaz dir geschenkt hat, wenn du Wasser holst. Ich weiß gar nicht, warum du dich so gesträubt hast, sie anzunehmen. Es war sehr freundlich von ihr, daran zu denken. Und vernünftig.«

Tara sagte nichts. Naturlich hatte Daya recht. Almaz und Tante Noor waren freundlich gewesen. Zu freundlich. Jedesmal, wenn ein Familienmitglied von einem Besuch bei ihnen zurückkam, brachte es Taschen voller abgelegter Kleider, Kosmetiktöpfchen und alle möglichen kleinen Luxusgegenstände mit.

Tara zog den vorgeschriebenen langen Mantel über ihren dikken Wollpullover und band das Kopftuch um. Dann hüllte sie sich in den neuen Tschador mit der gestickten Bordüre (ein ausrangierter von Tante Noor), öffnete die Tür, griff nach dem eisigen Henkel des Emaileimers und stapfte durch den Schnee zum Brunnen.

Wenigstens sind wir nicht mehr lange hier, dachte sie, aber das

war ein schwacher Trost. Was dann kam, machte ihr angst. Sie mochte gar nicht an das Lager im Süden denken, von dem Tante Noor immer sprach. An einem solchen Ort hätte Daya keine Chance, wenn sie wieder krank wurde.
Tara füllte den Eimer und machte sich auf den Rückweg, ihre Finger waren gefühllos vor Kälte. Sie hätte doch die Handschuhe von Almaz anziehen sollen. Was hatte es für einen Sinn, so stolz zu sein, wenn es nichts mehr gab, auf das man stolz sein konnte?
Immerhin konnte sie sich auf das Frühstück freuen, seit es ihnen erlaubt war, draußen in den Läden einzukaufen. Für Tara waren Köstlichkeiten wie der Honig auf dem Brot und der Zucker im Tee immer noch nicht selbstverständlich. Sie trank schon das dritte Glas, als Kak Soran aufstand und sich zum Ausgehen fertigmachte.
»Ich muß los«, sagte er. »Ich muß in Teheran sein, wenn die Ämter öffnen. Es gibt immer noch eine Menge Papierkram zu erledigen, und überall muß man stundenlang warten.«
Als Kak Soran an diesem Abend nach Hause kam, war er blaß und abgespannt. Teriska Khan schaute ihn kurz an und füllte dann schweigend einen Teller mit heißem, schmackhaftem Eintopf aus der Pfanne, die wackelig auf dem kleinen Paraffinherd balancierte. Es war Kak Soran anzusehen, daß er schlechte Nachrichten brachte. Sie hatte es nicht eilig, sie zu hören.
Er aß ohne großen Appetit und gab ihr den noch halb gefüllten Teller zurück. Sie wollte das Essen wegräumen, doch er streckte abwehrend die Hand aus.
»Laß das bis später«, sagte er. »Setz dich und hör zu.« Noch vor einem Jahr hätte er Tara zugenickt, damit sie aus dem Zimmer ging, doch jetzt wollte er, daß sie ebenfalls zuhörte. Sie kam aus der Ecke, wo sie den Saum von Heros neuem Kleid hochgenäht

hatte, und setzte sich neben Teriska Khan. Die Öllampe warf einen kräftigen Lichtschein auf die Gesichter der Eltern.
Sie sahen plötzlich älter aus, dachte Tara überrascht. Kak Soran legte die Hand an die Stirn, als hätte er Kopfweh.
»Das wird dir nicht gefallen, Teriska«, sagte er warnend, »aber ich sage es dir am besten ohne Umschweife. Wir müssen weg aus dem Iran, sofort.«
»Aber . . .«
»Nein, hör zu. Ich habe heute mit Ali und einigen Peschmerga-Führern geredet. Erinnerst du dich an Hussein, Zhens Bruder?«
Teriska Khan nickte ungeduldig.
»Er ist vor uns hierhergekommen. Die iranische Geheimpolizei hat ihn letzte Woche festgenommen. Sie haben ihn gezwungen, Einzelheiten über die Fabrik preiszugeben, in der er gearbeitet hat, den Standort, die Produktion – alles mögliche. Gestern ha ben sie diese Fabrik bombardiert. Alles ist in Rauch aufgegangen. Dutzende von Arbeitern wurden getötet. Ali sagt, es ist nur eine Sache der Zeit, bis sie mich schnappen. Meine Fabrik war wesentlich bedeutender. Sie gehört zu den lebenswichtigen Anlagen, die die Iraner gern lahmlegen möchten.«
Eine Motte hatte sich in das kleine Zimmer verirrt. Sie flatterte hilflos gegen den Glasschirm der Öllampe. Tara konnte es kaum mit ansehen.
»Aber Soran«, sagte Teriska Khan, »selbst wenn sie dich fragen sollten, würdest . . .«
»Fragen!« Er lachte kurz auf. »So höflich wären sie nicht, das kannst du mir glauben. Überleg doch mal, was das bedeuten würde. Wenn sie meine Fabrik bombardieren, schadet das nicht der Regierung des Irak, die Menschen müssen leiden. Unsere eigenen Freunde und Nachbarn. Wir haben zwar Zuflucht im Iran gesucht, aber wir sind immer noch Iraker. Ich werde dem

Iran nicht helfen, unser Land zu bombardieren – ich werde die Leute nicht verraten, mit denen ich jahrelang gearbeitet habe.«
Herr Mahmoud, dachte Tara. Er würde umkommen. Er hat sein Leben für uns riskiert.
»Wir müssen jetzt weg, sofort«, sagte Kak Soran.
Teriska Khan war sprachlos. Sie konnte es nicht fassen. »Den Iran sofort verlassen?« fragte sie verständnislos. »Was meinst du damit? Wohin können wir gehen?«
»Ich treffe Daban morgen früh. Er sagte, sein Sohn würde heute abend aus Paris anrufen. Er meint, er könnte uns helfen, eine befristete Einreiseerlaubnis für Frankreich zu bekommen.«
Frankreich! Tara schauderte. Sie war wie gelähmt, der vertraute Angstknoten verkrampfte sich wieder in ihrem Magen. Im Iran war es schrecklich gewesen, aber sie hatte wenigstens Baba in Sicherheit geglaubt. Doch jetzt waren sie wieder auf der Flucht. Hier konnten sie nicht mehr bleiben. Sie mußten sich wieder aufmachen und weiterfliehen, in ein noch fremderes, entfernteres Land.
Aber Frankreich! Es klang so kalt und fremd und fern. Vergeblich versuchte sie sich Frankreich vorzustellen. Jetzt, wo sie in Teheran lebten, sah sie den übrigen Iran ohne Schwierigkeiten vor sich. Sie konnte sich ausmalen, welche Art Läden und Häuser und Moscheen es dort gab. Und sie konnte sich auch ein ungefähres Bild von anderen Ländern machen, die ihrer Heimat näher waren, von der Türkei und Syrien und den Golfstaaten. Aber Frankreich war für sie ein weißer Fleck.
Am nächsten Tag kam Kak Soran früher als üblich nach Hause. Er ließ sich schwer auf ein Kissen fallen und wärmte sich die Hände an dem kleinen Paraffinherd.
»Dabans Sohn Rezgar hat gestern nacht angerufen«, sagte er müde. »Frankreich kommt nicht in Frage. Sie haben die Bestim-

mungen gegen Flüchtlinge verschärft. Ich habe immer wieder die gleiche Geschichte gehört. Es wird unglaublich schwierig sein, in irgendein Land zu kommen. Deutschland, Schweden, Norwegen, Großbritannien – sie nehmen ein paar auf, dann machen sie wieder dicht.«
»Und Kanada?« fragte Tara ängstlich. Sie hatte stundenlang Daya zugehört, die den ganzen Tag mit den anderen Frauen im Lager über jedes mögliche Land der Welt geredet hatte, das als neues Ziel in Frage kam. Kanada klang am besten.
»Kanada?« Kak Soran zuckte die Schultern. »Vergiß es. Das ist fast so hoffnungslos wie die Vereinigten Staaten, eher kommst du auf den Mond als dort hinein. Es bleibt uns nichts anderes übrig, als unsere Ausreisepapiere in Ordnung zu bringen, nach Europa zu fliegen und Asyl zu beantragen, wo immer es möglich ist.«
»Aber das können wir nicht machen!« rief Teriska Khan. »Was ist mit Aschti? Nie würde er uns finden.«
»Mach dir keine Sorgen um Aschti. Das habe ich mit Daban geklärt. Wir haben ihm eine Nachricht geschickt, daß wir weggehen. Sobald er sich in den Iran durchschlagen kann, wird Daban sich um ihn kümmern. Er besorgt ihm das nötige Geld und hält den Kontakt zu uns. Mehr kann ich nicht tun.«
Teriska Khan wurde immer erregter. »Aber wir können doch nicht einfach in irgendein europäisches Land gehen! Vielleicht nehmen sie uns nicht auf oder schicken uns weiter. Ich habe schreckliche Geschichten gehört! Manche Leute sind wochenlang herumgereist, von einem Flughafen zum andern, und nirgendwo durften sie bleiben!«
»Was um alles in der Welt willst du dann?« Kak Soran verlor die Geduld. Tara sah, wie er die Zähne zusammenbiß. »Willst du in das Flüchtlingslager in der Wüste? Willst du, daß die iranische

Polizei Informationen aus mir herausfoltert und meine alte Fabrik und die Leute darin bombardiert? Oder vielleicht hättest du gern, daß sie uns in den Irak zurückschicken, wo ich sofort hingerichtet würde und du ins Gefängnis kämst! Wach auf, Teriska. Das ist die einzige Möglichkeit, die uns bleibt. Wir haben einfach keine Wahl.«

Als Tara am nächsten Morgen aufwachte, stellte sie fest, wie schnell aus einer neuen Idee eine vertraute wird. Gestern abend war der Gedanke, nach Europa zu gehen, so fremd und erschreckend, daß sie ihn gar nicht fassen konnte, aber heute morgen hatte ihr Gehirn ihn schon akzeptiert. Sie bereitete sich darauf vor, einem ganz neuen Leben, einer außergewöhnlichen, unbekannten Zukunft entgegenzusehen.

Die nächsten paar Tage schleppten sich dahin. Jeder Augenblick war voller Spannung. Wenn Baba morgens nach Teheran ging, wußte Tara nie, ob er am Abend zurückkommen würde. Und jeden Abend, wenn er nach Hause kam, war er verärgert und aufgebracht über den Zeitaufwand, den der Papierkram verschlang, und über die Riesensummen, die er zahlen sollte, damit sie alle sicher wegkamen.

Als sie dann wirklich zur Abfahrt bereit waren, mit einigermaßen vollständigen Papieren, Entlassungsscheinen aus dem Lager und gebuchten und bezahlten Flugtickets nach London, sah er dünn und abgezehrt aus. Das Geld, das sie so vorsichtig über die Berge und durch die Lager geschmuggelt hatten, war bis zum letzten Rest verbraucht. Nichts blieb ihnen als ein paar Schmuckstücke.

Onkel Daban fuhr sie zum Flughafen. Am Tag zuvor waren sie aus dem Lager entlassen worden, die Nacht hatten sie in der Wohnung des Vetters verbracht. Zum Schlafen blieb kaum Zeit.

Um sechs Uhr mußten sie auf dem Flughafen sein. Schweigend saßen sie im Wagen, nur Hero plapperte aufgeregt über das Abenteuer, mit einem Flugzeug zu reisen.
»Knallt es, wenn es mit den Wolken zusammenstößt?«
»Natürlich nicht«, sagte Tara, aber sie war sich gar nicht sicher. Sie konnte sich nicht vorstellen, durch Wolken zu fliegen.
Kak Soran und Teriska Khan waren nervlich so angestrengt, daß Tara fast die Spannung spürte, die von ihnen ausstrahlte. Auch sie hatte Magenkrämpfe.
»Das ist unsere einzige und letzte Chance«, sagte ihr Vater zu Onkel Daban. »Unsere Tickets gelten nur für diesen Flug. Wenn sie mich auf dem Flughafen festnehmen oder wir das Flugzeug verpassen, verlieren wir sie und das ganze Geld, und für einen zweiten Versuch bekomme ich nie genug zusammen.«
Tara versuchte, nicht daran zu denken und sich auf die schönen Gebäude und Gärten von Teheran zu konzentrieren, an denen sie im Morgengrauen vorbeifuhren. Es war traurig, Abschied zu nehmen.
Wir hätten hier ein gutes Leben führen können, dachte sie. Wir hätten uns niedergelassen, neue Freunde gefunden und wären glücklich geworden.
Auf dem Flughafen wimmelte es von Menschen. Man merkte deutlich, daß Krieg war. Überall sah man Soldaten, und die Sicherheitsbestimmungen waren sehr streng. Onkel Daban gab Kak Soran einen kleinen Stoß.
»Nicht vor den Uniformierten mußt du dich in acht nehmen«, flüsterte er. »Die Revolutionsgarden sind gefährlich.«
Tara raffte ihren Tschador noch fester unterm Kinn zusammen und schaute sich nervös um. Niemand brauchte ihr die Revolutionsgarden zu zeigen. Man erkannte sie sofort. Sie waren alle jung und sahen finster und humorlos aus. Die meisten hatten

Bärte, ihre Hemden unter den dunklen Jacken waren zugeknöpft bis zum Hals, und sie trugen keine Krawatten. Manche hatten Funkgeräte dabei und sprachen hinein. Manche waren bewaffnet. Doch das Auffallendste war ihre arrogante Selbstsicherheit. Sie konnten hier machen, was sie wollten. Sie konnten jeden anhalten und durchsuchen. Sie konnten Papiere und Geld beschlagnahmen. Sie konnten jeden, der ihnen nicht gefiel, aufhalten, bis er sein Flugzeug verpaßt hatte. Sie hatten Macht, und sie sahen aus, als würden sie sie genießen.

»Macht, was sie euch sagen«, flüsterte Kak Soran Tara und Teriska Khan zu. »Lenkt keine Aufmerksamkeit auf euch und versucht Hero stillzuhalten. Gott sei Dank haben wir viel Zeit bis zum Abflug, wenn es also irgendein Problem gibt . . .«

Es gab keines. Zu ihrer großen Erleichterung wurden sie an den offiziellen Schaltern reibungslos abgefertigt, ihr Gepäck wurde nur flüchtig durchsucht. Nach dem tränenreichen Abschied von Onkel Daban warteten sie stundenlang nervös und gelangweilt in der Abflughalle, wo jeder aussah wie ein verkleideter Geheimpolizist. Und endlich saßen sie angegurtet im Flugzeug und holperten über die Rollbahn.

Das Flugzeug sollte in München zwischenlanden.

»Das ist gut«, hatte Onkel Daban gesagt. »Wenn sie euch in Großbritannien nicht hereinlassen, schicken sie euch wahrscheinlich dahin zurück, wo ihr hergekommen seid, und in Deutschland habt ihr mehr Aussichten auf Asyl als in den meisten anderen Ländern.«

Kak Soran war der gleichen Meinung. Er hatte schon mehrere kurdische Freunde in Deutschland, ihre Adressen lagen in seiner Brieftasche.

Das Flugzeug stieg donnernd in die Luft. Tara war noch nie geflogen. Die bequemen Sitze und der Imbiß auf dem hübschen kleinen Tablett gefielen ihr, aber sie konnte sich nicht zurücklehnen und alles genießen. Die Unsicherheit war zu quälend. Diese Reise führte in einen langen, dunklen Tunnel, und niemand wußte, wo sie herauskamen. Wo würde sie heute nacht schlafen? In welchem Land? In welcher Art Bett? Oder vielleicht auf dem Boden eines Wartesaals im Flughafen? Würden sie in London bleiben dürfen, oder würde man sie sofort in ein anderes Flugzeug setzen, vielleicht nach München, vielleicht zurück nach Teheran oder, noch schlimmer, nach Bagdad?

Eine Zeitlang döste sie vor sich hin, dann sprach der Flugbegleiter über den Lautsprecher. Er machte seine Ansage einmal auf deutsch und einmal auf persisch. Tara schnappte ein oder zwei persische Wörter auf, aber sie konnte den Sinn nicht verstehen.

»Was hat er gesagt?« fragte sie Kak Soran. Er war schon häufig geflogen und konnte inzwischen nach all den Monaten im Iran recht gut Persisch.

»Ich habe nicht zugehört«, sagte er, »aber das Flugzeug verliert an Höhe. Spürst du es nicht? Ich glaube, wir landen.«

Es gab einen Ruck, als die Räder heruntergelassen wurden, und ein paar Minuten später sah Tara, wie die Erde ihnen entgegen raste. Sie streckte den Hals, damit sie an ihren Eltern vorbei aus dem Fenster schauen konnte. Viel gab es nicht zu sehen. Es war ein bewölkter Tag, die Sonne kam nur manchmal durch. Die Flughafengebäude sahen wie langweilige Amtssitze aus, und die Rollbahnen zogen sich meilenweit. Alles war ziemlich grau und unpersönlich.

Es geschah nicht viel in München. Die Beamten schauten sich genau ihre Papiere an, und es gab einen unangenehmen Augenblick, als einer von ihnen seinen Vorgesetzten holte, damit er sie noch gründlicher durchsah. Doch die Tickets waren in Ordnung, und Kak Sorans irakischer Paß, lange vor dem Krieg ausgestellt, war immer noch einige Monate gültig. Sie brauchten nur ein paar Minuten in der Transithalle zu warten, dann wurde ihr Weiterflug aufgerufen.

Ziemlich viele Fluggäste waren in München geblieben. Ihre Plätze nahmen meist Männer mittleren Alters in eleganten dunklen Anzügen ein. Sie hatten Aktentaschen dabei, trugen Wintermäntel über dem Arm und schauten immer wieder ungeduldig auf die Uhr, als sei jeder Moment ungeheuer wichtig. Keiner von ihnen beachtete die fremdländisch gekleidete, müde Familie. Sie schauten direkt durch sie hindurch.

Der Flug von München nach London dauerte nicht lange. Der Steward hatte kaum Zeit, mit dem Servierwagen zu kommen, die Tabletts mit dem Imbiß zu verteilen und sie wieder einzusammeln. Tara riß ein paar Plastikpäckchen auf und aß etwas, doch Teriska Khan und Kak Soran schoben das Tablett unberührt weg.

»Hast du keinen Hunger, Daya?« Plötzlich hatte sie Angst, Teriska Khan könnte wieder krank werden.

»Nein, ich bringe keinen Bissen hinunter.« Teriska Khan schauderte. Ihre Stimme war schrill vor Nervosität. Das versetzte Tara einen Schock, und auch sie hatte mit einem Mal keinen Hunger mehr. Die nächsten paar Stunden würden kritisch für sie alle werden. Ihr Schicksal würde in die eine oder andere Richtung entschieden, und sie waren machtlos, sich selbst zu helfen. Fremde, Engländer würden über sie bestimmen, die nichts über sie wußten und noch nicht einmal dieselbe Sprache sprachen.

Kak Soran hatte seine Uhr nach Londoner Zeit gestellt, und obwohl sie erst fünf zeigte, war es draußen dunkel.

»Ist es wirklich noch so früh?« Teriska Khan schaute aus dem Fenster. Lange Lichterketten zeigten die Rollbahn des Londoner Flughafens Heathrow an. »Es ist schon Nacht.«

Kak Soran gab keine Antwort, er klappte seinen kleinen Tisch hoch. Das Flugzeug setzte zur Landung an.
Es dauerte lange, bevor es hielt, doch dann standen die Leute sofort auf und holten ihre Mäntel und Taschen aus der Gepäckablage. Das übliche muntere Stimmengewirr kam auf. Alle waren froh, wieder festen Boden unter sich zu haben. Auch Tara stand auf.
»Nur langsam«, sagte Kak Soran leise. »Bleib noch ein bißchen sitzen. Wir warten so lange wie möglich. Wenn sie sofort unsere Papiere prüfen, könnten sie uns gleich mit diesem Flugzeug weiterschicken. Es fliegt in einer halben Stunde nach New York. Wenn wir uns Zeit lassen, bis es gestartet ist, müssen sie uns durchlassen, wenigstens für die Nacht.«
Es war nicht schwer, langsam zu machen. Hero war eingeschlafen und mußte getragen werden. Es sah ganz normal aus, daß sie warteten, bis alle ausgestiegen waren, damit sie nicht geweckt wurde.
Schließlich standen sie am Ende der Gruppe von Fluggästen, die zur Paßkontrolle hasteten und es eilig hatten, durchzukommen und in der Gepäckhalle ihre Sachen abzuholen. Tara betrachtete sie neugierig. Sie hatte vergessen, wie hübsch Frauen ohne Kopftücher aussahen und ohne lange, durchgeknöpfte Mäntel und Tschadors, die sie von Kopf bis Fuß verhüllten.
»Macht langsamer.« Kak Soran schaute sich um. Sie mußten sich viel mehr Zeit lassen, wenn das Flugzeug starten sollte, bevor sie an der Kontrolle waren. Aber sie sahen verdächtig aus, wenn sie in einem leeren Gang meilenweit hinter den anderen Passagieren hertrödelten.
In diesem Moment wurden Türen hinter ihnen geöffnet, und Schritte näherten sich im Gang. Ein anderes Flugzeug war gelandet, die Passagiere strömten heraus. Kak Soran und seine

Familie gingen ganz langsam, beschützt von der Menge, die sie überholte. Immer wieder blieben sie stehen und stellten ihr Handgepäck ab, als wäre es zu schwer für sie. Der Strom der Passagiere wollte gar nicht enden.

»Das muß ein großes Flugzeug gewesen sein«, murmelte Teriska Khan. »Glaubst du, es ist jetzt sicher? Können wir weitergehen?«

Kak Soran schüttelte den Kopf. »Je länger wir brauchen, um so besser. Tut nur so, als würdet ihr gehen, aber bewegt euch so langsam wie möglich.«

An diesem Tag war in Heathrow viel Betrieb. Immer neue Passagiere trafen ein. Tara sah, daß sie aus verschiedenen Ländern kamen. Manche mußten aus dem Fernen Osten sein. Sie sah Frauen in Saris und Männer mit Turbanen, eine Gruppe von Chinesen oder Japanern und Menschen von irgendwo in Amerika.

Tara war froh, daß sie sich unter so vielen Passagieren verbergen konnten. Die Deckenlichter waren strahlend hell, die Böden hart und glänzend, die Wände kahl und gerade. Noch nicht einmal eine Fliege hätte hier ein Versteck gefunden.

Ein Mann in Uniform kam langsam durch den Gang. Er schaute Kak Soran aufmerksam an und sagte etwas auf englisch. Kak Soran spreizte die Hände zum Zeichen, daß er nichts verstand.

»Jetzt gehen wir besser weiter«, sagte er zu Teriska Khan. »Ich glaube, der Mann ist schon einmal vorbeigekommen. Vielleicht beobachtet er uns. Inzwischen muß bei der Paßkontrolle eine lange Schlange sein, es ist ja alle paar Minuten ein Flugzeug gelandet. Unseres startet jedenfalls gleich wieder.«

In der Ankunftshalle sahen die Schlangen ermutigend lang aus. Kak Soran wählte die längste. Sie bewegte sich langsam auf einen hohen Schreibtisch zu, an dem eine Frau in Uniform saß.

Taras Herz hämmerte. Was um alles in der Welt würde jetzt mit ihnen geschehen? Würden sie durchgelassen werden? Oder schickte man sie zu einem anderen Flugzeug? Und wenn sie durchkamen, wohin würden sie dann gehen? Wie kamen sie weiter in diesem fremden Land, wenn sie noch nicht einmal die Sprache beherrschten?

Sie schaute sich in der weiten Halle um. Ein paar große, bunte Werbetafeln waren von hinten erleuchtet. Die Aufschriften in riesigen Buchstaben schrien danach, gelesen zu werden. Ein paar Wörter konnte sie erkennen, aber sie verstand nicht, was die Sätze bedeuteten.

Hätte ich mich doch in der Schule in Englisch mehr angestrengt, dachte sie.

Sie hörte Gelächter und drehte den Kopf. Es kam von einer Gruppe junger Leute in der nächsten Schlange. Sie riefen und lachten und machten viel Lärm. Sie schienen sich alle zu kennen, als ob sie zusammen gereist wären. Tara starrte sie an. Sie mußten aus einem heißen Land kommen, weil manche von ihnen Sommerkleidung trugen, obwohl es draußen kalt und winterlich aussah. Ein Junge hatte sogar Shorts an. Und das Mädchen hinter ihm trug so gut wie nichts – einen sehr kurzen Rock und eine Bluse, die vorn und hinten ausgeschnitten war und ihre Schultern nackt ließ.

Tara wurde rot. Noch nie hatte sie Menschen gesehen, die so unanständig gekleidet waren oder sich in der Öffentlichkeit so laut verhielten. Und was machten sie jetzt? Vor allen Leuten legte der Junge den nackten Arm um den nackten Hals des Mädchens und beugte den Kopf vor, als wollte er sie küssen! Tara schämte sich ihretwegen so, daß sie nicht länger hinschauen konnte.

Jedenfalls waren sie inzwischen fast ganz vorne in der Schlange. Kak Soran umklammerte krampfhaft seine Papiere. Tara sah, wie er sich in die Unterlippe biß und nervös blinzelte, während er die gleichmütige Frau in der dunklen Uniform einzuschätzen versuchte. Teriska Khans Gesicht sah ruhig und würdevoll aus wie an dem Abend, als Rostam gekommen war und sie gedacht hatte, die Polizei stünde vor der Tür. Daß sie nervös war, merkte man nur am Klimpern ihrer Armbänder. Es verriet, wie ihre Arme zitterten, auf denen sie Hero trug.

Die Leute vor ihnen gingen durch den schmalen Durchlaß hinter der Kontrolle. Teriska Khan stieß Kak Soran mit dem Ellbogen an. »Geh weiter«, zischte sie.

Kak Soran legte seine Papiere vor die Beamtin. Die Blicke der Frau wanderten von ihnen zu Kak Sorans Gesicht. Er hatte geübt, was er sagen wollte.

»Flüchtlinge. Asyl.«

Die Frau sagte nichts. Sie blätterte in den arabischen Papieren, die sie nicht lesen konnte. Aber sie betrachtete das Foto und schaute Teriska Khan und Tara an. Dann stellte sie eine Frage. Kak Soran nahm an, daß sie wissen wollte, ob sie eine Familie waren, und nickte.

Die Frau stand auf. Die Leute in der Schlange hinter ihnen wurden unruhig und fingen an, über die Verzögerung zu murren. Die Beamtin winkte Kak Soran mitzukommen und ging zu einer Tür. Sie machte sie auf und rief etwas.

»Mike! Ich habe ein hübsches Weihnachtsgeschenk für dich. Asylbewerber. Eine Familie von vieren. Der Mann behauptet, daß er kein Wort Englisch spricht, aber mir kommt er ein bißchen verschlagen vor.«

Dann machte sie eine Kopfbewegung zu Kak Soran, der erriet, was gemeint war, und durch die Tür ging. Die anderen folgten ihm in einen hell erleuchteten, kahlen Raum.

24

In den letzten Wochen in Teheran und vor allem auf dem Flug hatte Tara versucht, sich vorzustellen, wie es in England war. Davon konnte sie sich leichter ein Bild machen als von Deutschland, weil sie im Fernsehen einmal einen Film gesehen hatte, der viele große, berühmte Gebäude in London zeigte wie den Buckingham-Palast und Westminster. Alle Leute im Film hatten reich und sorglos ausgesehen, und sie hatten getan, was im Irak oder Iran ganz unmöglich war: Sie tranken Alkohol in der Öffentlichkeit, wo jeder es sehen konnte, Männer und Frauen tanzten zusammen in Lokalen, und sie spazierten nachts durch die Straßen. Zu Hause war Tara oft nach Einbruch der Dunkelheit draußen gewesen, aber immer nur im Wagen. Seit die Peschmergas ihre Aktionen begonnen hatten, wäre niemand so verrückt gewesen, in der Nacht durch Sulaimanja zu gehen.
London hatte ausgesehen wie eine wunderschöne Stadt voller glücklicher, geschäftiger Leute. Natürlich wußte sie, daß es immer kalt war und regnete, aber da alle in so großen, schönen Häusern lebten, machte das wahrscheinlich nicht viel aus.
Die Engländer waren in ihrer Vorstellung alle blond und blauäugig, sie benahmen sich kühl und zurückhaltend, und sie hatten eine Menge Geld und gute Jobs. Und sie zogen sich an wie die Königin oder Prinzessin Diana, deren Bilder sie zu Hause oft gesehen hatte.

Auf keinen Fall rechnete Tara damit, daß die Ankunft in London war wie die Ankunft in jenem ersten, winzigen Dorf im Iran, nachdem sie nachts durch die Berge geritten waren.
Zunächst mußten sie wie damals lange, lange warten, und niemand kam. Sie waren alle müde und gereizt, und in dem kleinen, fensterlosen Raum wurde es heiß und stickig. Hin und wieder ging die Tür auf, und ein großer Mann mit dünnen, fettigen Haaren schaute herein und sagte etwas. Einmal kam ein Mädchen mit einem Tablett, auf dem Tassen mit einer orange-braunen Flüssigkeit standen.
»Tee«, sagte sie und lächelte strahlend.
Tara erkannte das englische Wort. »Ich glaube, das soll Tee sein«, sagte sie, faßte eine Tasse am Henkel und nippte vorsichtig. Sie war daran gewöhnt, Tee aus kleinen Gläsern zu trinken, und das dicke weiße Porzellan kam ihr seltsam vor.
»Es schmeckt nicht sehr nach Tee«, sagte sie zögernd. »Es ist sehr bitter.«
Kak Soran nahm ein Papiertütchen vom Tablett, riß es auf und prüfte den Inhalt. »Zucker. Tut etwas davon hinein. Wir sollten es trinken, egal, wie es schmeckt. Vielleicht bekommen wir lange nichts anderes.«
Irgendwann wurde die Tür wieder geöffnet, und zwei Personen kamen herein. Die eine war der große Mann mit den fettigen Haaren. Ohne sie anzuschauen, setzte er sich hinter einen Schreibtisch und legte einen Stapel Formulare vor sich hin. Tara sah, daß seine Fingernägel schmutzig waren.
Bei ihm war eine Frau in einem dunkelblauen Kostüm, dessen kurzer Rock kaum die Knie bedeckte. Sie setzte sich neben den Mann, und Tara wurde klar, daß auch sie eine Autoritätsperson war, eine Beamtin der Einwanderungsbehörde.
Tara konnte kaum den Blick von ihr wenden. Nicht nur die her-

ausfordernde Bekleidung überraschte sie, sondern auch die selbstbewußte, lässige Art, in der sich die Frau bewegte, als wäre sie zu Hause. Und sie redete mit dem Mann, wie ein anderer Mann es getan hätte. Vielleicht war sie ihm gleichgestellt oder sogar seine Vorgesetzte! Jetzt starrte sie Baba ganz unverhohlen an. Zu Hause hätte eine Frau nie gewagt, einen Mann so anzuschauen, und dabei schlug sie die Beine übereinander, als wüßte sie nicht, daß ihre Knie zu sehen waren.
Nach einer Weile sagte die Frau etwas zu dem Mann. Es klang wie ein Befehl. Er stand auf und ging hinaus. Gleich darauf kam er mit zwei Koffern der Familie zurück.
»Oh, Gott sei Dank, hier sind unsere Sachen«, sagte Teriska Khan. »Ich hatte solche Angst, sie hätten sie verloren oder beschlagnahmt oder sonstwas. Wo sind die anderen?«
Kak Soran konnte von seinem Platz durch die offene Tür sehen.
»Ich glaube, es ist alles da.« Auch er war erleichtert.
Ein Mann mit dunklerer Hautfarbe kam herein.
»Sind Sie Kurde? Was für einen Dialekt sprechen Sie?« fragte er Kak Soran.
Tara fuhr zusammen. Der Mann hatte tatsächlich Kurdisch gesprochen!
Kak Soran lachte übers ganze Gesicht und streckte ihm die Hand entgegen. »O ja, wir sind Kurden. Wir sprechen Sorani.«
Der Mann schüttelte ihm kurz die Hand und schaute weg. »Ich bin der Dolmetscher.« Er setzte sich neben die Frau, so weit wie möglich von Kak Soran entfernt.
»Was geht hier vor? Was machen sie mit uns?« fragte Kak Soran hastig. Tara hörte aus seinem Ton eine Angst heraus, die sie haßte. Das machte sie nervöser als alles andere.
»Ich weiß nicht«, sagte der Dolmetscher kühl. »Sie müssen ab-

warten.« Er nickte der Frau zu. Kak Soran verstand. Dieser Mann sah aus, als käme er aus dem Mittleren Osten, und er sprach Kurdisch (allerdings mit einem merkwürdigen Akzent, als wäre Kurdisch nicht seine Muttersprache), aber er war wie die anderen ein Beamter. Es hatte keinen Sinn, sich mit ihm anzufreunden.

Das Verhör schien sich stundenlang hinzuziehen. Tara wünschte fast, sie wären wieder im Iran. Diese Frau war die hartnäckigste und abgebrühteste Fragestellerin, der sie je begegnet waren. Sie schoß ihre Fragen auf Kak Soran ab, als wollte sie ihn hereinlegen und ihn dazu bringen, etwas Belastendes zu sagen. Tara konnte kaum zuhören. Babas Stimme klang so demütig und ängstlich, so anders, als er in Wirklichkeit war.

Sie lehnte sich zurück und betrachtete die Wand über dem Schreibtisch der Frau, auf die ein paar Karten mit bunten Bildern geheftet waren. Auf einem sah man einen mit Schmuck und Lichtern behängten Baum. Auf einem anderen saß ein kleiner Vogel mit braunem Rücken und roter Brust auf einem schneebedeckten Zweig, und mehrere zeigten einen großen, rotgekleideten Mann mit weißem Bart und einem Sack über der Schulter.

Dann kam die Gepäckkontrolle, und sie war viel schlimmer als im Iran. Die beiden Männer schienen instinktiv zu wissen, wo Dinge versteckt sein könnten, und sie suchten sie ohne Umschweife. Tara schrie entsetzt auf, als sie zuerst Dayas schwere goldene Halskette aus einem ausgehöhlten Schuhabsatz zogen und dann ihre Brillantohrringe aus einem Topf Gesichtscreme gruben.

Teriska Khan drehte sich mit weißem Gesicht nach Kak Soran um.

»Wir sind ruiniert«, flüsterte sie.

Tara wurde ganz niedergeschlagen, doch dann erholte sie sich wieder. Die Beamten schienen sich gar nicht für den Schmuck zu interessieren. Sie legten ihn tatsächlich zurück in den Koffer! Das einzige, was sie haben wollten, war eine Dose mit weißem antibiotischem Puder. Tante Noor hatte es Teriska Khan für die wunde Stelle an Heros Fuß gegeben, die so langsam heilte. Ein Beamter betrachtete es mißtrauisch und zeigte es dem anderen. Der nickte, wickelte die Dose sorgsam in eine Plastiktüte und trug sie hinaus.

Endlich war alles vorbei, und sie wurden wieder allein gelassen. Teriska Khans Nerven waren zum Zerreißen angespannt.

»Sollen wir denn ewig hierbleiben?« klagte sie. »O Gott, was passiert jetzt? Im Iran gibt es wenigstens noch andere Kurden, und wir hatten Verwandte dort. Aber hier sind wir ganz allein! Wenn wir nicht bald hier herauskommen, fange ich an zu schreien!«

Ihre Hysterie war ansteckend. Tara spürte, wie sich in ihrem eigenen Magen ein Knoten zusammenzog, und ihre Hände wurden schweißnaß. Hero, die erstaunlicherweise die ganze Zeit still gewesen war, sprang plötzlich auf und schlug sich den Arm an dem Metallschreibtisch an. Sie schrie vor Schmerz, und sobald sie einmal angefangen hatte, konnte sie nicht mehr aufhören. Sie weinte immer weiter.

Bis der Dolmetscher zurückkam, schienen Stunden vergangen zu sein, obwohl es nach der elektrischen Uhr über der Tür nur vierzig Minuten waren.

»Bitte, können Sie uns etwas sagen?« flehte Teriska Khan.

Die Andeutung eines Lächelns zeigte sich auf seinem Gesicht. »Sie haben Glück«, sagte er. »Sie wollten Sie mit dem Abendflugzeug nach München zurückschicken, aber es ist schon weg, also bleiben Sie wenigstens heute nacht hier. Das gibt Ihnen die

Möglichkeit, Leute zu treffen, die Ihnen helfen können. Gleich werden Sie ins Aufnahmelager Harmondsworth gebracht, dort bleiben Sie, bis entschieden ist, was mit Ihnen geschehen soll. Machen Sie sich keine Sorgen. Die erste Hürde haben Sie genommen.«

Er eilte davon, als hätte er Angst, beim Gespräch mit ihnen erwischt zu werden.

Als Tara ihren Anteil am Gepäck nahm und hinter den Eltern und Hero durch den endlos langen Gang stapfte, kam es ihr vor, als wäre sie schon ewig unterwegs.

Auf einer Seite des Korridors war ein großes Glasfenster, durch das man in einen wunderschön eingerichteten Raum schauen konnte, eine Art Warteraum für Prominente. Tara sah einen schönen Teppich, üppige Topfpflanzen und bequeme Sofas und Sessel, auf denen große, gutgekleidete Geschäftsleute saßen, in Zeitschriften blätterten und einen Drink zu sich nahmen. Das waren die Möbel und die Annehmlichkeiten, an die Tara vor ihrer Flucht gewöhnt gewesen war. Wieder stand sie draußen und durfte nur einen Blick hineinwerfen.

Der Riemen ihres Bündels schnitt ihr in die Schulter. Sie nahm es auf die andere Seite und ging weiter. Am Ende des Ganges führten ein paar Stufen hinunter zu einer Tür.

Draußen war es kalt; doch nicht die frische, trockene Kälte eines Winters in Teheran, sondern eine unangenehme, eisige Feuchtigkeit schien alles zu durchdringen. Und dort am Bürgersteig stand ein Minibus wie jener, der sie von der iranischen Grenze in die Berge gebracht hatte und aus den Bergen nach Teheran.

Es hatte nicht viel Sinn, durchs Fenster etwas von England sehen zu wollen. Es war dunkel, es regnete, und sowieso gab es da nichts als Straßen, Autos und viele moderne Flughafengebäude.

Und als sie zum Aufnahmelager kamen, hatte es die gleiche Gefängnisatmosphäre wie ein Flüchtlingslager mit dem Stacheldrahtzaun ringsum und den uniformierten Wachen an der Tür. Drinnen fiel Tara zuerst die Hitze auf. Sie schauderte noch einmal, um die Kälte loszuwerden, dann genoß sie die Wärme. Doch als nächstes bemerkte sie den muffigen, krankenhausähnlichen Geruch. Das Gebäude wirkte sauber, obwohl es sehr einfach und schäbig war, aber der jahrelange Gebrauch billiger Putz- und Desinfektionsmittel hatte die harten Vinylböden und die Schichten trübweißer Wandfarbe mit diesem Duft imprägniert. Dazu kamen ungewohnte, fremdartige Küchengerüche, die Tara überhaupt nicht mochte.
Durch eine Tür am Ende des Korridors kamen zwei junge Afrikaner und ein chinesisch aussehendes Paar. Tara starrte sie an. Sie hatte noch nie jemanden aus dem Fernen Osten kennengelernt und hatte keine Ahnung, wie diese Menschen waren oder welche Sitten sie hatten. Und obwohl sie häufig Schwarze im Irak gesehen hatte, kannte sie keine Afrikaner. Diese beiden Männer redeten aufgeregt in einer Sprache, die sie nicht kannte, beim Gehen schwangen sie die Arme und bewegten sich locker und tänzerisch.
»Glaubst du, sie bleiben auch hier?« flüsterte sie.
»Wie soll ich das wissen?« antwortete Teriska Khan gereizt.
Vielleicht sind sie noch nicht einmal Muslims, dachte Tara ängstlich. Wir müssen achtgeben, was wir hier essen. Dieser schreckliche Geruch könnte von gekochtem Schweinefleisch kommen.
In dieser Nacht schliefen alle schlecht. Die Hitze, die sie so angenehm empfangen hatte, wurde in den kahlen, unbehaglichen Räumen erstickend. Tara wagte kaum, die Augen zu schließen. Sie fand es schrecklich, hier mit so vielen fremden Menschen

eingeschlossen zu sein. Am Abend hatte sie niemanden aus dem Mittleren Osten gesehen außer zwei melancholischen Türken, die kein Arabisch sprachen. Alle anderen kamen aus fernen Ländern, und fast alle waren Männer. Sie wirkten nervös und unglücklich, als hätten sie schreckliche Sorgen.

Tara wußte, wie ihnen zumute war. Ihr ging es nicht anders. Sie hatte Angst, es könnte Streit geben oder jemand würde zusammenbrechen und durchdrehen. Vielleicht griff sie auch jemand an. Die englischen Wachen wären dann bestimmt keine Hilfe. Sie waren eigentlich am bedrohlichsten. Sie schauten einen an, als wäre man gar nicht da. Ihr Gesichtsausdruck war verschlossen und mißbilligend. Tara überlegte, wie sie am besten zu beschreiben wären.

Sie *verachten* uns, sagte sie sich schließlich. Das ist es. Für sie sind wir Abfall.

Es war ein schrecklicher Gedanke. Die Soldaten im Iran waren nie freundlich gewesen und hatten den Flüchtlingen nicht viel Güte gezeigt, doch sie hatten sie immerhin als Menschen betrachtet.

Der Gedanke, Tage oder gar Wochen an diesem Ort zu verbringen, war so deprimierend, daß sich die ganze Familie am nächsten Tag elend fühlte. Teriska Khan machte sich Sorgen um Hero, die heiß und rotbackig war und offenbar Fieber hatte. Kak Soran ging im Korridor hin und her wie ein gefangenes Tier und funkelte jeden wütend an, der ihm in den Weg kam.

Dann änderte sich plötzlich alles. Einer der Wachsoldaten, der einzige, der hin und wieder auch freundlich war, steckte den Kopf in den Fernsehraum, wo ein halbes Dutzend Menschen teilnahmslos vor einem Walt-Disney-Film saß.

»Soran!« sagte er. Kak Soran wandte ruckartig den Kopf.

»Telefon.« Der Mann tat, als hielte er sich einen Hörer ans Ohr.

Zehn Minuten später war Kak Soran zurück. Er strahlte übers ganze Gesicht.
»Das werdet ihr nicht glauben«, sagte er. »Ich kann es selbst nicht fassen. Das war Latif Karwan. Ihr wißt, der Sohn meines Vetters. Er studiert hier Ingenieurwissenschaften. Ich dachte, er sei seit Monaten wieder zu Hause, aber er braucht noch ein Jahr bis zu seiner Promotion.«
Teriska Khan hatte sich in ihrem Stuhl aufgerichtet und schaute ihn erstaunt an. »Woher um alles in der Welt wußte er, daß wir hier sind?«
Kak Soran schmunzelte. »Das ist das tolle daran. Dabans Sohn Rezgar hat gestern nacht aus Paris in Teheran angerufen, und Daban hat ihm erzählt, daß wir nach London geflogen sind. Latif und Rezgar sind zusammen in die Schule gegangen. Sie kennen sich gut. Also hat Rezgar sofort Latif angerufen, und Latif hat gleich heute morgen mit der Einwanderungsbehörde telefoniert und schließlich erfahren, daß wir hier sind.
Er sagt, daß er hier eine Wohnung hat! Sie ist recht klein, aber er wohnt allein darin, und er hat uns alle eingeladen, bei ihm zu bleiben, so lange wir wollen, bis wir wissen, ob sie uns im Land bleiben lassen oder nicht! Dann will er uns helfen, eine eigene Wohnung zu finden und alles, was dann sonst noch nötig ist. Und er sagt, er hat einen Freund bei einer internationalen Bank, der mir helfen wird, mein Geld aus dem Irak herauszubekommen. Ist das nicht phantastisch?«
Teriska Khan brach in Tränen aus.
»Aber wie können wir zu ihm ziehen, Baba? Lassen sie uns denn hier weg?« fragte Tara.
Kak Soran schlang die Hände ineinander und bog die Finger zurück, bis es in den Gelenken knackte. Das tat er immer, wenn er gut gelaunt war.

»Latif glaubt, daß sie es tun. Er hat diese Asylgeschichten schon mit ein paar Freunden durchgestanden. Er wird mit einem Rechtsanwalt reden und alles arrangieren – oh, ich kann es kaum glauben!«
»Heißt das, daß wir in England bleiben dürfen?« fragte Tara.
»Das kann man noch nicht sagen.« Kak Soran schaute aus dem Fenster auf einen durchnäßten Fleck staubigen Grases zwischen zwei häßlichen alten Gebäuden. »Jetzt gibt es zunächst mal alle möglichen Verhöre und Gespräche und Verhandlungen, aber Latif sagt, wir haben eine Chance.«
Auch Tara schaute aus dem Fenster. Sie fand, daß sie eigentlich froh und erleichtert sein sollte bei der Vorstellung, daß ihre Flucht ein Ende hatte, doch sie konnte nur an den schrecklichen, fremdartigen Küchengeruch denken, der immer stärker wurde, je näher die Essenszeit kam.

25

Tara hatte nicht wirklich an Latif geglaubt. Es schien unmöglich, daß hier in diesem fremden Land, Tausende Meilen von zu Hause entfernt, ein freundlicher Kurde kam und ihnen half. Und noch unglaublicher war, daß er tatsächlich durch die hohen Drahtzäune und die verschlossenen Türen durfte, vorbei an den höhnischen Wachen mit dem dicken Schlüsselbund am Gürtel, und daß er sie einfach abmelden und mitnehmen konnte.

Ganz so war es nicht. Es gab eine lange Verzögerung, während zuerst ein Beamter und dann Kak Soran telefonierten, dann kam der Dolmetscher, und Tara mußte endlos warten, während Kak Soran und Teriska Khan in einem dumpfen kleinen Büro Fragen beantworteten und Latif alle Einzelheiten erklärte und einen Stapel Dokumente unterschrieb.

Aber endlich, Stunden später, gingen sie durch den Korridor und hinaus nach London. Als die Tür des Aufnahmelagers hinter ihnen ins Schloß fiel, hörte Tara einen heftigen Streit zwischen zwei Männern, die beide unbedingt telefonieren wollten. Und als letztes sah sie das Gesicht eines kleinen Mädchens, aus Vietnam, hatte Baba gesagt, das am Fenster stand und ihnen traurig nachschaute.

Tara vergaß nie diese erste Fahrt von Harmondsworth zu Latifs Wohnung auf der anderen Seite von London. Sie konnte kaum glauben, wie groß London war. Viele Meilen weit fuhren sie an kleinen Häusern mit komischen, winzigen Vorgärten und vielen Schornsteinen entlang. Wie fanden sich die Leute bloß in diesem Labyrinth aus Straßen zurecht, von denen eine aussah wie die andere?

Alles war anders als gewohnt. Alles war ein Schock. Die Läden hatten andere Schaufensterauslagen. Die Häuserfassaden sahen irgendwie offener aus. Durch die Fenster ohne Vorhänge konnte man den Leuten tatsächlich in die Zimmer schauen.

Es gab nicht viele schöne, moderne Gebäude wie in Bagdad. Die meisten waren ziemlich alt und heruntergekommen, und an manchen waren Werbetafeln angebracht, riesige Bilder von Wagen oder Weinflaschen oder fremden Stränden oder einfach Schriftzeilen. Auf vielen waren Bilder von Frauen in richtig unanständigen, kurzen und weit ausgeschnittenen Kleidern.

Am sonderbarsten kamen ihr die Leute vor. Bei der Kälte waren natürlich die meisten in dicke Mäntel und Jacken eingemummt, aber auch sonst entsprach kaum jemand Taras Vorstellung von den Engländern. Die meisten hatten etwas Schäbiges, und viele sahen arm aus. Die Frauen trugen keine hübschen Mäntel und Hüte wie die königliche Familie, und viele schienen noch nicht einmal Engländer zu sein. In manchen Straßen waren fast alle entweder schwarz oder indisch. Tara verstand das überhaupt nicht.

Der größte Schock war dann Latifs Wohnung. Er war offenbar sehr zufrieden damit. Er sagte, es sei fast unmöglich, in London eine so hübsche Wohnung für die Miete zu finden, die er zahlen konnte. Stolz zeigte er ihnen das kleine Wohnzimmer und die beiden winzigen Schlafzimmer.

Tara konnte ihre Enttäuschung kaum verbergen. Sie hatte geglaubt, eine englische Wohnung sei prächtig, jedenfalls viel schöner als die von Onkel Daban in Teheran. Natürlich hatte sie damit gerechnet, daß sie kleiner wäre als ihr Haus in Sulaimanja, aber doch groß genug, daß alle bequem Platz zum Schlafen und außerdem einen schönen Aufenthaltsraum hatten. Ungläubig betrachtete sie den verfleckten Teppich und die abgenutzten Holzstühle, während Latif munter erklärte, er werde auf dem Sofa im Wohnzimmer schlafen, die Mädchen könnten das eine Schlafzimmer haben und Teriska Khan und Kak Soran das andere. Kak Soran versicherte, wie dankbar sie seien und wie sehr sie Latifs Freundlichkeit zu schätzen wüßten, und Teriska Khan unterbrach ihn mit dem Versprechen, daß sie Latif ein richtiges kurdisches Abendessen kochen wolle, ganz wie bei seiner Mutter.

»Da fällt mir ein«, sagte sie besorgt, »daß wir noch einkaufen müssen, wenn wir heute abend essen wollen.«

Alle schwiegen verlegen. Kak Soran sah seine Frau stirnrunzelnd an, und beide mieden Latifs Blick. Zuerst war er verdutzt, dann lachte er.

»Sie brauchen englisches Geld. Haben Sie . . .« Er machte taktvoll eine Pause.

»Ich habe überhaupt kein Geld«, sagte Kak Soran offen und breitete die Hände aus. »Ich habe den letzten Penny für unsere Papiere und die Flugtickets ausgegeben. Wir haben immer noch viel Vermögen in Sulaimanja, das Haus, ein paar Bankkonten und so weiter, aber bis ich darüber verfügen kann . . .«

»Wir haben meinen Schmuck«, sagte Teriska Khan entschieden, »und ich habe vor, ihn zu verkaufen.«

Sie holte ihre Halskette hervor.

»Schauen Sie sich das an. Massiv Gold.«

»Das ist einfach«, sagte Latif vergnügt. »Geben Sie es mir. Ich kenne einen freundlichen Juwelier in der Nähe. Er wird es für

Sie schätzen. Und in der Zwischenzeit . . .« Er zog ein Bündel Banknoten aus der Tasche. »Heute morgen war ich auf der Bank. Ich dachte mir schon, daß Sie ein wenig Bargeld brauchen. Nein, machen Sie sich keine Gedanken. Sie zahlen es mir irgendwann zurück. Fertig? Dann gehn wir.«

Zum ersten Mal betrat Tara eine englische Straße, und das Herz schlug ihr bis zum Hals.

Latif und Kak Soran gingen voraus, die anderen folgten. Latif war ganz selbstbewußt. Er schien es normal zu finden, daß der Verkehr in die falsche Richtung lief, daß links gefahren wurde statt rechts. Er staunte nicht über die Frau, die vor einem Laden stand und laut mit ihrem kleinen Kind schalt, ohne sich darum zu kümmern, ob jemand es hörte. Er bemerkte noch nicht einmal die beiden jungen Leute an der Bushaltestelle, die sich tief in die Augen sahen und sich tatsächlich an den Händen hielten. Das Mädchen trug einen Rock, der noch nicht einmal bis zu den Knien reichte, die Haare hatte sie zu einem struppigen Gewirr hochgebürstet. Der Junge sah sehr jung aus, nicht alt genug, um verheiratet zu sein.

Tara bemühte sich, nicht hinzuschauen. Das mußte ein schlimmes Viertel sein, wo solche Frauen Männer fanden. Aber vor ihr sagte Latif:

»Das ist eine angenehme Wohngegend. Die Preise sind erschwinglich, und es ist ziemlich ruhig. Jede Menge Schulen. Und nicht viel Kriminalität im Vergleich zu anderswo. Es wäre nicht das schlechteste, wenn Sie sich hier eine Wohnung suchen würden.«

Tara sah zu ihrer Erleichterung, daß sie schon fast bei den Läden waren. Sie fühlte sich nicht wohl auf der Straße. Der Rock und die dicke Jacke, die sie in Teheran gekauft hatte, sahen nicht viel anders aus als das, was die Leute hier trugen, aber sie

kam sich schrecklich auffallend vor, als wäre sie halb nackt oder so.
»Es ist merkwürdig, keinen Tschador zu tragen«, flüsterte sie Teriska Khan zu.
Teriska Khan drückte ihren Arm. »Ich weiß. Ich fühle mich auch unbehaglich.«
»Wahrscheinlich gewöhnt man sich daran«, sagte Tara unsicher. Schließlich hatte sie auch den Tschador zunächst nicht gern getragen. Erst allmählich hatte sie die Sicherheit zu schätzen gelernt, die er einem gab. Im Iran respektierte jeder eine Frau im Tschador. Damit konnte sie unbesorgt gehen, wohin sie wollte, niemand beachtete sie, als wäre sie unsichtbar. Sie war nie frechen Blicken oder groben Bemerkungen ausgesetzt. Aber hier war es umgekehrt. Niemand beachtete die beiden Mädchen, die einander schreiend durch die Straße jagten, oder die arme alte Frau, die vor sich hin murmelte und einen Mülleimer durchsuchte, aber bestimmt hätte jeder eine Frau im Schleier angestarrt.
Latif führte sie in einen kleinen Supermarkt. Man mußte die Waren selbst von den Regalen nehmen, sie in einen Korb legen und am Ausgang zahlen. Tara war erleichtert. Sie hätten unmöglich einem Verkäufer erklären können, was sie haben wollten.
»Wir holen Sie hier wieder ab«, sagte Latif beiläufig. »Ich gehe mit Soran zum Juwelier. Es ist nicht weit von hier.«
»Ich will mit Baba gehen.« Hero ließ Teriska Khans Hand los und ergriff die von Kak Soran. Neidisch stellte Tara fest, daß Hero als einzige kein bißchen von England überrascht war. Sowie sie dieses schreckliche Gefängnisheim verlassen hatten, war ihr Fieber wie weggeblasen. Glücklich hüpfte sie mit den Männern davon und sang dabei vor sich hin.

Im Laden waren fünf oder sechs Leute, die sich nicht zu kennen schienen. Alle hatten es schrecklich eilig, ihre Drahtkörbe zu füllen, dann standen sie ungeduldig vor der Kasse Schlange. Niemand plauderte mit dem Besitzer, wie man es zu Hause tat. Es redete überhaupt niemand.

Teriska Khan stand hilflos vor einem Regal voller Dosen und Pakete.

»Ich weiß nicht, was das alles ist«, sagte sie. »Was ist Tee, und wo ist der Zucker? Die Schrift kann ich nicht lesen, und die Bilder sind so eigenartig. Warum sind auf diesen Dosen Hunde und Katzen abgebildet? Und wie soll ich wissen, was Schweinefleisch enthält?«

Tara starrte die bunten Reihen Dosen und Päckchen an. Die Wörter in lateinischen Buchstaben schienen zurückzustarren. – »Whiskys, Pedigree, Felix«, stand auf den Büchsen. Und irgendwas hatte das zu bedeuten.

Sie ging weiter zu den Flaschen. Manche kannte sie. Pepsi-Cola oder Seven-up konnte man nicht verwechseln. Aber was war das blasse Zeug mit dem Etikett »Zitronenlimonade«? Und die Flaschen daneben, auf denen stand: »Orangennektar«? Vielleicht war Alkohol darin.

Tara kam sich vor wie in einem Irrgarten. Auf den Päckchen vor ihr waren merkwürdige Süßspeisen in leuchtendem Rosa und Grün und Orange abgebildet, auf der Rückseite standen kleingedruckte Gebrauchsanweisungen.

Plötzlich wurde sie zornig. Sie ging zu dem Regal, wo Teriska Khan hilflos ein Paket untersuchte, in dem Zucker oder Mehl sein konnte. Tara nahm es ihr aus der Hand, strich mit dem Finger über die Papierkante und leckte ihn ab.

»Mehl.« Sie legte es in Teriska Khans Korb. Entschlossen ging sie systematisch an einem Regal nach dem anderen entlang. Sie würde sich in diesem Laden nicht unterkriegen lassen. Sie würde Englisch lernen, damit sie allein zurechtkam und selbständig entscheiden konnte. Und sie würde damit anfangen, diesen Laden kennenzulernen, und wenn es noch so schwierig war.

Teriska Khan war zum Gemüsestand gegangen. Sie betastete die Kartoffeln und wartete auf den Ladenbesitzer, damit er sie bediente. Eine Frau drängte sich ungeduldig vorbei. Sie zog eine Plastiktüte von einer Rolle und füllte sie mit Orangen. Dann legte sie die Tüte in ihren Korb, holte eine andere und tat Äpfel hinein. Tara beobachtete sie.

»Schau, Daya, man muß es selber machen«, und sie riß eine Plastiktüte ab und wählte Zwiebeln aus.

Der Korb war bald voll.

»Wir müssen die Sachen wiegen lassen«, sagte Tara und ging zur Kasse. Teriska Khan legte die Waren aufs Band, und jetzt sahen beide zum ersten Mal den Ladenbesitzer. Er hatte eine dunkle Hautfarbe wie ein Inder oder Pakistani.

Ohne zu überlegen, sprach Teriska Khan Arabisch, wie sie es zu Hause bei ihrem Lebensmittelhändler tat.

»Wieviel kostet das alles?«

Sie bekam Antwort und schaute verwundert Tara an. Auch der Händler sprach Arabisch!

»Woher kommen Sie?« fragte Teriska Khan eifrig.

Der Mann lächelte. »Langsam, bitte.« Sein Arabisch war nicht sehr gut.

»Aus welchem Land kommen Sie?« wiederholte Teriska Khan.

»Aus Pakistan. Ich spreche nur ein bißchen Arabisch.«

»Sind Sie Muslim?«

»Ja, natürlich.«

Teriska Khan atmete auf. »Gott sei Dank. Jetzt kann ich hier einkaufen. Das Gemüse ist kein Problem, das können wir uns holen. Aber wir brauchen Tee, Kaffee, Zucker, Gewürze, Milch, Butter – alles mögliche. Und außerdem Fleisch und Öl. Wie sollen wir wissen, ob sie für Muslims einwandfrei sind oder nicht?«

Als Kak Soran und Latif zurückkamen, hatte Teriska Khan zwei große Plastiktüten voller Lebensmittel.

»Zum ersten Mal, seit wir Kurdistan verlassen haben, werde ich ordentlich kochen können.« Sie sah so entschlossen und trotzig aus, daß alle vor dem Laden in Gelächter ausbrachen.

Es ist, als wäre die Sonne herausgekommen, dachte Tara. Verlegen schaute sie sich um. Sie machten so viel Lärm, daß die Leute sie bestimmt anstarrten. Aber keiner der Passanten schien es auch nur zu bemerken.

Die Leute sind hier so frei, dachte Tara. Sie fürchten nichts und niemanden. Sie können tun, was sie wollen.

Das war sonderbar: einerseits angenehm und aufregend, doch andererseits beängstigend, weil die Dinge plötzlich außer Kontrolle geraten könnten.

Teriska Khan schreckte sie aus ihren Gedanken. »Tara, du mußt mir helfen, wenn wir wieder in der Wohnung sind. Nicht im Traum würde ich ein Wort zu Latif sagen, aber wir müssen die Küche gründlich putzen, bevor wir anfangen zu kochen. Ein Glück, daß wir da sind. Er braucht eine Familie, die sich um ihn kümmert, der arme Junge.«

26

Herbst 1985

Es war still im Schulsekretariat. Die Sekretärin hatte Tara und Teriska Khan mit einem zerstreuten Lächeln begrüßt.

»Deine Mutter braucht nicht zu warten. Sag ihr, daß sie jetzt nach Hause gehen kann.«

Drei Monate Intensivkurs in der Sprachschule hatten ihre Wirkung getan. Tara verstand jetzt fast alles. Sie wandte sich an ihre Mutter. »Sie sagt, du sollst lieber gehen, Daya.«

»Oh.« Teriska Khan nahm ihre Handtasche und ging zur Tür.

»Du weißt, wo die Bushaltestelle ist, nicht wahr, Daya?« fragte Tara besorgt. »Es sind nur drei Stationen. Steig nicht an der falschen aus.«

»Natürlich nicht.« Teriska Khan bemühte sich um einen würdevollen Ton. »Und verirr du dich nicht auf dem Heimweg!«

Sie lächelten einander unsicher zu.

Als die Tür sich hinter Teriska Khan geschlossen hatte, setzte sich Tara und wartete.

»Ich schicke jemand, der dich in deine Klasse bringt«, hatte die Konrektorin gesagt, nachdem sie Taras Akte angelegt und alle Einzelheiten eingetragen hatte.

Die Uhr über der Tür tickte gemächlich. Das Büro war angenehm hell und luftig. Tara entspannte sich ein wenig. Sie hatte die ganze Nacht kaum geschlafen. Sie hatte Alpträume von strengen Lehrern gehabt, die ärgerlich fragten, warum sie nichts

verstand, warum ihr Englisch so fehlerhaft war, warum sie alle ihre Kenntnisse in Mathe und Naturwissenschaften vergessen hatte. Es schien eine Ewigkeit her, seit sie in einem Klassenzimmer gesessen, einem Lehrer zugehört und von einer Tafel abgeschrieben hatte. Bestimmt verstand sie nichts von dem, was man ihr sagte, konnte kein Wort in einem englischen Buch lesen und keinen Satz schreiben, ohne Hunderte Fehler zu machen.
Aber jetzt, wo sie wirklich hier war, kehrte ihr Selbstvertrauen zurück. Zu Hause war sie immer unter den Klassenbesten gewesen. Mit der Zeit und harter Arbeit würde ihr hier das gleiche gelingen, so schwer es auch sein mochte.
Der große Zeiger rückte auf die Zwölf, und sofort ertönte eine ohrenbetäubende Klingel. Die Sekretärin schaute auf und lächelte.
»Furchtbar, nicht wahr?« sagte sie. »Nach einer Weile gewöhnst du dich daran. Mir macht es nichts mehr aus.«
Tara verstand kaum, was sie sagte. Sobald die Klingel verstummt war, krachte irgendwo in der Nähe eine Tür auf. Jetzt hörte man von draußen im Gang Rufe und trampelnde Füße. Es klang, als wäre ein Tumult ausgebrochen.
Tara schaute nervös zu der Sekretärin hinüber. In jeder Schule zu Hause wäre flegelhaftes Benehmen sofort und streng bestraft worden. Bestimmt geschah jetzt gleich etwas Schreckliches? Doch die Sekretärin schien gar nichts zu merken. Unbekümmert blätterte sie in Papieren auf ihrem Schreibtisch.
Die Tür zum Büro wurde aufgerissen. Ein junger Lehrer kam herein. Er hatte einen Trainingsanzug an und trug einen Fußball unter dem Arm. Ohne auf Tara zu achten, setzte er sich auf den Schreibtisch der Sekretärin und fing an, mit ihr zu lachen und zu plaudern.
Er hatte die Tür offengelassen, und Tara konnte den ganzen

Korridor überblicken. Das Selbstvertrauen, das langsam zurückgekommen war, verließ sie wieder. Sie traute ihren Augen nicht. Das sah nicht nach einer Schule aus. Es sah aus wie – wie – sie wußte es nicht. Sie hatte keinen Vergleich. Noch nie war sie an einem solchen Ort gewesen.

Die Schüler trödelten von einer Klasse in die nächste. Ein paar große Mädchen lachten laut und knufften sich. Konnten das Schülerinnen sein? Die meisten trugen Kleidungsstücke, die ungefähr der Schuluniform entsprachen: dunkelblaue Röcke und weiße Oberteile. Aber eine oder zwei waren ganz anders angezogen, und auch die in Uniform hatten sich so unterschiedlich bunte Taschen und Jacken über die Schultern geworfen, daß sie gar nicht mehr gleich gekleidet aussahen. Hinter ihnen rauften zwei Jungen miteinander, der eine hatte den Kopf des anderen unter den Arm geklemmt. Eine Lehrerin, die aus der anderen Richtung kam, wurde von einem halben Dutzend lauter Stimmen angerufen.

»Miss! Wo haben wir heute Probe?«

»Miss, ich kann nicht kommen. Ich muß zum Zahnarzt.«

»Ich habe Simon mein Buch gegeben, damit er es Ihnen bringt. Haben Sie es bekommen?«

Tara wäre am liebsten weggelaufen, zurück zu Daya, zurück zu dem winzigen kleinen Haus, das sie jetzt ihr Heim nannten, einfach irgendwohin, nur weg von hier. Nie im Leben hatte sie sich so einsam gefühlt.

Der Gang war schon fast wieder leer, als endlich ein Mädchen ins Büro kam. Sie hatte rotblonde Haare und Sommersprossen im freundlichen Gesicht. Sie war ein paar Zentimeter kleiner als Tara.

»Hallo«, sagte sie. »Bist du die Neue?«

»Ja«, sagte Tara schüchtern.

Das Mädchen lächelte. »Ich bin Vicky. Miss Hammond hat gesagt, ich soll dich gleich in den Laborbau bringen. Du kommst in unsere Klasse. Hoffentlich hast du deine Laufschuhe an. Es ist meilenweit bis zum Chemiesaal.«
Tara schaute zweifelnd auf ihre Füße. Sie verstand das nicht ganz. Vicky war schon draußen. Tara ging ihr nach.
»Du heißt Tara, nicht wahr?«
Tara nickte.
Vicky gab es auf, Fragen zu stellen. Sie ging ein bißchen schneller. Tara beeilte sich, mit ihr Schritt zu halten. Wenn sie Vicky aus den Augen verlor, war sie diesem bedrohlichen Ort hilflos ausgeliefert.
»Hallo, Vicky!«
Vicky drehte sich um. Ein Mädchen lief auf sie zu.
»Hallo, Sarah.«
Die andere sah Tara neugierig an.
»Das ist Tara«, sagte Vicky. »Sie ist neu. Aus dem Mittleren Osten.«
»Ach ja?« sagte Sarah munter. »In der 9 L ist auch ein arabisches Mädchen.«
Tara räusperte sich. »Ich bin nicht . . .«
Beide wandten sich ihr erwartungsvoll zu.
»Ich bin keine Araberin. Ich bin Kurdin.«
»Du bist was?« fragte Sarah.
»Kurdin«, sagte Tara verzweifelt.
»Oh.«
Sarah und Vicky sahen sich verwirrt an.
Die Schule war so oft umgebaut und erweitert worden, daß sie einem Labyrinth aus Treppen, Gängen und Anbauten glich. Um in den Laborbau zu kommen, mußten Vicky und Tara eine Treppe hinauf, an den Kunst- und Hauswirtschaftsräumen vor-

bei und den Gang entlang, der an der großen neuen Turnhalle vorbeiführte. Dort waren sie gerade, als der Sportlehrer mit den größeren Jungen die Geräte aufbaute. Es gab zwei jähe, schreckliche, hallende Schläge, als er die großen eisernen Feuertüren zuwarf. Zugleich wurde das Pferd mit donnerndem Geräusch über den Boden gezogen, während die Barren im Stakkato ratterten.

Tara blieb stehen. Sie war voller Entsetzen, ihr Herz hämmerte, und instinktiv duckte sie sich an die Wand. Vicky und Sarah gingen ein paar Schritte weiter, dann merkten sie, daß sie zurückgeblieben war, und schauten sich um.

»Alles in Ordnung, Tara?« fragte Vicky. Tara war bleich und zitterte.

»Dieser Lärm«, sagte Tara. »Ich dachte . . .«

Vicky lachte. »Oh, so geht es immer zu, wenn Mr. Fry da drin ist.« Sie machte eine Pause und wartete sichtlich darauf, daß Tara etwas sagte.

»Es tut mir leid.« Tara riß sich zusammen. »Ich dachte . . . es klingt wie . . .«

»Klingt wie der dritte Weltkrieg«, sagte Sarah. »Los, wir kommen zu spät, dann muß Miss Hammond wieder sagen: ›Schon wieder zu spät, Sarah. Was soll ich bloß mit dir machen?‹«

Vicky sah immer noch Tara an. »Was hast du denn gedacht?«

Tara schluckte. »Ich habe mich gefürchtet.« Sie kam sich töricht vor. »Es hat geklungen wie Bomben.«

»Ja.« Vicky krauste nachdenklich die Nase. »Warst du in einem Krieg?«

»Ja.«

»Was, wirklich? Mit Bomben und Leichen und so?«

»Ja.«

»Mann!«

»He, habt ihr gestern abend *War Games* gesehen?« fragte Sarah. »Da ist diese komische Szene, wo der Offizier zu dem Gefangenen geht und sagt . . .«

Sie waren am Chemiesaal.

»Halt den Mund, Sarah«, sagte Vicky und machte die Tür auf.

Taras erster Eindruck von ihren neuen Mitschülern war nicht ermutigend. Sie hatte so etwas wie ihre alte Schule zu Hause erwartet – ordentliche Pultreihen, stille Mädchen, über aufgeschlagene Bücher gebeugt, eine Lehrerin mit Kreide in der Hand, die auf einem erhöhten Podium thronte.

Statt dessen sah sie Gruppen von Jungen und Mädchen, die in verschiedenen Teilen des Raums um Tische saßen oder standen. Das muntere Stimmengewirr wurde etwas leiser, als alle zur Tür schauten.

Tara sah sich nach der Lehrerin um. Sie schien nicht da zu sein. Vicky ging zur größten Gruppe am Fenster, die sich um eine junge Frau im rosa Sweatshirt drängte. Sie setzte gerade ein Gerät zusammen. Für eine Lehrerin sah sie zu jung aus und war zu lässig gekleidet. Als Vicky näher kam, schaute sie auf und sah Sarah, die vergeblich versuchte, sich hinter anderen zu verstekken.

»Ah, da bist du ja, Sarah«, sagte sie. »Schon wieder zu spät. Was soll ich bloß mit dir machen?«

Dann bemerkte sie Tara und lächelte. So sah sie noch jünger aus.

»Hallo. Du mußt Tara sein. Ich komme gleich zu dir, sowie ich damit fertig bin. Setz dich dort drüben hin, neben Scharifah, ja?«

Der moslemische Name überraschte Tara. Sie wandte sich um und sah ein dunkeläugiges Mädchen mit einem langen, schwarzen Zopf, die in ein Buch vertieft war. Tara setzte sich neben sie.

Scharifah schaute auf, lächelte flüchtig und las weiter. Tara hätte zu gern etwas gefragt, aber Scharifah sah so konzentriert aus, und obwohl alle redeten, dachte Tara, sie sollte still sein. Zu Hause war es im Klassenzimmer immer ganz still.
Doch dann nahm sie allen ihren Mut zusammen. »Entschuldigung. Bist du eine Muslime?«
Scharifah schaute auf und sagte kurz: »Ja.« Darüber wollte sie offenbar nicht reden. Sie senkte den Kopf wieder über das Buch, fing aber noch Taras Blick auf und stutzte. Sie hatte sie zuvor nicht richtig angesehen. »Woher kommst du?«
»Irak.«
Scharifah nickte verständnisvoll, und in ihren Augen las Tara eine unausgesprochene Botschaft der Zusammengehörigkeit. Sie fühlte sich ein bißchen weniger einsam.
»Holt eure Hefte heraus und stellt die Ergebnisse des Experiments in einer Graphik dar«, rief Miss Hammond.
Tara sah sich ängstlich um. Sie hatte keine Ahnung, was sie tun sollte.
»Mach dir keine Sorgen.« Scharifah rückte ihren Stuhl näher zu Tara. »Ich hole dir ein Heft und leihe dir mein zweites Lineal. Ich zeige dir, was wir gemacht haben.«

27

Tara griff in die Tasche und holte ein paar Münzen heraus. Sie zählte sie und seufzte erleichtert. Das reichte für den Bus nach Hause, sie würde nicht zu Fuß gehen müssen.

Merkwürdig, wie anders man über Geld dachte, wenn man nicht viel davon hatte. Zu Hause, im Irak, war immer genug Geld dagewesen, und sie hatte es zum Vergnügen ausgegeben, für besondere Kleidungsstücke oder Süßigkeiten oder Getränke. Aber jetzt, wo sie so wenig zum Leben hatten, wurde jede Münze gespart, und Geld diente nicht mehr zum Vergnügen. Es schützte vor Hunger und Kälte und vor meilenweiten Fußmärschen.

Der Bus kam, und Tara drängte sich an den besetzten Sitzen vorbei zu einem freien. Sie war heute morgen müde. Gestern abend war sie als Babysitter bei einer libanesischen Familie gewesen, die in der Nähe wohnte. Babysitten brachte nicht viel ein, aber es war besser als nichts. Schon lange wollte sie einen Job. Vicky und Sarah arbeiteten zwei Abende in der Woche in einem Café, aber Baba wollte nichts von einer solchen Beschäftigung wissen, bei der sie ständig Fremden begegnete und spät am Abend allein nach Hause kam.

Er war bestürzt gewesen, als sie sagte, sie wolle arbeiten.

»Warum? Bekommst du zu Hause nicht genug zu essen? Sorge ich nicht gut genug für dich?«

Es war für Tara schrecklich gewesen. Fast alles Geld vom Verkauf des Hauses in Sulaimanja war inzwischen verbraucht, der Rest wurde für Notfälle gespart. Baba hatte einen miesen Job in einer Krankenhauswäscherei, wo die Arbeitszeit lang war und der Verdienst kaum für eine Person reichte, geschweige für eine Familie. Und abends saß er über einem Buch und versuchte Englisch zu lernen, bis ihm die Augen zufielen. Nur bei einem Thema lebte er auf und sprach mit gewohnter Energie, und das waren Neuigkeiten von Aschti.
Die Nachrichten waren sehr selten, aber sie kamen. Hin und wieder klingelte das Telefon, und jemand aus dem großen Netzwerk der Kurden in London hatte von einem Freund gehört, der einen Brief von seinem Bruder bekommen hatte, welcher gerade aus dem Irak geflohen war und Rostam und seinen Neffen lebendig und guter Dinge und als unentwegte Kämpfer gesehen hatte.
Es hatte schreckliche Momente gegeben, in denen Babas großes Radio von besonders entsetzlichen Bombenangriffen auf kurdische Gebiete oder von einem entscheidenden Kampf um eine kurdische Stadt oder Siedlung berichtete. Mit diesem Radio konnten sie arabische Programme aus dem ganzen Mittleren Osten empfangen, Tara saß dann ängstlich davor und kaute an den Nägeln. Wochen vergingen, bis wieder eine Nachricht durchkam, daß der und der jemanden gesehen hatte, welcher diesen oder jenen getroffen hatte und von ihm wußte, daß es Aschti gutging.
Erst letzte Woche hatte Rezgar aus Paris angerufen und mitgeteilt, er habe gehört, daß Aschti herauskommen wolle, daß er Kontakte habe, die ihm helfen wollten, durch die Maschen des Netzes zu schlüpfen, damit er nicht wie seine Familie gefangengenommen und in ein Flüchtlingslager gebracht würde. Aschti

wolle direkt nach Teheran, und Onkel Daban würde ihm helfen, nach London zu kommen.
Das klang zu gut, um wahr zu sein, wie ein weiteres Beispiel von Rezgars Optimismus. Er hatte der Familie schon zuvor Hoffnungen gemacht, und Tara wollte nicht wieder enttäuscht werden. Sie versuchte, an etwas anderes, an das nächste Schuljahr zu denken.
Sie war verzweifelt entschlossen, ein gutes Abschlußzeugnis zu bekommen. Am liebsten wäre sie in der Schule geblieben bis zum Abitur. Wenn Baba die gutbezahlte Stellung bekam, um die er sich in Mayfair beworben hatte, im Haushalt eines saudiarabischen Prinzen, dann könnte er es sich leisten, daß sie in der Schule blieb. Wenn nicht, würde sie den Rat der Berufsberaterin annehmen und sich um eine Lehrstelle in einer Bank oder bei einer Versicherung bemühen. Dann konnte sie sofort Geld verdienen und immer noch lernen, sie konnte in die Abendschule gehen und auch so studieren, selbst wenn es zweimal so lang dauerte. Irgendwie würde sie ihre Ausbildung fortsetzen.
Hero hat es gut, dachte Tara. Für sie würde alles viel leichter sein.
Sie hatte gestaunt, wie rasch Hero Englisch lernte. Sie sprach schon wie ein englisches Kind, und jetzt, wo sie in die Schule gekommen war, konnte sie sogar ein paar Worte Englisch lesen und ihren Namen schreiben. Tara beneidete sie manchmal, aber nicht lange. Es war deprimierend, daß sich Hero gar nicht mehr an Kurdistan erinnerte und mehr Engländerin als Kurdin sein würde, wenn sie erwachsen war.
Der Bus hielt, und Tara stieg aus. Sie freute sich, nach Hause zu kommen zu einem guten, warmen Abendessen, zu einem Gespräch mit Daya, ein paar Stunden Hausaufgaben und ein wenig Fernsehen, bevor sie ins Bett ging.

Es war ein Abend wie jeder andere, bis auf Rezgars Anruf.
»Was hat er gesagt?« fragte Teriska Khan besorgt, als Baba den Hörer auflegte.
»Nicht viel. Du kennst doch Rezgar. Er übertreibt immer. Er sagt, es hätte weitere Kämpfe gegeben – als wüßten wir das nicht bereits. Er will mich glauben machen, daß Aschti schon auf dem Weg nach Teheran ist. Natürlich weiß er es nicht genau. Rezgar weiß nie etwas genau. Aber er hat etwas gehört von jemandem, der jemanden getroffen hat – du weißt doch, wie er ist. Ich glaube kein Wort, bis ich es von Daban oder Aschti selbst gehört habe.«
Teriska Khan sah enttäuscht aus. »Du hast so lange telefoniert. Ich dachte, diesmal . . .«
»Laß das Denken«, sagte Kak Soran grober als sonst. »Und hoffe gar nichts, bis Aschti durch diese Tür hereinkommt.«
Tara ging früh zu Bett. Ihre Eltern waren nervös und gereizt, und sie war sowieso müde. Sie hörte nicht, wie um zwei Uhr früh das Telefon klingelte. Sie hörte gar nichts, bis sie an der Schulter geschüttelt wurde.
»Was . . . was . . .« Sie fuhr hoch.
Teriska Khan stand an ihrem Bett und hielt mit zitternder Hand die langen schwarzen Haare zurück.
»Daban hat gerade aus Teheran angerufen. Aschti hat es geschafft, in den Iran zu fliehen, direkt nach Teheran. Er hat eine kleine Beinverletzung, aber sie ist nicht ernst, sagt Daban. Er setzt ihn morgen in ein Flugzeug! Aschti kommt morgen! Er hat selbst mit uns gesprochen! Wir haben seine Stimme gehört!«
»Teriska!« rief Kak Soran.
»Ich komme«, sagte Teriska Khan fröhlich und lief hinaus.
Tara lag still da und schaute in das graue Licht, das durch die dünnen Vorhänge drang. Es hatte keinen Sinn zu versuchen, noch einmal einzuschlafen.

»Aschti«, sagte sie wie zur Probe. Natürlich war sie glücklich und erleichtert, aber auch ein wenig nervös. Seit drei Jahren hatte sie Aschti nicht mehr gesehen. Wie würde er jetzt sein? Und was würde er von seiner Familie halten, von ihrem Leben in diesem kleinen englischen Haus und von Babas Arbeit? Was würde Aschti von ihr denken, die in eine Schule ging mit Mädchen wie Scharifah und Vicky und Sarah, mit Mädchen, wie er sie nie im Leben kennengelernt hatte? Und von Hero, die besser Englisch konnte als sie alle und sogar Kurdisch mit englischem Akzent sprach?
Sie versuchte sich zu erinnern, wie Aschti ausgesehen hatte. Das war nicht leicht. Sie stellte sich vor, wie er in seiner Uniform in die Schule gegangen war, wie er zu Hause in den blauen Sesseln im Wohnzimmer mit Rostam geredet hatte und wie er als Peschmerga über die Berge geritten war. Kein Bild war mehr deutlich.
Ich vergesse meine Heimat. Ich vergesse Kurdistan, dachte sie müde und schloß die Augen. Dann, als sie sich nicht mehr anstrengte, stellten sich klare Bilder wie im Traum ein.
Sie sah, wie lachende Mädchen einen Hang hinunterliefen, ihre Kleider in allen Regenbogenfarben blähten sich im Wind wie riesige Blumen. Sie sah hagere Schäfer im Turban, die ihre Lämmer durch Weiden voller Blumen zu einer plätschernden Quelle trieben. Sie sah runzlige alte Großmütter, von Kindern umgeben, die in einem Hof saßen und Badschi Rezan lauschten. Ihre ruhelosen Hände zeichneten in der Luft die Figuren ihrer Geschichte nach. Sie sah Jungen in weißen Hemden, die ein Flugblatt an einer Moscheemauer lasen.
Der Traum lief jetzt zu schnell ab. Sie konnte ihn nicht mehr steuern. Die Mädchen hoben sich in die Luft und wurden vom Wind fortgeweht. Die Schafe und Schäfer stoben auseinander,

als eine Explosion den Hang aufriß. Die alten Frauen keuchten und rangen nach Luft, während eine Wolke Giftgas sie einhüllte. Die Jungen hoben die Arme, das weiße Papier flatterte zu Boden. Sie fielen auf die Knie und küßten den Staub, den Staub von Kurdistan; ein Blutfleck breitete sich unter ihnen aus, und eine Krähe flatterte von einem Baum und schwebte über ihnen.

Tara wälzte sich im Schlaf herum. Jetzt sah sie eine Gestalt aus einem riesigen Doppeltor kommen, das den Weg in die Berge versperrte. Es war Aschti, er hinkte ein wenig und trat zu seiner Familie. Das Kurdistan aus Taras Traum rollte sich auf wie eine Decke und verschwand.

»Wir sind Kurdistan, du und ich und Baba und Daya und Hero«, sagte Aschti. »Wo wir sind, ist Kurdistan. Kurdistan lebt in seinen Menschen, und sie können es uns nicht nehmen, selbst wenn sie uns aus unserer Heimat aussperren und den Schlüssel wegwerfen.«

Elizabeth Laird

Ben lacht

Eine Nacht vergißt Anna in ihrem ganzen Leben nicht: die Nacht, in der Ben geboren wird. Ben kommt nämlich so schnell zur Welt, daß Annas Mutter zu Hause entbinden muß. Anna hat sich zwar von Anfang an einen Bruder gewünscht, aber Ben ist kein Bruder wie andere: Ben ist behindert, und es besteht absolut keine Hoffnung, daß er sich normal entwickelt. Aber als Anna ihn zum erstenmal sieht, weiß sie sofort, daß sie diesen Bruder liebt und immer für ihn dasein wird.

Kampf der Comic-Kids

Seit die Typen von der Dudley-Parker-Bande ihnen ihren Lieblings-Comic immer vor der Nase wegschnappen, machen Rick und Sandy ihren Comic selbst. Mit Kuno dem Kellner, Globscher und den Lollihops. Aber die Konkurrenz schläft nicht. Zum Glück ist Geschichtenausdenken gar nicht so einfach . . .

Verlag Friedrich Oetinger · Hamburg